アリとダンテ、宇宙の秘密を発見する

ベンジャミン・アリーレ・サエンス
川副智子〈訳〉

小学館

アリとダンテ、宇宙の秘密を発見する

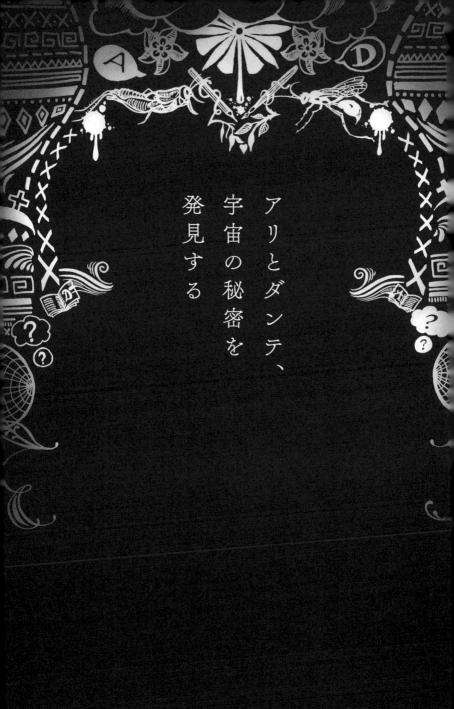

Aristotle and Dante
Discover the Secrets of the Universe

by Benjamin Alire Sáenz

Published by arrangement with Simon & Schuster Books For Young Readers,
an Imprint of Simon & Schuster Children's Publishing Division,
through Japan UNI Agency, Inc., Tokyo

装幀｜アルビレオ

さまざまなルールに従うことを
学ばなければならなかったすべての少年に捧ぐ

著者から読者へ

本書はメキシコとの国境に位置するアメリカ合衆国テキサス州エルパソを舞台とした、一九八〇年代後半のヒストリカル・フィクションであり、登場人物の思考、対話、行動は、彼らが生きている時代と彼らが囲まれている世界を反映しています。

著者は読者のみなさんの生きるこの時代が、アリとダンテの時代よりも多様性を受け入れる賢明な時代になっていることを心より願う者です。

――ベンジャミン・アリーレ・サエンス

謝辞

この本を書くことには迷いがあった。じつをいうと冒頭の章かその少し先まで進んだところで断念しかけた。だが、たいへんありがたいことに、ぼくのまわりには熱意と勇気と才能と知性にあふれる人たちがおり、いったん始めたことを最後までやり遂げるよう励ましてくれた。彼らの存在なくしてこの本を書き終えることはできなかっただろう。そこで、はなはだ不充分ではあるけれども、感謝の気持ちを伝えたい方々のお名前をここに列記させていただく。卓越したエージェントにして大の親友、パティ・ムースブラガー。本書の執筆に不可欠だった大きな愛と信念を示してくれたダニエルとサーシャのチャコン夫妻。いつもそこにいてくれたヘクター、アニー、ジニー、バーバラ。自分の手掛ける本を信じている担当編集者のデイヴィッドと、サイモン&シュスター社のチーム、とりわけナヴァ・ウルフ。その仕事ぶりと寛容さで絶えずぼくの意欲をかき立て、作家として、人間として、さらに向上したいという気にさせるテキサス大学創作科の同僚たち。最後に、言葉を用いて書くことがこれからもずっと大切なのだということを思い出させてくれる、かつての、そして現在の教え子たちにもありがとうと言いたい。心からみんなに感謝している。

CONTENTS

なぜぼくたちは微笑むのか？
なぜぼくたちは笑うのか？
なぜぼくたちは詩を読むのか？
なぜぼくたちは絵を見て泣くのか？
なぜ人を愛すると心がかき乱されるのか？
なぜ恥じるのか？
欲望と呼ばれる、あの、
みぞおちにあるものはなんなのか？

いつもとちがう夏のルール

ぼくの人生の問題は、
それが自分以外のだれかの
考えだということだった。

1

ある夏の夜、目が覚めたら世界が変わっていますようにと祈りながら眠りに落ちた。朝になって目を開けても世界はもとのままだった。ぼくはシーツをはねのけて、そのままベッドにいた。開いた窓を通して夏の暑さが降りそそいでいた。

片手を伸ばしてラジオのダイヤルをまわすと〈アローン〉がかかっていた。クソだ、〈アローン〉なんか。ハートっていうグループの曲。好きな曲じゃなかった。あのグループも、歌の中身も、好きじゃない。〝きみは知らない、どんなに長くその唇に……〟

ぼくは十五歳だった。

ぼくは退屈していた。

ぼくは惨《みじ》めだった。

ぼくにいわせれば、太陽は空の青をすっかり溶かしてなくすことだってできた。そうすれば空もぼくと同じくらい惨めになれるのに。

DJがいらいらするような、わかりきったことを喋《しゃべ》っていた。こんなふうに。「夏だね！外は暑いぞ！」それから、あの古臭い『ローン・レンジャー』の主題曲をかけた。彼が毎朝その曲をかけたがったのは、それが世界を目覚めさせるいかしたやり方だと思っていたからだ。

「ハイヨー、シルバー！」だれがこんなやつを雇ったんだ？　こいつはぼくを殺す気だ。たぶん、だれもが〈ウィリアム・テル序曲〉を聴きながら、馬に乗って砂漠を駆けるローン・レンジャーとトントを想像することになっていたんだろう。みんなもう十歳じゃないってことを、だれかがあの男に教えてやるべきだったのかもしれない。「ハイヨー、シルバー！」クソだ。DJの声がまたラジオから流れてきた。「起きろ、エルパソ！　今日は一九八七年、六月十五日、月曜日！　一九八七年だぞ！　信じられるか？　というわけで今朝は、今日五十歳を迎えるウェイロン・ジェニングスに盛大な〝ハッピー・バースデー〟を届けよう！」ウェイロン・ジェニングスだって？　この局はロック専門なのに、最悪だ！　だが、DJはそこで、ひょっとしたら彼にも脳味噌《のうみそ》があるんじゃないかと思わせるようなことを言った。バディ・ホリーとリッチー・ヴァレンスの命を奪った一九五九年の飛行機事故で、ウェイロン・ジェニングスがどうして死なずにすんだのかを語ったのだ。その話に続けて〈ラ・バンバ〉をかけた。リッチーのじゃなくロス・ロボスが歌っているリメイク版のほうを。

〈ラ・バンバ〉。これならまあいいだろう。

ぼくは木の床を裸足《はだし》で踏んで拍子を取った。ビートに合わせて頭を振っているうちに知りたくなった。飛行機が無慈悲な地面に突っこむ直前、なにがリッチー・ヴァレンスの脳裏をよぎっただろう？　〝おい、バディ！　音楽は終わりだ〟

そう、音楽はあっというまに終わってしまう。始まったと思ったらもう終わってしまうのだ。それがほんとうに悲しかった。

2

キッチンへ行くと、母さんがカトリック教会で友達になったご婦人がたとの会議用のランチを用意していた。ぼくは自分のオレンジジュースをグラスについだ。

母さんはぼくに向かって微笑《ほほえ》んだ。「おはようは言ってくれるの?」

「いま考え中」とぼくは言った。

「とりあえずベッドから出てくるまではできたわけね」

「それについてもだいぶ長く考えなきゃならなかった」

「少年と眠りについての考察は?」

「ぼくたちは眠るのはうまい」それが母さんを笑わせた。「どっちみち眠ってなかったけど。〈ラ・バンバ〉を聴いてたから」

「リッチー・ヴァレンス」母さんはほとんど囁《ささや》くように言った。「あれはほんとうに悲しい出来事だった」

「母さんの好きなパッツィ・クラインと同じだ」

母さんはうなずいた。ときどき母さんがパッツィの〈クレイジー〉を口ずさんでいるところに出くわすと、ぼくはいつも笑みを浮かべた。すると母さんも笑みを返した。まるでぼくとひとつの秘密を共有しているとでもいうように。母さんは素敵な声をもっていた。「飛行機事故っていうのは」また囁き声だ。ぼくにというより自分に語りかけていたのだろう。

「リッチー・ヴァレンスは若死にしたかもしれないけど、なにかをやった。つまり、すごいことをやったよね。ぼくは？　ぼくはなにをやってきたかな？」

「あなたには時間があるわ。たっぷりと」母さんは無敵の楽観主義者だった。

「でも、まず人にならないと」

母さんはおかしな顔をした。

「ぼくは十五歳だよ」

「あなたの歳《とし》なら知っているわよ」

「十五歳は人としての資格がない」

母さんは声をあげて笑った。母さんはハイスクールの教師をしていた。ぼくの言いたいことの半分には同意しているのがわかった。

「ところで、今日はなんの大会議なの？」

「フードバンクの再編成を進めているの」

「フードバンク？」

「だれもがちゃんと食べるべきでしょ」

母さんには貧しい人たちに対する特別な思いがあった。昔は向こうに住んでいたから。ぼくには知りようがない空腹について、たくさんのことを知っていた。

「そうだね」とぼくは言った。「そう思う」

「なんなら手伝ってくれてもいいのよ?」

「ああ」ぼくは人に勝手に決められるのが嫌いだった。ぼくの人生の問題は、それが自分以外のだれかの考えだということだった。

「今日の予定は?」課題を出されたように聞こえた。

「ギャングに入団しようかと思って」

「いまのはおもしろくないわね」

「これでもメキシコ人だからね。それがぼくらのやることなんじゃないの?」

「おもしろくないって言ったでしょ」

「おもしろくない、か」とぼくは言った。たしかにおもしろくなかった。

不意に家から出たいという衝動に駆られた。行くあてはなかったけれど。

カトリック教会のご婦人がたがやってくると、息がつまりそうになった。母さんの友達の全員が五十歳以上だというのはたいしたことではなかった。そういうことじゃなかった。彼女たちの目のまえでぼくがおとなの男になりかけていることについて、いちいち聞かされる感想ですら、たいしたことじゃなかった。つまり、たわごとを聞けばたわごとだとわかるから。それに、たわごとといっても親切で無害で心優しい部類のものだ。ぼくの肩をつかんで、「顔を見せてちょうだい。ほら見せて《デハメ・ベール》。まあ、なんてハンサムなの《アイ・ケ・ムチャチョ・タン・グアポ》。お父さんにそっくり《テ・パレセ・ア・トゥ・パパ》」などと言う彼女たちを適当にあしらうことはできた。とくに見るものがそこにあるわけではなく、ぼくがいるだけ。おまけに、ああ、そうとも、ぼくは父さんに似ている。自分ではそのことをとりわけすばらしいとは思っていなかった。

ほんとうにぼくを息苦しくさせたのは、母さんにはぼくよりたくさんの友達がいるということだった。こんな悲しいことがあるだろうか？

ぼくはメモリアルパークのプールへ行くことにした。ちっぽけな思いつきだが、少なくとも自分で考えたことだ。

玄関から出ようとすると、母さんはぼくが肩に引っ掛けていた古いタオルを取って、きれいなタオルに取り替えた。母さんの世界には、ぼくには理解できないタオルに関する一定のルールが存在していた。もっとも、ルールはタオルにとどまらなかった。

母さんはぼくのTシャツを見た。

相手の不満の表情はひと目見ればわかる。Tシャツを着替えさせられるまえに、ぼくは自分も不満であることを表情で伝えた。「このTシャツ、気に入ってるんだ」と言って。

「昨日もそれを着ていなかった？」

「着てたよ」とぼくは言った。「これはカルロス・サンタナ」

「その人がだれかはわかるわよ」

「父さんが誕生日にくれたやつだ」

「わたしの記憶では、プレゼントの包みを開けたときはあまり嬉《うれ》しそうに見えなかったけど」

「べつのものを期待してたからさ」

「べつのものって？」

「わかんないけど。べつのなにか。誕生日にTシャツを贈る?」ぼくは母さんを見た。「父さんがなにを考えてるのかぜんぜん理解できない」

「あの人はそんなに複雑じゃないわ、アリ」

「話さないし」

「話したとしても、その人がいつも真実を語っているとはかぎらないでしょ」

「そりゃそうだろうけど」とぼくは言った。「とにかく、いまはこのTシャツがすごく気に入ってるってこと」

「そのようね」母さんの顔に笑みが浮かんだ。

ぼくも笑みを浮かべた。「父さんはサンタナのはじめてのコンサートでこれを買ったんだよね」

「わたしも一緒に行ったから覚えているわ。もう古いし、よれよれじゃないの」

「ぼくはセンチメンタルな気分なのさ」

「まったく、そのとおり」

「母さん、いまは夏だよ」

「そうよ。いまは夏よ」

「夏にはいつもとちがうルールがあるんだ」

「いつもとちがうルール」母さんはぼくの言葉をなぞった。

いつもとちがう夏のルールがぼくは大好きだった。母さんはしかたなくそれに従った。

母さんは手を伸ばし、ぼくの髪を指で梳《す》いた。「明日は着ないと約束して」

「わかった」とぼくは言った。「約束する。ただし、乾燥機に入れないと約束してくれたらね」

「なら自分で洗ってもらおうかしら」母さんはぼくに向かって微笑んだ。「プールで溺れないようにね」

ぼくも笑みを返した。「溺れても、ぼくの犬を人にやらないでよ」

犬の話はジョークだ。我が家は犬を飼っていなかった。

母さんにはぼくのユーモアのセンスが通じた。ぼくにも母さんのユーモアが通じた。そんなふうにして、ぼくたちはわかりあっていた。だからって、母さんに謎めいたところがないわけじゃなかった。ひとつだけ、完璧にわかったのは、父さんがなぜ母さんに恋したかということだ。母さんがなぜ父さんに恋したかは、ぼくの頭ではどうしても理解できなかった。一度、六歳か七歳のとき、父さんに対して本気で怒ったことがある。一緒に遊んでほしかったのに、父さんの心がうんと遠いところにあるように感じたからだ。まるでぼくがそこに存在すらしていないかのようだった。ぼくは子どもなりの怒りを母さんにぶつけた。「どうしてあんなやつと結婚できたの?」と。

母さんはふっと微笑んでぼくの髪を指で梳いた。母さんはいつもそうした。そして、まっすぐにぼくの目を見て、穏やかにこう答えた。「あなたのお父さんは美しい人だったからよ」言いよどむことさえなく。

その美しさになにが起こったのかと母さんに訊《き》きたかった。

3

ぼくは日盛りに足を踏み入れた。トカゲでも地面を這《は》いまわるのを控えるような暑さのなかに。鳥たちでさえ身をひそめていた。路面のひび割れを補修したタールがそこここで溶けだしていた。空の青が薄かった。みんな、この街とこの暑さから逃げ出してしまったのではないかと思ったほど。それとも、よくあるSF映画みたいにみんなが死んでしまって、ぼくは地球で生き残った最後のひとりなのだろうか。でも、その考えが頭に浮かぶのと同時に、自転車に乗った近所のやつらが集団でぼくを追い越し、ほんとうに地球で生き残った最後のひとりだったらいいのにという気持ちにさせた。彼らはげらげら笑ったり、ふざけあったり、やけに愉《たの》しそうだった。なかのひとりが大きな声をかけてきた。「よう、メンドゥーサ！　仲間と一緒にお出かけかい？」

ぼくは手を振り、気のいいやつを気取って、ハハハと返した。それから、連中に向かって中指を立ててみせた。

ひとりが自転車を止めて方向転換し、ぼくのまわりをぐるぐるまわりだした。「もう一度やってみるか？」とそいつは言った。

ぼくはもう一度、中指を立てた。

そいつはぼくの真正面で止まり、じっとにらみつけて目をそらさせようとした。

そんな脅しは利かなかった。そいつがだれかはわかっていた。以前、そいつの兄貴のハビエルが絡《から》んできたことがあって、ぶん殴ってやったから。天敵ってことだ。悪いことをしたとは思わなかった。ああ、そうさ。ぼくはかっとなりやすい質《たち》だった。それは認める。

そいつは下卑《げび》た声音《こわね》をつくった。そうすればぼくが怖がるとでもいうように。「なめてんじゃねえよ、メンドゥーサ」

ぼくはまた中指を突き立てた。つぎに、その指を銃口のように顔に向けてやると、そいつは自転車に乗ったまま、黙ってぼくのまえから離れた。怖いと思うことはたくさんあったが、ああいう連中は怖くなかった。

たいていのやつはぼくに絡んだりはしなかった。集団で遊びまわっている連中ですら。彼らはふたたび、なにやらわめきながら、ぼくを追い越していった。全員が十三歳か十四歳で、ぼくみたいなやつをからかうのはゲームと同じなのだ。彼らの声が遠ざかると、自分に対する哀れみが湧《わ》いた。

自分を哀れだと感じることは一種の技だった。そういうことをするのが好きな自分がどこかにいたんだろう。生まれた順番も関係していたかもしれない。というか、それがかなり大きかったと思う。ぼくは自分が独《ひと》りっ子もどきであるという事実がいやだったのだ。自分のことをほかにどう考えればいいのかわからなかった。実際はちがうのに、うちの子どもはぼくひとりで、そのことにうんざりしていた。

双子の姉たちとは十二も歳が離れていた。十二年といえば一生ぶんの長さだった。そうだったと断言できる。しかも、姉たちといるといつも自分が赤ん坊か玩具《おもちゃ》になったような気分にさせられた。さもなければ、なにかの研究対象かペットにでもなったような。ぼく自身も犬が大好きだけれど、自分は家族のマスコットにすぎないのかと感じることもときどきあった。その言葉はスペイン語では家族が可愛《かわい》がっている犬を指す。マスコート。マスコット。上等だ。家族のマスコットのアリ。

そして十一歳上の兄は、双子の姉以上に遠い存在だった。ぼくは兄の名前すら口にすることができなかった。刑務所にいる兄貴のことを話したいやつがどこにいる？　母さんと父さんも話したがらなかった。まちがいなく。姉たちも。そんな兄にまつわるいっさいの沈黙がなにかしらの影響をぼくに与えたのだろう。きっとそうだ。語らずにいると男はひどく孤独になる。

姉たちや兄が生まれたころ、両親はまだ若く、奮闘していた。〝奮闘〟というのは両親のお気に入りの言葉だ。三人の子が生まれても、父さんは大学卒業を目指してがんばっていたが、ある時点で志願して海兵隊にはいった。それから戦地へ行った。

戦争が父さんを変えた。

ぼくは父さんが戦争から帰ってきたときに生まれた。

父さんは戦争で負った傷を全部かかえこんでいると思うことがある。心にも頭にも、いたるところに。戦争へ行った男の息子でいるのは生易《なまやさ》しいことじゃない。八歳のとき、母さんがオフィーリア伯母さんと電話で話しているのを聞いてしまった。「あの人にとって戦争は永遠に終わらないんだと思うわ」あとになって、母さんが言ったことはほんとうなのかと尋ねると、伯母さんは「ええ、ほんとうよ」と答えた。

「でも、どうして戦争は父さんをそっとしといてくれないのかな?」

「あなたの父さんに良心があるからよ」と伯母さんは言った。

「戦争でなにがあったの?」

「それはだれも知らないの」

「父さんはなぜ話そうとしないの?」

「話せないからよ」

要するにそういうことだ。八歳のぼくは戦争についてなにも知らなかった。良心とはなんなのかも知らなかった。ぼくにわかったのは、父さんはときどき悲しいのだということだけ。父さんが悲しいのはぜったいにいやだった。父さんが悲しいとぼくも悲しいから。悲しいのは好きじゃないから。

つまり、ぼくは、ヴェトナムを自分のなかに生かしている男の息子だった。そう、ぼくには自分を哀れむ悲劇の理由がみごとに揃《そろ》っていた。十五歳であることはなんの助けにもならなかった。むしろ十五歳であることが最大の悲劇と思えるときもあった。

4

プールに着いたら、まずシャワーを浴びなければならなかった。それがルールのひとつ。そう、ルールなんだ。ぼくはほかの大勢の男たちと一緒にシャワーを浴びるのがいやだった。よくわからないけど、とにかくいやでたまらない。お喋りなやつというのはいるもので、彼らにすれば、仲間と一緒にシャワーを浴びながら、気にくわない教師や、最近見た映画や、つきあってみたい女の子のことを話すのはごくあたりまえらしかった。ぼくはちがう。話すことなどなにもない。シャワー室の男ども。ぼくの苦手なやつら。

プールサイドに出て、浅い側のへりに腰をおろし、両足を水のなかに入れた。

泳ぎ方を知らないやつがプールにはいったらなにをするか？　泳ぎを覚える。というのが当然の答えだろう。水に浮いた状態を保つことを自分の体に教えこむところまではできていた。ともかくも物理のなんとか原理には行きあたった。そこにいたる過程で最高によかったのは、その発見を自力でやったということだ。

自力で。その言いまわしにぼくはうっとりした。人の力を借りるのが得意じゃないのは父さん譲りのよくない質《たち》だった。それにどのみち、ライフガードを自称する指導員たちが最悪で、彼らは痩せっぽちの十五歳のガキに泳ぎを教えることにさほど興味を示さなかった。彼らの関心はもっぱら、急に胸が膨らみだした女の子たちにあった。おっぱいのことしか考えていないのだ。いや、ほんとうに。小さな子どものグループを注意深く見ていなくてはいけないライフガードのひとりが、もうひとりにこう言っているのを聞いたことがある。「女ってのは葉っぱで隠された木みたいなもんさ。木に登ってその葉っぱを全部むしり取ってやりたくなるぜ」

相手の男はげらげら笑って、「ゲスいやつだなあ、おまえ」と応じた。

「いいや、おれは詩人さ」とその男は言った。「肉体をうたう詩人なんだ」

それから、ふたりして馬鹿笑いをした。

いいだろう、あいつらはウォルト・ホイットマンを継ぐ気鋭の詩人ってわけだ。ふたりのどっちも。とにかく、なにが男どもの問題かといえば、ぼくは連中にあまり近づきたくないということだった。つまり、彼らがそばにいるとほんとうに居心地が悪かった。なぜだかはっきりとはわからない。ただ自分が浮いていただけなのかもしれない。自分も男なのが心底ぼくを困惑させた。自分もいずれああしたゲスどもの仲間入りをする可能性もおおいにあるのだと思うと心底落ちこんだ。女ってのは木みたいなもんだって？　いいだろう。だったら、男の頭の中身はシロアリが群がった朽ち木の切れっぱしみたいなもんだ。母さんなら、彼らはひとつの段階《フェーズ》を通過しているところで、すぐに脳味噌を取り戻すと言っただろうが。きっとそうなんだろう。

実際、人生はフェーズの連続なのかもしれない。ひとつのフェーズを過ぎても、またべつのフェーズにいる。あと二年と少しで、ぼくもあの十八歳のライフガードたちと同じフェーズを通過する。もっとも、母さんのフェーズ理論を頭から信じたわけじゃない。なんだか説明というより、こじつけめいて聞こえたし、母さんが男のなにもかもをわかっていたとも思わない。ぼくも男のことがわかっていなかった。しかも、ぼくは男だった。

自分はどこか変だと感じていた。自分にとってもぼくは謎だったんだろう。それがむかついた。ぼくにとって深刻な問題はいくつもあった。

ひとつたしかだったのは、ああいう間抜《まぬ》けなやつらに頼んで泳ぎを教えてもらうつもりはまったくないということ。そんなことをするくらいなら、ひとり惨めなままでいるほうがよかった。溺れたほうがよかった。

だから、ひとりでなんとなく水に浮かんでいたのだ。愉しんでいたわけじゃない。

彼の声が、ちょっぴりかすれた高い声が聞こえたのはそのときだ。「泳ぎなら教えられるよ」

ぼくはプールサイドのほうへ移動して、水のなかで立ち、陽射《ひざ》しのまぶしさに目を細めた。彼はプールのへりに腰をおろした。ぼくはいぶかしげに彼を見た。ぼくに泳ぎを教えてやるなんて言う男がいるなら、ろくな人生を送っていないやつに決まってる。ろくな人生を送っていないやつがふたりってか？　それのどこが愉しいんだ？

自分に退屈するほうが自分以外のだれかに退屈するよりましだというルールがぼくにはあった。ほぼそのルールに沿ってぼくは生きていた。友達がひとりもいなかったのはそのせいかもしれない。

彼はぼくを見て、ただ待っていた。それから、もう一度こう訊いた。「泳ぎなら教えられるよ。もし、きみがよければ」

その声がなぜか心地よかった。風邪《かぜ》でも引いているような、いまにも出なくなりそうな声が。「おもしろい声をしてるね」とぼくは言った。

「アレルギーなんだ」と彼は言った。

「なんのアレルギー？」

「空気」

その言葉がぼくを笑わせた。

「ぼくはダンテ」と彼は言った。

それがますますぼくを笑わせた。「ごめん」とぼくは言った。

「いいさ。ぼくの名前を聞くとみんな笑う」

「いや、そうじゃなくて。その、ぼくはアリストートルって名前だから」

彼の目がぱっと輝いた。いや、つまり、そいつはぼくが発するひとことひとことに耳を傾けようとしていた。

「アリストートル」ぼくは繰り返した。

そこから、ふたりとも抑えが利かなくなって、ひとしきり笑い転げた。

「ぼくの父親は英語学の教授なんだ」

「じゃあ、多少の言い訳はできるな。うちは郵便配達人で、アリストートルは祖父《じい》ちゃんの名前の英語版さ」ぼくは祖父の名前をメキシコ人の発音で正しく言ってみせた。「アリストーテレス。ついでに、ほんとのファーストネームはエンジェルだ」それから、スペイン語の発音で「アンヘル」とつけ加えた。

「きみの名前はエンジェル・アリストートルってこと?」

「ああ。それがほんとの名前」

ぼくたちはまた笑った。こんどは止まらなくなった。なにがおかしいのかわからなかった。

名前のことだけか？　ほっとしたから笑っているのか？　嬉しいからか？　笑いは人生のもうひとつの謎だった。

「昔はダンって名乗ってた。まあ、スペルをふたつ落としただけだし。でも、そういうのはやめたのさ。正直じゃないなって。どのみち、いつもばれてたしね。そうすると、自分は嘘《うそ》つきなうえに馬鹿なんだという気がして、自分を恥ずかしいと思うことが恥ずかしくなった。そういうふうに感じたくなかった」彼は肩をすくめた。

「ぼくはみんなにアリと呼ばれてる」とぼくは言った。

きみに会えてよかった、アリ。彼のその言い方が気に入った。本心からそう言っているようだったから。

「オーケー」とぼくは言った。「泳ぎを教えてもらおうか」なんだか、頼みを聞いてやろうというような口ぶりだったかもしれない。彼は気づかなかった。もしくは気に留めなかった。

ダンテは申し分のない先生だった。彼は本格的な泳ぎ手で、両腕と両脚の動きも、息継ぎの仕方も、水のなかで体がどんな役割を果たすかも理解していた。水は彼が愛するもの、尊敬するものなのだった。彼は水の美しさも水の危険も熟知していた。人の生き方を語るように泳ぎについて語った。十五歳なのに。いったいこいつは何者だ？　見た目はややひ弱なのに、実際はまったくちがう。自己管理ができていて、タフで、博識で、馬鹿なふりも平凡なふりもしなかった。彼はそのどちらでもなかった。

おもしろくて、集中力があって、激しさもあった。要するに激しくなれるやつだってことだ。下卑たところはこれっぽっちもない。どうすれば下卑た世界に生きながら、それに染まらずにいられるのか、ぼくにはわからなかった。下卑たところを身につけていなくても男は生きられるものなのだろうか？

ダンテは謎だらけの宇宙の新たな謎となった。

その夏、ぼくたちはプールで泳いで、コミックを読んで、本も読んで、読んだものの話をした。ダンテは父親から譲られた『スーパーマン』を全巻持っていた。『スーパーマン』は彼のお気に入りだった。『アーチー・アンド・ベロニカ』も好きらしかった。あれはくだらないからぼくは嫌いだった。「くだらなくないさ」と彼は言った。

ぼくのお気に入りは『バットマン』と『スパイダーマン』と『超人ハルク』だ。

「暗すぎるな」とダンテ。

「コンラッドの『闇の奥』が大好きってやつがよく言うよ」

「あれはべつだよ」と彼は言った。「コンラッドが書いたのは文学だ」

コミックブックも文学だとぼくはいつも反論したが、ダンテのようなやつにとって、文学は大まじめな問題なのだ。ダンテと議論して勝った覚えがない。彼はつねに一枚上手《うわて》の論客で、読者としても上手だった。ぼくは彼に感化されてコンラッドを読んだ。読み終えると、コンラッドは嫌いだと彼に言った。「ただし、真実が書いてある。この世界は暗闇だ。その点はコンラッドが正しい」

「きみの世界はそうかもしれないね、アリ。ぼくの世界はちがうけど」

「ああ、まったく」とぼくは言った。

「ああ、まったく」と彼は言った。

じつは、ぼくは嘘をついていた。ほんとうはあの本がものすごく気に入ったのだ。それまで読んだもののなかで最高に美しいと思った。ぼくがなにを読んでいるかに気づいた父さんは、『闇の奥』は自分も好きな一冊だと言った。父さんが読んだのはヴェトナムで戦うまえなのか、あとなのかを知りたかったけれど、父さんにそういうことを訊いても意味がない。質問の答えが返ってくることはなかったから。

ダンテはきっと読みたいから読むのだと思った。ぼくはほかになにもすることがないから読んだ。彼は書かれていることを分析した。ぼくはただ読むだけだった。辞書で調べなければならない言葉は彼よりも多かった気がする。

ぼくは彼より暗かった。肌の色のことだけを指しているのではない。きみは人生を悲観的に見ている、と彼は言った。「だから『スパイダーマン』が好きなんだよ」と。

「ぼくのほうがメキシコ人らしいってだけさ」とぼくは言った。「メキシコ人は悲劇を経験してきたからね」

「そうかもしれない」と彼は言った。

「きみは楽天的なアメリカ人なのさ」

「馬鹿にしてる？」

「してるかも」とぼくは言った。

ぼくたちは笑った。ぼくたちは笑ってばかりいた。

ぼくたちふたり、ダンテとぼくに似ているところはなくても、共通点ならいくつかあった。そのひとつ、彼もぼくも昼間はテレビを見ることを許されていなかった。どちらの両親もテレビは少年の精神衛生上よろしくないと考えていたからだ。ダンテもぼくも多かれ少なかれ決まり文句を聞かされて育っていた。〝男の子だろ！　外で遊んでこい！　外の広い世界がおまえを待っているぞ……〟

ダンテとぼくはテレビを見ずに育ったアメリカの少年の最後のふたりだった。ある日、彼がこう訊いてきた。「親たちの言い分、正しいと思うかい？　——外の広い世界がぼくたちを待っているっていう」

「怪しいね」とぼくは答えた。

彼は声をあげて笑った。

そこで思いついた。「バスに乗って、外の世界がどんなものだか見てみよう」

ダンテは微笑んだ。ぼくたちはバスの旅の虜《とりこ》になった。ときには午後いっぱいバスに乗りつづけたこともある。ぼくはダンテに言った。「金持ちはバスに乗らないよね」

「だから、ぼくたちはバスが好きなんじゃないか」

「たぶんそうだな。ってことは、ぼくたちは貧乏なのか？」

「いや」と言ってから、彼はふと微笑んだ。「家出をすれば、ふたりとも貧乏になるだろうけど」

ずいぶんおもしろいことを言うものだと思った。

「まさかしたいとか？」とぼくは言った。「家出を？」

「ぜんぜん」

「どうして？」

「秘密の告白を聞きたいかい？」

「うん」

「ぼくは母さんと父さんに夢中なんだ」

その言葉はほんとうにぼくを笑顔にさせた。だれであれ自分の親についてそんなことを言うのをはじめて聞いた。つまり、自分の親に夢中なやつなんてどこにもいなかった。ダンテ以外には。

それから、彼はぼくに耳打ちした。「二列まえに女の人が座ってるだろ。あの人、浮気してると思うな」

「なぜわかるんだよ？」ぼくは小声で尋ねた。

「バスに乗るときに結婚指輪をはずしてた」

ぼくはうなずき、にんまりとした。

ぼくたちはバスに乗り合わせた乗客たちの物語をこしらえた。

もしかしたらその人たちもぼくたちの物語をこしらえていたかもしれない。

ぼくはそれまで、他人と親密な関係を築いたことがなかった。実質的に一匹狼《いっぴきおおかみ》のようなものだった。バスケットボールも野球もやったし、カブスカウトにもボーイスカウトにもはいったけれど、ほかの少年たちとはいつも距離をおいていた。自分が彼らのつくる世界の一員だと感じたことはただの一度もなかった。

少年たち。ぼくは彼らを眺めていた。彼らを観察していた。

その結果、まわりにいる連中のおおかたはつまらないやつらだとわかった。というより、ほとほとうんざりさせられた。

少しばかり彼らを見下していたのかもしれない。でも、傲慢だったとは思わない。彼らとどう話せばいいのか、彼らと一緒にいながら自分自身であるにはどうすればいいのかがわからなかっただけだ。ほかの男たちと一緒にいると、自分が賢く感じられるわけでもない。男たちといると自分は間抜けで不適格だという気がした。彼らはみんな同じクラブに属しているのに、ぼくだけがメンバーじゃないという感じだった。

ボーイスカウトに進める年齢に達したとき、入団するつもりはないと父さんに伝えた。もう耐えられそうになかったから。

「一年やってみたらどうだ」と父さんは言った。ぼくがときどき喧嘩《けんか》してしまうのを父さんは知っていて、暴力をふるうのはよくないと日頃から注意していたし、学校の不良グループにぼくを近づけまいとしていた。刑務所送りになった兄の二の舞をさせまいとしていたのだ。結局ぼくは、その存在を認められてさえいない兄のために、善《よ》きボーイスカウト団員にならなければばいけないのだった。なぜ兄さんが不良少年だったからといって、ぼくが模範的な少年にならなければいけないんだ？　最悪だ。そんなふうに家族のなかで帳尻《ちょうじり》を合わせようとする母さんと父さんのやり方が気にくわなかった。

それでも父さんの機嫌をそこねたくなくて、一年間やってみた。うんざりした。なにもかもに。――心肺蘇生《しんぱいそせい》のやり方を覚えたことはべつとして。もちろん、他人の口のなかに息を吹きこまなければならないなんて愉しいはずがなく、むしろぞっとした。それでもなぜか心肺蘇生という行為そのものに魅了された。心臓をふたたび動かせるということに。科学的な仕組みはよくわからなくても。だが、だれかを生き返らせる方法を学んだ証《あか》しのワッペンをもらうとすぐに退団した。家に帰って、そのワッペンを父さんに渡した。

「おまえは道を誤ろうとしているように思えるがな」父さんはそれしか言わなかった。

ぼくは刑務所送りになんかならないよ。そう言いたかった。でも、かわりにぶっきらぼうにこう言った。「無理やりボーイスカウトに戻したら、かならずマリファナ《ポット》をやるからね」

父さんは奇妙な表情をして、「おまえの人生だぞ」と言った。まるでほんとうにそうであるかのように。ぼくの父親についてもうひとつ知らせておこう。父さんは説教をしなかった。つまり、本格的な説教は。それがぼくには腹立たしかった。父さんは卑劣な男じゃない。癇癪《かんしゃく》もちでもない。父さんの口から出てくるのはいつも短い言葉だった。〝おまえの人生だ〟〝やってみたらいい〟〝ほんとうにそうしたいのか？〟なぜ父さんはふつうに話せないんだろう？　父さんが教えてくれないのに、どうやって父さんのことを知れというんだ？　そこがどうしても納得いかなかった。

　ぼくはなんとかやっていた。学校には友達もいた。まあ友達のようなものは。人気者ではなかった。あたりまえだ。人気者になるには、愉快で気になるやつだとみんなに思わせる必要がある。ぼくはそんなひどい詐欺師じゃなかった。

　以前はゴメス兄弟という遊び仲間もふたりいたが、彼らは引っ越してしまった。女友達のふたり、ジーナ・ナヴァロとスージー・バードは、ぼくを困らすのを趣味にしていた。少女たち。その存在もまた謎だ。すべてが謎だった。

　さほど悲惨だったとは思わない。たぶん、だれからも愛されている子ではないが、だれからも嫌われている子でもなかった。

　喧嘩は強かったから、下手《へた》にちょっかいを出す者はいなかった。

　たいていの場合、ぼくはみんなの目に映っていなかった。自分もそのほうが気が楽だったんだろう。

　そこへダンテが現れたのだ。

5

　四回めの水泳レッスンのあと、ダンテの家に招かれた。ダンテが住んでいるのはメモリアルパークのプールから一ブロックと離れていない古めかしい大きな家で、道路を挟んだ向こうが公園だった。

彼は英語学の教授だという父親にぼくを紹介した。英語学の教授をしているメキシコ系アメリカ人なんて一度も会ったことがなかったし、そんな人がいるということも知らなかった。しかも、その人はちっとも教授らしくなかった。若くて、ハンサムで、堅苦しいところがなくて、どことなく少年の面影を残していた。人生を謳歌《おうか》している人に見えた。この世界とつねに距離をおいている、ぼくの父さんとは大ちがいだ。父さんのなかには、ぼくには理解できない闇があった。ダンテの父親には暗いところが少しもなかった。黒い目にすら光があふれているようだった。

初対面のその午後、ジーンズにTシャツという服装のその人は、仕事部屋の革張りの椅子に腰掛けて本を読んでいた。自宅に仕事部屋をもっている人がいるということもはじめて知った。ダンテはその人に近づいて、頬にキスした。まちがってもぼくにはできないことだ。ありえないことだ。

「今朝、ひげ剃《そ》りをしなかったでしょ、父さん」

「いまは夏だ」とその人は言った。

「つまり、仕事をしなくてもいいということだよね」

「つまり、書きかけの本を書きあげなくてはならないということさ」

「本を書くのは仕事じゃないよね」

これを聞いて、ダンテの父親ははじけたように笑った。「おまえが仕事について学ぶべきことはまだたくさんある」

「いまは夏だよ、父さん。仕事の話なんか聞きたくない」

「仕事《ワーク》の話を聞きたがらないのはいつものことだろ」

旗色が悪くなってきたので、ダンテは話題を変えようとした。「ひげを伸ばすつもりなの？」

「いや」ダンテの父さんは笑った。「ひげは暑苦しい。第一、まる一日剃らずにいたら、母さんがキスしてくれない」

「うわ、厳しいね」

「そうとも」

「母さんのキスがなくなったら、どうするの？」

ダンテの父さんはにやりと笑ってから、ぼくのほうを見た。「こんなやつによく我慢しているなあ。きみがアリだね」

「はい」ぼくは緊張した。友達の親と引き合わされることに慣れていなかったし、それまでに会った親たちのなかに、ぼくと話すことにこれほど興味を示す人はほとんどいなかった。

彼は椅子から腰を上げ、本を置いた。そして、ぼくのところまで歩いてきて、握手を求めた。「サムだ。サム・キンタナ」

「あなたに会えてよかったです、ミスター・キンタナ」

会えてよかった。数えきれないほど聞いてきた言葉。ダンテがぼくにそう言ったとき、本心から言っているように感じた。でも、同じ言葉をぼくが口にすると、いかにも間抜けで陳腐な言葉に感じられ、どこかに隠れたくなった。

「サムと呼んでいいよ」

「できません、そんなこと」ほんとうに隠れてしまいたい。

彼はうなずいた。「可愛いことを言うね。それに、礼儀正しい」

〝可愛い〟などという言葉がぼくの父さんの口から出たことは一度もなかった。

彼はダンテに目をやった。「この若者は礼儀を知っている。少しは見習えよ、ダンテ」

「ぼくにもミスター・キンタナって呼んでもらいたいわけ？」

ふたりとも笑いをこらえていた。ミスター・キンタナはぼくに視線を戻した。「泳ぎはどうだい？」

「ダンテは教えるのが上手な先生です」とぼくは言った。

「ダンテはいろんなことが上手なんだ。なのに、自分の部屋の片づけは下手くそときている。で、部屋を片づけることは仕事《ワーク》という言葉と密接すぎるほど関係がある」

ダンテはちらりと父を見た。「それってほのめかし？」

「勘がいいぞ、ダンテ。母さんにもそう言われているだろう」

「知ったかぶりはよしてよ、父さん」

「いまなんて言った？」

「気にさわる言葉だった？」

「言葉じゃなくて態度のほうだろうな」

ダンテは目玉をぐるりとまわして父親の椅子に腰をおろし、テニスシューズを脱いだ。「ここでくつろぎすぎるなよ」彼は天井を指さした。「おまえの名前を書いた豚小屋があるのは階上《うえ》だ」

このやりとりはぼくを笑顔にさせた。ふたりの互いに対する気楽で愛情のこもった話しぶりを聞いていると、父親と息子のあいだにある愛が単純で明快なものであるかのように思えたから。ぼくも母さんとなら、ときどきそんなふうに気のおけない単純な会話をすることがあった。ときどきだけど。でも、ぼくと父さんのあいだでそんなことは起こらなかった。部屋にはいるなり父さんにキスするというのは、いったいどんな感じなのだろうと思った。

二階へ上がると、ダンテは自分の部屋にぼくを招き入れた。天井が高く板張りの床の広い部屋で、いくつもの古風な大窓から陽が射しこんでいた。そこらじゅうに物があった。床を埋め尽くした服、山積みにされた古いレコード・アルバム、散乱した本。なにやらいろいろ書かれた法律用箋《リーガルパッド》、ポラロイド写真、カメラが二台、弦のないギター、ばらばらの楽譜、メモや写真がところ狭しと貼られたコルクボード。

ダンテはなにかの曲をかけた。彼はレコードプレーヤーを持っていた。六〇年代に使われていた正真正銘のレコードプレーヤーだ。「母さんのだったんだ。捨てようとしてたのさ。信じられるかい?」彼がかけたのはお気に入りのビートルズのアルバム、『アビイ・ロード』だった。「ビニール盤だよ。本物のビニール盤。ちゃちなカセットなんかとまるでちがう」

「カセットのどこが悪いんだよ?」

「ぼくはカセットを信用しない」

ずいぶん変わったことを言うものだと思った。おもしろくて、しかも変わっている。「レコードはすぐに傷がつくだろ」

「大事にしなければね」

ぼくは散らかり放題の部屋を見まわした。「きみはほんとに物を大事にするのが好きなんだってことは見ればわかるよ」

彼は怒らずに笑いだした。

そして、一冊の本をぼくに手渡そうとした。「これ。部屋の掃除がすむまで、これを読んでて」

「ああ。でも、ぼくはいないほうがいいような――」そこで言葉を切り、乱雑な部屋に目を走らせた。「ここはちょっとおっかない」

彼は微笑んだ。「いてくれよ。帰らないでよ。部屋の掃除は大嫌いなんだ」

「というか、物がありすぎるんじゃないの?」

「ただのがらくたさ」と彼は言った。

ぼくはなにも言わなかった。ぼくはがらくたを持っていなかった。

「きみがいてくれれば、少しはやる気が起きる」

なんとなしに居心地の悪さはあったが――「わかった」とぼくは言った。「手伝おうか?」

「いいよ。これはぼくの仕事だ」彼は観念したように言った。「母さんなら〝それはあなたの責任よ、ダンテ〟って言うだろうけど。責任という言葉が母さんは好きなのさ。だから、父さんがあまりぼくにうるさく言わないのが不満らしい。もちろん父さんについてはそうなんだけど。そもそも、母さんはなにを期待してるのかな？　口うるさい人じゃないんだよ、父さんは。そういう男と結婚したのは母さんだ。父さんがどんなタイプの男か知らないわけないよね？」

「きみはいつもそうやって親を分析するの？」

「親だってぼくらを分析するだろ？」

「それが親の仕事だからさ、ダンテ」

「きみは母親や父親を分析したりしないんだ？」

「そりゃ、しないわけじゃないけど、したって意味ないよ。ぼくには親のことがまだよくわかってない」

「ふうん、ぼくは父さんのことはわかったけど——母さんは無理だな。母さんはこの世界で最大の謎だ。子育てという点ではわかりやすい人さ。でも、やっぱり、不可思議なんだよ」

「不可思議か」帰ったら辞書で意味を調べなければ。

つぎはきみが話す番だとでもいうように、ダンテはぼくを見た。

「ぼくは母さんのことはわかった、だいたいはね。問題は父さんさ。うちの父さんも不可思議だから」自分がその言葉を使うと、ひどくインチキ臭い気がした。ひょっとしたら、ぼくはそういうやつなのかもしれない。ほんとうは少年なんかじゃなく、インチキ野郎なのだ。

彼は詩の本をぼくの手にのせて、「読んでごらんよ」と言った。ぼくは詩集など一度も読んだことがなかったし、詩集の読み方すらよく知らなかった。だから、ぽかんとした顔で彼を見た。

「詩だよ」と彼は言った。「べつにきみを殺したりしない」

「殺したらどうする？　少年、詩を読みながら退屈死」

ダンテは笑うまいとしていたが、こみ上げる笑いを完全には抑えこめなかった。首を振り振り、床に散らばった服を片っぱしから集めはじめた。

彼は自分の椅子を指さした。「そこにある物は床にほっぽって、座れよ」

ぼくは美術書の山とスケッチ帳をかかえ上げ、床に置いた。「これはなに？」

「スケッチ帳」

「見てもいい？」

彼は首を横に振った。「それはだれにも見せたくない」

意外だった——彼にも秘密があるということが。

ダンテは詩集を指さした。「ほんとさ、きみを殺したりしない」

午後いっぱい、ダンテは掃除をしていた。そしてぼくは、ウィリアム・カーロス・ウィリアムズという詩人のその詩集を読んだ。名前を聞いたこともない詩人だった。もっとも、名前を聞いたことがある詩人なんかひとりもいなかった。そのぼくが、なんと詩集の一部を理解してしまった。全部ではないけれども、ある程度。おまけに、この本は嫌いではないと思い、そのことに自分で驚いた。興味を惹《ひ》かれたのだ。その詩人の詩はくだらなくも馬鹿ばかしくもなく、感傷的でもなく、理知的すぎることもなかった。詩とはこういうものだろうと考えていた詩とは別物だった。比較的わかりやすい詩もあれば不可思議な詩もあった。その言葉の意味はたぶんそれで合っているはずだと思いながら読んでいた。

詩は人間に似ていると思えてきた。すぐに理解できる人もいれば、そうでない人もいる。どうしても理解できない――永遠に理解できそうにない――人もいる。

ぼくは、ダンテが自分の部屋にある物をすべて順序立てて整理できるという事実に感動した。ぼくたちが足を踏み入れたときの部屋はまさにカオス状態だったのに、掃除が終わると、あらゆるものがあるべき場所に収まっていた。

ダンテがつくる世界には秩序があった。

彼は持っているすべての本を棚のひとつと机に振り分け、「これから読む予定の本は机に置くことにしてるんだ」と言った。机。本格的な書き物机だ。ぼくはなにかを書かなければならないときにはキッチン・テーブルを使っていた。

彼は詩集をぼくの手から取りあげて、ある詩を探しはじめた。詩のタイトルは〈死〉。光に浮かぶ彼の顔。片手にのせられた詩集。それはまるでその場所に、彼の手のなかに、彼の手のなかだけにあることを運命づけられているかのようだった。その詩を自分が書いたかのように読む彼の声に、ぼくは聞き惚《ほ》れた。

こいつは死んでる
もうこの犬は
じゃがいもの上で寝なくていい
じゃがいもが凍らないように
しなくていい

こいつは死んでる
この厄介者《バスタード》は——

ダンテは〝厄介者〟という語を読みながら微笑んだ。その言葉を口にするのが嬉しくてたまらないのだとわかった。なぜならそれは、つかうことを許されていない、禁止されている言葉だからだ。でも、自分の部屋でなら、こうして読みあげることができる。それを自分の言葉にしてしまえる。

午後いっぱい、ぼくはダンテの部屋にある座り心地のいい大きな椅子を占領していた。彼はきれいに整えたベッドに寝そべって詩を読んだ。

ぼくは詩の内容を理解できるだろうかと考えたりしなかった。詩がなにを意味しているかはどうでもよかった。大事なのはダンテの声をリアルに感じられることだから、中身などどうでもよかったのだ。しかも、自分もリアルに感じられた。ダンテを知るまで、ぼくにとってはほかの人間と一緒にいることが世界でいちばん苦痛だった。だが、ダンテは、話すことも生きることも感じることも、そうしたすべてが完璧に自然であるかのように思わせてくれた。それまでのぼくの世界ではそうじゃなかった。

うちへ帰ってから、〝不可思議〟という言葉を調べてみた。容易には理解できないものという意味だった。ぼくは類語を全部、日記に書き留めた。〝模糊《もこ》〟〝深遠〟〝謎〟〝神秘〟。

その日、ぼくはふたつの言葉を新たに学んだ。〝不可思議〟と〝友〟を。

言葉は自分のなかで生きはじめると、ちがったものになる。

6

ある日の夕方、ダンテがうちへやってきて、ぼくの両親に自己紹介をした。いきなりそんなことをするやつがいるだろうか？

「ダンテ・キンタナです」と彼は言った。

「彼に泳ぎを教わったんだ」とぼくは言った。なぜだかわからないが、そのことを両親に言っておかなければならないと思った。それから、母さんを見た。「溺れないようにね、って母さんが言ったから――約束を守るのを手伝ってくれる人を見つけたわけさ」

父さんは母さんをちらっと見やった。ふたりはたぶん笑みを交わしていたはずだ。よかった、やっとこの子にも友達ができた。そう考えていたんだろう。それがぼくはいやでたまらなかった。

ダンテは父さんと握手をすると、一冊の本を差し出した。「これをプレゼントさせてください」

ぼくはその場に突っ立って彼を見守っていた。彼の家のコーヒーテーブルにその本が置かれているのを見たことがあった。メキシコの画家の作品を集めた美術書だ。ダンテはひどくおとなびた様子で、とても十五歳には見えなかった。なかなか梳《と》かしたがらない長い髪すら、どういうわけか彼をよりおとなっぽく見せていた。

父さんは笑みを浮かべながら、その本をじっと見ていたが――少しすると、こう言った。「ダンテ、気持ちはとてもありがたいけれど――これをいただくのはちょっとまずいんじゃないかな」父さんは本を汚さないように注意深い持ち方をして、母さんと視線を交わした。母さんと父さんがそういうことをするのはしょっちゅうだった。ふたりは言葉を声にしないで語りあうのが好きだから。ぼくはそんなふたりの目を見て、そこで語られていることを勝手にこしらえた。

「メキシコ美術を解説した本なんです」とダンテは言った。「だから、受け取ってもらわないと困ります」彼の心の動きが目に見えるようだった。説得力のある理由をひねり出そうとしているのが。嘘ではない説得力のある理由を。「手ぶらで伺うのは失礼だと両親に言われました」彼は真剣なまなざしで父さんを見つめた。「だから、受け取ってもらわないと困るんです」

母さんは父さんの手からその本を奪って、表紙に目を落とした。「素敵な本だこと。ありがとう、ダンテ」

「お礼なら父に言ってください。選んだのは父なので」

父さんはにっこりした。一分足らずの短い時間のなかで父さんが浮かべた二度めの笑みだった。こんなことはめったに起こらない。父さんは笑顔を見せるのが得意な人ではなかったから。

「ありがとうとお父さんに伝えてくれるかい、ダンテ」

父さんは本を受け取ると、それを抱いたまま椅子に腰をおろした。まるで宝物でも見つけたかのように。やっぱりぼくには父さんがわからなかった。いろんなことに父さんがどんな反応を示すのか、まったく予想がつかなかった。なにひとつとして。

7

「きみの部屋にはなんにもないんだね」

「ベッドがあるだろ。クロックラジオも、ロッキングチェアも、本箱も、本も何冊か。なんにもなくはないよ」

「壁にはなにもない」

「貼ってあったポスターを剝《は》がしたんだ」

「どうして?」

「気に入らなかったから」

「まるで修道士だな」

「ああ。修道士アリストートルだ」

「趣味もないの?」

「あるよ。なんにもない壁を見つめること」

「司祭になれるかもしれない」

「司祭になるには神を信じなくちゃいけない」

「神を信じてないのか? これっぽっちも?」

「まあ、少しはね。でも、あまり信じてない」

「じゃあ、不可知論者《ふかちろんじゃ》だ?」

「そう。カトリックの不可知論者」

それがダンテを大笑いさせた。

「笑わせようとして言ったんじゃないよ」

「わかってるさ。でも、おかしいものはおかしい」

「疑うのは——いけないことだと思うか?」

「いや。頭がいいってことだと思う」

「ぼくは頭がよくなんかないよ。きみとちがって、ダンテ」

「きみは頭がいいさ、アリ。とってもね。それにどっちにしろ、頭がよくてもいいことばかりじゃない。人は頭のいいやつをからかうだけさ。父さんは、からかってくるやつがいても気にするなって言うけど。ぼくになんて言ったと思う? こうだよ、〝ダンテ、おまえは聡明《そうめい》な子だ。それがおまえなんだ。そのことを恥ずかしがるな〟」

彼の笑みがほんの少し悲しげなことに気がついた。もしかしたら、だれもがほんの少し悲しいのかもしれない。たぶんそうなのだろう。

「アリ、だから、ぼくは恥ずかしいと思わないようにしてるのさ」

自分を恥ずかしく思うのがどういう感じかはぼくにもわかった。ただ、ダンテにはその理由がわかっていた。ぼくにはわからなかった。

ダンテ。ぼくはほんとうに彼が好きだった。ほんとうに、ほんとうに、彼が好きだった。

8

ぼくは父さんがページをめくるのを眺めていた。ダンテにプレゼントされた美術書に心を奪われているのは一目瞭然《いちもくりょうぜん》だった。それに、その本のおかげで父さんについて新たな事実を知った。海兵隊にはいるまえに美術の勉強をしていたということを。ぼくが描いていた父さん像とは合わない気がしたが、そのちがいが嬉しかった。

ある晩、本に目を通していた父さんが、こっちへ来いとぼくを呼んだ。「この絵を見てごらん。オロスコの壁画だ」

ぼくは本に収められた壁画に目を凝らした——ただ、もっと興味を惹かれたのは、本のページを満足げにとんとんと叩《たた》く父さんの指だった。その指が、戦争で銃の引き金を引いたのだ。その指が、ぼくにはよくわからない優しさで母さんに触れたのだ。ぼくは話したかった。なにかを言いたかった。質問したかった。でも、できなかった。出かかった言葉が喉につかえてしまった。だから黙ってうなずいた。

父さんが美術を理解するような人だと考えたことは一度もない。ヴェトナムから帰還して郵便配達人になった元海兵隊員。たぶんそれがぼくの描く父さん像だったのだろう。口数の少ない元海兵隊の郵便配達人というのが。

元海兵隊の郵便配達人は、戦争から帰ったあと息子をもうひとりもうけた。とはいえ、父さんの考えでそうなったとは思えなかった。二番めの息子が欲しかったのは母さんだといつも思っていた。自分の人生がだれの考えで始まったのか、ほんとうのところは知らなかった。ぼくはただ、ありあまるほどたくさんの話を自分の頭のなかで創作していただけだ。

その気になればいろんなことを父さんに訊けた。訊けたはずだ。でも、父さんの顔にも目にも、ゆがんだ笑みにもあるなにかが、訊くことをためらわせていた。自分が何者であるかを父さんがぼくに対して語りたがっているとは、たぶん思いもしなかった。だから、ぼくは手がかりだけを集めていた。その本を読む父さんを眺めることも、新たな手がかりとして加わった。集めた手がかりはきっといつか全部つながる。そうすれば父さんという謎が解けるだろう。

9

ある日、プールで泳いだあと、ダンテとふたりで散歩した。途中で〈セブン-イレブン〉に寄り、彼はコークとピーナッツを買った。

ぼくはペイデイ（ピーナッツ・キャラメルバー）を買った。

ダンテは自分のコークをぼくに勧めた。

「コークは好きじゃないんだ」とぼくは言った。

「変なの」

「どうして?」

「だれだってコークは好きだろ」

「ぼくは好きじゃない」

「じゃあ、なにが好きなんだよ?」

「コーヒーと紅茶」

「やっぱり変だ」

「わかったよ。ぼくは変さ。もう黙れ」

彼は声をあげて笑った。ぼくたちはあてもなく歩いた。彼もぼくもうちへ帰りたくなかっただけだったのだろう。くだらない話をした。どうでもいいようなことを。と、ダンテが訊いてきた。「なぜメキシコ人はニックネームが好きなのかな？」

「さあね。好きなのか？」

「好きさ。母方の伯母さんたちが母さんをなんて呼んでると思う？　チョレだよ」

「きみの母さんの名前はソレダーなのか？」

「ほら、ぼくがなにを言いたいかわかるだろ、アリ？　当然、きみも知ってる。チョレがソレダーのニックネームだってことを。空気を吸うみたいなもんさ。それってなんなんだろう？　どうしてふつうにソレダーと呼べないのかな？　チョレとどんな関係がある？　どこからチョレが出てくるんだ？」

「そのことがどうしてそんなにいやなんだよ？」

「わからない。とにかく変だ」

「それが今日のキーワードなのか？」

ダンテはまた声をあげて笑い、ピーナッツをいくつか口にほうりこんだ。「きみの母さんにもニックネームがあるの？」

「リリー。リリアナだから」

「いい名前だ」

「ソレダーだっていい名前じゃないか」

「いや、そうでもないさ。〝孤独〟なんて名前をつけられたいかい？」

「ひとりぼっちって意味もあるよね」とぼくは言った。

「だろ?　なんて悲しい名前だろう」

「悲しいとは思わないな。美しい名前だよ。きみの母さんにぴったりだと思う」

「そうかもしれない。だけど、サムには負ける。サムは完璧に父さんのための名前だ」

「だね」

「きみの父さんの名前は?」

「ハイメ」

「好きな名前だ」

「ほんとの名前はサンティアゴだけど」

ダンテは微笑んだ。「だからニックネームってやつは、ってことさ、わかるだろ?」

「つまり、メキシコ人なのがめんどくさいんだ?」

「ちがう」

ぼくは彼を見た。

「そうだよ。めんどくさい」

ぼくは彼にペイデイを差し出した。

彼はひとかじりした。「よくわからない」

「ああ」とぼくは言った。「わからないから、めんどくさいんだろ」

「ぼくがいま考えてることはわかるよね、アリ。メキシコ人はぼくを好きじゃないらしい」

「そんなふうに言うのは変だよ」

「変だよ」と彼は言った。
「変だ」とぼくは言った。

10

月が出ていないある夜のこと、ダンテの母さんと父さんがぼくたちを砂漠へ連れていった。彼の新しい望遠鏡をためしてみるために。砂漠へ向かう車のなかで、ダンテと彼の父さんはビートルズの曲に合わせて歌っていた。ふたりのどっちも歌がうまいとはいえなかったが、ふたりともそんなことはおかまいなしだった。

彼らはなにかというと触れあった。お互いの体にさわったり、キスをしたりする家族なのだ。ダンテは家に帰るとかならず両親の頬にキスした——でなければ、両親のほうから彼の頬にキスした。まるで、そういうキスをするのはごくあたりまえだというみたいに。

もしも、ぼくが父さんに近寄って頬にキスをしたら、父さんはいったいどうするだろうと思った。まさか怒鳴りはしないだろうけど。いや——わからない。

砂漠に着くまでしばらくかかった。ミスター・キンタナは星の観測にうってつけの場所を知っているようだった。

街の灯りが届かないくらい離れたところを。

光害《ひかりがい》。ダンテは街の灯りをそう呼んだ。光害について相当に詳しいらしい。

ミスター・キンタナとダンテが望遠鏡の設置を始めた。

ぼくはその様子を眺めながら、ラジオを聴いていた。

ミセス・キンタナがコークを勧めてくれたので、受け取った。コークは好きじゃなかったけれど。

「あなたはとても頭がいいって、ダンテが言うのよ」

褒め言葉はぼくを緊張させた。「ダンテほどよくありません」

そこでダンテの声が会話に割りこんだ。「その件はもう話がすんでるはずだけどな、アリ」

「なんの話？」と彼の母さんが言った。

「なんでもないよ。頭のいい連中のほとんどは完全なクソだって話」

「ダンテ！」

「わかってるって、母さん。言葉に気をつける」

「あなたはどうしてそう汚い言葉をつかいたがるの、ダンテ？」

「おもしろいからさ」

ミスター・キンタナが笑って、「たしかにおもしろい」と言った。だが、続けてこうも言った。「その手のおもしろいことは母さんがいないときに取っておこう」

ミセス・キンタナはその忠告がお気に召さなかった。「あなたはなにをこの子に教えているのかしら、サム？」

「ソレダー、ぼくが思うに――」しかし、この議論は望遠鏡を覗《のぞ》くダンテによって打ち切られた。「うわっ、父さん！　見てごらんよ！　ほら！」

長いこと、だれもなにも言わなかった。

みんなダンテが見ているものを見たかった。

ぼくたちは砂漠の真んなかに据えられたダンテの望遠鏡を無言で囲み、空を形づくるすべての要素を目に収める順番を待っていた。ぼくが望遠鏡を覗くと、ダンテはそこに見えているものの解説を始めた。ひとことも耳にはいらなかった。果てしなく広い宇宙を見つめるうちにぼくのなかでなにかが起こったのだ。望遠鏡を通して見る世界の近さと大きさは予想をはるかに超えていた。しかも、それはあまりに美しく、あまりに圧倒的で——なんというか——自分のなかに大事なものがあると気づかせてくれた。

ダンテは、望遠鏡のレンズを通して空を探るぼくを眺めながら、囁き声でこう言った。「いつか宇宙の秘密を残らず見つけてやるんだ」

その言葉はぼくを微笑ませた。「こんなにたくさんの宇宙の秘密をどうするつもりなのさ、ダンテ？」

「どうするかは見つければわかるよ」と彼は言った。「ひょっとしたら宇宙を変えるかも」

ぼくは彼の言うことを信じた。

そんな突拍子もないことを口にできる人間はダンテ・キンタナ以外に知らなかった。ダンテはおとなの男になっても〝女ってのは木みたいなもんさ〟なんて愚劣な台詞《せりふ》をまちがっても吐かないということが、ぼくにはわかっていた。

その夜、ぼくたちは彼の家の裏庭で寝た。

キッチンの窓が開いていたので、彼の両親の話し声が聞こえた。ダンテの母さんはスペイン語で、彼の父さんは英語で話していた。

「あのふたりはいつもああなんだ」とダンテが言った。

「うちの親もだよ」とぼくは言った。

その夜はあまり喋らなかった。ふたりでただそこに寝転んで、星を見上げていただけだ。

「光害がひどすぎる」と彼は言った。

「光害がひどすぎる」とぼくは応じた。

11

ダンテに関して重大な事実がひとつ。彼は靴を履くのが嫌いだった。

ぼくたちはよくスケートボードでメモリアルパークへ行った。彼はテニスシューズを脱ぎ、素足を芝生にこすりつけた。まるで足についているものを拭き取ろうとするかのように。映画を見にいってもテニスシューズを脱いだ。一度、脱いだ靴を映画館に置き忘れて、取りに戻らなければならなかったこともある。

それでバスに乗りそこなった。バスのなかでもダンテは靴を脱いだ。

あるとき、教会のミサで彼と並んで座った。なんと信徒席でも彼は靴紐《くつひも》をほどいて靴を脱いだ。ぼくは思わず彼を見た。するとダンテはぐるっと目をまわしてみせ、イエスの十字架像を指さして低い声で言った。「イエスだって靴を履いてないだろ」

ぼくたちは信徒席に腰掛けたまま笑ってしまった。

うちへやってくると、ダンテはいつも玄関ポーチに靴を置いてから家のなかにはいった。

「日本人はこうするんだよ」と言って。「日本人は外の世界の汚れを他人《ひと》の家に持ちこまない」

「ああ」とぼくは言った。「だけど、ぼくらは日本人じゃない。メキシコ人だ」

「メキシコ人とはいえないよ。メキシコに住んでないだろ?」

「住んでなくても、祖父《じい》ちゃんや祖母《ばあ》ちゃんはメキシコから来たわけだし」

「オーケー、わかった。でも、メキシコについて、ぼくらが実際に知ってることってあるのかな?」

「スペイン語を話せる」

「上手には話せない」

「それは自分のことだろ、ダンテ。きわめつけのポチョだからな」

「なんだよ、ポチョって?」

「中途半端なメキシコ人ってこと」

「オーケー。なら、たぶんぼくはポチョだ。ただ、ここで言いたいのは、ぼくらはほかの文化を受け入れられるということさ」

なぜだかわからないが、ぼくは吹きだしてしまった。じつのところ、ダンテと靴との戦いがおもしろくなってきたのだ。ある日、降参して彼に訊いてみた。「どうしてそこまで靴を敵視するんだ？」

「履くのがいやなんだ。それだけさ。ほかに理由はないよ。大きな秘密を隠してるとかいうんじゃないし、生まれつきの靴嫌いってだけで、複雑な話でもなんでもない。まあ、強《し》いて問題を挙げれば母さんだね。母さんはぼくに靴を履かせたがる。世のなかには法律ってものがあるって言うんだよ（テキサス州法では裸足で歩くのに許可証が必要な都市がある）。それに、裸足だとこんな病気に罹《かか》るとか、貧乏なメキシコ人がまたひとりいると人に思われるとか、メキシコの村には一足の靴のために死んでもいいっていう子もいるとか、〝あなたには靴を買う余裕があるのよ、ダンテ〟とか。そういうことを言うんだ。で、ぼくがいつもなんて言い返してるか？　〝いや、ぼくには靴を買うお金はないよ。ぼくは職業に就いてる？　就いてない。だから、なにも買えない〟。話がそこまで行くと、たいてい母さんは自分の髪をうしろに撫《な》でつける。母さんはぼくが貧しいメキシコ人のひとりに数えられるのがぜったいにいやなんだ。でもって、こう言う。〝メキシコ人だからって、かならずしも貧乏だということにはならないの〟。だったら、こっちも言いたいよ。〝母さん、これは貧乏がどうのとか関係ないよね。メキシコ人だってこととも関係ない。ぼくはただ靴を履くのがいやなだけだ〟。でも、靴についてのそういう主張は母さんの育った境遇と関係してるのもわかる。だから、母さんが〝ダンテ、わたしたちには靴を買う余裕があるのよ〟って、独り言みたいに繰り返して言いはじめると、最後はうなずくしかない。ぼくの靴嫌いの話と〝余裕がある〟って言葉はもちろんなんの関係もない。だけど、母さんはいつだって同じ目つきをよこす。ぼくも同じ目つきを母さんに返す。まあ、そういう感じさ。いいかい、ぼくと母さんと靴、この組み合わせだとまともな議論にならないんだよ」彼は暑い午後の空をにらみつけた――ダンテの癖のひとつだ。そうするのは考え事をしているときだった。「とにかく、靴を履くのは不自然な行為さ。それがぼくの基本命題《めいだい》だ」

「きみの基本命題？」ときどき彼は科学者か哲学者のような言葉をつかった。

「根本《こんぽん》原理ってやつさ」

「根本原理？」

「その目、とうとうぼくの頭がいかれたと思ってるな」

「ほんとにいかれてるよ、ダンテ」

「いかれてないよ」と彼は言った。そしてもう一度言った、「いかれてなんかない」ほとんど怒っているような口ぶりで。

「オーケー」とぼくは言った。「きみはいかれてない。きみはいかれてないし、日本人でもない」

彼は話をしながら手を伸ばして、ぼくのテニスシューズの紐をほどいた。「きみも脱ぎなよ、アリ。少しは人生を愉しめ」

ぼくたちは道路に出て、ダンテがその場で思いついたゲームをした。それは、テニスシューズをふたりのどっちが遠くまで投げられるかという競争だった。ダンテのゲームの組み立て方は驚くほど体系的だった。三ラウンド制、つまり、ふたり合わせて六回、靴を投げる。チョークを一本ずつ手に持ち、靴が着地したところに印をつける。彼は三十フィート（約九メートル）まで計れる巻き尺を父親から借りてきていた。それでは足りなかったけれど。

「なぜ距離を計らなきゃいけないんだ？」とぼくは訊いた。「靴を投げてチョークで印をつけるだけじゃだめなの？　印が遠いほうが勝ち。簡単じゃないか」

「正確な距離を知る必要がある」と彼は言った。

「どうして？」

「なにかをするときには、自分がなにをしてるかを正確に知らなきゃいけないからさ」

「自分がなにをしてるかを知ってる人間なんていないよ」とぼくは言った。

「みんなが怠惰《たいだ》で自己鍛錬《たんれん》できてないからそうなるのさ」

「きみはときどき完璧な英語を操る狂気の人みたいな物言いをするって、だれかに言われたことはない？」

「それは父さんのせいだ」と彼は言った。

「狂気の部分が？　それとも完璧な英語の部分？」ぼくは首を横に振った。「ただのゲームだぞ、ダンテ」

「だから？　ゲームをするときはね、アリ、自分がなにをしてるかをわかってなきゃだめなんだ」

「自分がなにをしてるか、ちゃんとわかってるよ、ダンテ。ぼくらはゲームをつくり出してる。道路でテニスシューズを投げて、どっちが遠くまで投げられるかっていう勝負だ。それがこれからやろうとしてることだ」

「これは槍《やり》投げの靴バージョンなのさ。そうだろ?」

「まあ、そんな感じだけど」

「槍を投げたら距離を計るよね?」

「ああ。でも、あっちはリアルなスポーツだよ、ダンテ。こっちはそうじゃない」

「こっちだってリアルなスポーツさ。ぼくは現実に存在する。きみもそうだ。テニスシューズも道路もリアル。それに、ぼくらが決めるルールだって、やっぱりリアルにあるじゃないか。まだなにか必要かい?」

「だとしても、きみはよぶんな手間を増やしすぎる。一投ごとに距離を計らなきゃならないなんて。そのどこがおもしろいの? 靴を投げること自体がおもしろいのに」

「ちがうな」とダンテは言った。「おもしろさはこのゲームのなかにあるんだ。いたるところに」

「理解できないね」とぼくは言った。「靴を投げるのはおもしろい。そこまではわかるけど、きみの父さんの巻き尺を持ってきて、道路の上に伸ばして計るってのは、なんだか作業っぽいよ。なにがおもしろいんだ? それだけじゃない——もし車が走ってきたらどうする?」

「どけばいい。道路がだめなら公園でやったっていい」

「道路のほうがおもしろいよ」とぼくは言った。

「そうさ。道路のほうがおもしろい」意見が一致するところもあった。

ダンテはぼくを見た。

ぼくもダンテを見返した。勝ち目がないのはわかっていた。彼がつくったルールに従ってこのゲームを続けるのだろうということは。だが、その点で譲れないのはじつはダンテのほうで、ぼくにとってそのことはたいして重要ではなかった。そんなわけで、ぼくたちは手持ちの道具を使ってゲームを再開した。テニスシューズと、チョーク二本と、彼の父さんの巻き尺を使って。ゲームを進めながらルールを決めていったから、ルールは絶えず変わり、結局、テニスと同じく三セット制になった。一セットにつき、ふたりで六回のトス、一ゲームを成立させるのに十八回投げるということだ。三セットのうち二セットをダンテが取った。しかし、最長の距離を記録したのはぼくで、四十七フィート、三と四分の一インチ（計約十四・三メートル）だった。

ダンテの父さんが家から出てきて、呆《あき》れたようにかぶりを振った。「いったいなにをしているんだ？」

「ゲームをしてるのさ」

「おまえになんて言ったっけな、ダンテ？　道路で遊ぶことについて。すぐそこに公園があるだろう」ダンテの父さんはメモリアルパークのほうを指さした。「それに、なんだ——」と言いかけて、道路で繰り広げられている光景をあらためて見た。「靴を投げるのがゲームなのか？」

ダンテは父親を恐れていなかった。彼の父さんが怖い人だという意味じゃない。ただ、その人はやはり父親であり、その父親がぼくたちのまえに立ち、説明を求めている。ダンテは自分の言い分を説明できる自信があるので、ひるみもしなかった。「意味なくテニスシューズを投げてるんじゃないよ、父さん。ぼくらはゲームをしてるんだ。これは一般向けの槍投げで、どっちが遠くまで靴を投げられるかを判定してるのさ」

ダンテの父さんは笑った。おかしそうに声をたてて笑ったのだ。「恨めしい靴をぶっ飛ばす口実としてゲームをひねり出せるのは、宇宙広しといえどもおまえぐらいのものだ」そう言って、またげらげら笑った。「母さんがさぞ喜ぶだろう」

「母さんに知らせる必要はないけどね」

「いや、ある」

「どうして?」

「隠し事はしないというルールがあるからさ」

「道路の真んなかで遊んでるんだよ。どうしてそれが隠し事になるの?」

「母さんに知らせなければ隠し事になる」ダンテの父さんはにやりとしてみせた。怒っているわけではないのに、いかにも父親らしい態度だった。「公園に場所を移せ、ダンテ」

ぼくたちはそのゲームをするのにちょうどいい場所を公園のなかに見つけた。ぼくは、ありったけの力をこめてテニスシューズを投げるダンテの顔を観察した。彼の父さんの言うとおりだった。ダンテは恨めしい靴をぶっ飛ばす口実としてゲームをひねり出したのだ。

12

ある日の午後、プールから帰ってきたぼくたちは、ダンテの家の玄関ポーチで時間をつぶしていた。

ダンテは自分の足を見つめていた。その様子はぼくを微笑ませた。

彼はぼくがなぜ微笑んでいるのかを知りたがった。「ただにこにこしてるだけだよ」とぼくは言った。「男はにこにこしちゃいけないのか？」

「きみは真実を語ってないな」とダンテは言った。彼は真実を語るということにこだわっていた。その点、ぼくの父さんに負けず厄介だった。ただし、父さんは真実を胸に秘めているのに対して、ダンテは言葉で真実を語らなければならないと信じていた。声に出して、だれかに伝えないと気がすまないのだ。

ぼくはダンテとはちがう。どちらかといえば父さんに近い。

「オーケー」とぼくは言った。「きみが自分の足を見てたからさ」

「おかしなことでにこにこするんだね」と彼は言った。

「だって変じゃないか。だれもしないよ、そんな――自分の足をじっと見るなんて。きみだけだ」

「自分の体を観察するのは悪いことじゃない」

「そういうことを言うのもすごく変だ」とぼくは言った。自分の体のことなんか、うちではだれも口にしなかった。そんなことは我が家ではまちがっても話題にならなかった。

「なんでもいいけど」

「なんでもいいけど」

「犬は好きかい、アリ？」

「大好きだよ」

「ぼくもさ。犬は靴を履かなくてもいいしね」

ぼくは声をあげて笑った。ダンテのジョークに笑うのがこの世界でのぼくの務めのひとつなのだと思えてきた。といっても、ダンテはおもしろいことを言って笑わせようとしているわけじゃない。彼は彼自身だった。

「犬を飼ってもいいか、父さんに訊いてみようかな」ダンテの顔にいつもの表情が浮かんだ。燃える炎のような表情が。ぼくはその炎について思いをめぐらした。

「どんな犬が飼いたいの？」

「まだわからないよ、アリ。飼うならシェルターにいる犬にするけど。ほら、だれかが捨てた犬を引き取るのさ」

「なるほど」とぼくは言った。「でも、どうやってそのなかの一匹に決められる？　シェルターにはたくさんの犬がいて、どの犬も助けてもらいたいだろ」

「ひどいことをする人間がいるからな。ゴミみたいに犬を捨てる。許せない」

ぼくたちが玄関ポーチに腰をおろして話していると、騒々しい声が聞こえた。道路の反対側で少年たちが騒いでいる。三人組で、歳はたぶんぼくたちより少し下だろう。そのうちふたりがBBガンを手にしていて、撃ち落としたばかりの小鳥をみんなで指さしていた。「やった！当たった！」ひとりが銃口を木に向けようとした。

「おい！」ダンテが叫んだ。「やめろ！」なにが起こっているのか、ぼくが気づくまえに、彼は道路を半分渡っていた。ぼくは慌てて追いかけた。

「やめろ！　どういうつもりなんだ、きみたち！」制止を求めてダンテの手が伸びた。「その銃をよこせ」

「おまえにこのBBガンを渡すぐらいならケツを差し出すね」

「法律違反だぞ」とダンテは言った。正気をなくしているように見えた。ほんとうに気がふれてしまったかのように。

「修正第二条がある」と相手は言った。

「そうだ。修正第二条が」銃を持ったもうひとりが同調し、小型のエアライフルをぐっと脇に引き寄せた。

「修正第二条はBBガンには適用されない、覚えとけ。どっちみち市有地での銃の使用は禁止されてる」

「いったいなにをしようってんだ？　クソ野郎が」

「きみたちがやってることをやめさせる」とダンテは言った。

「どうやって？」

「その貧弱なケツに蹴りを入れてメキシコ国境まで飛ばしてやるのさ」とぼくは言った。そいつらがダンテに怪我《けが》をさせはしまいかと心配になったからだと思う。自分が言わなくてはいけないと感じたことをとっさに口にした。三人とも体が大きいほうではなく、頭の回転も悪そうだ。彼らは卑劣で愚劣な少年たちだった。卑劣で愚劣な少年たちがどういうことをしでかすかはよく知っていた。ダンテには喧嘩で片《かた》をつけるという浅ましさはないだろう。でも、ぼくにはあった。そして、叩きのめさなければならないやつを叩きのめして後悔したことは一度もなかった。

ぼくたちはしばらくその場でにらみあって相手の出方をうかがった。ダンテはつぎの手を考えつかないのだと察しがついた。

ひとりがBBガンをぼくに向けるそぶりを見せた。

「おれがおまえならそういうことはやらないぜ、へなちょこ野郎」言うが早いか、ぼくは手を伸ばし、そいつの銃を奪った。一瞬の早技で、相手はまったく予測していなかった。喧嘩を重ねるなかで、ひとつ学んだことがある。それはすばやく動くこと、相手の不意を衝《つ》くことだ。そうすればかならず成功した。喧嘩の鉄則なのだ。こうしてBBガンは首尾よくぼくの手に渡った。「これをケツにぶっこまれないだけ運がいいと思え」

ぼくは銃を地面に投げた。とっとと失《う》せろと言うまでもなかった。彼らは卑猥《ひわい》な捨て台詞を口のなかでつぶやきながら立ち去った。

ダンテとぼくは顔を見合わせた。

「きみが喧嘩好きとは知らなかった」とダンテは言った。

「好きってほどじゃないよ。好きなわけじゃない」とぼくは言った。

「いや」とダンテ。「きみは喧嘩が好きだ」

「なら、そうなのかもな」とぼく。「ぼくもきみが平和主義者とは知らなかった」

「ぼくも平和主義者じゃないかもしれないよ。むやみに鳥を殺すなら正当な理由が必要だと考えてるだけかもしれない」ダンテは探るような目でぼくの顔を見た。そこになにを見つけようとしているのかはわからなかった。「きみは悪い言葉をぶん投げるのもうまいんだね」

「そうだよ。でもダンテ、きみの母さんには内緒にしとこう。

「きみの母さんに言うのもよそう」

ぼくは彼を見た。「母親たちがなぜあんなに厳しいかってことについては持論があるんだ」

ダンテの顔に笑みらしきものが浮かんだ。「そりゃ、ぼくらを愛してるからだよ、アリ」

「それもある。もうひとつは、息子に永遠に少年でいてほしいからなのさ」

「ああ。たしかに母さんは幸せだろうね、ぼくが永遠に少年のままだったら」ダンテは死んだ小鳥に目を落とした。ほんの数分まえにはあれほど怒り狂っていたダンテが、いまは声をあげて泣きだしそうだった。

「きみがあんなに怒るのを見たのははじめてだ」とぼくは言った。

「ぼくだってきみがあんなに怒るのを見たのははじめてさ」

怒った理由はそれぞれちがうということは、彼にもぼくにもわかっていた。

ぼくたちはつかのま、小鳥を見おろしてじっとしていた。「こんなちっちゃい雀《すずめ》を」と彼は言い、それから声をあげて泣きはじめた。

ぼくはどうしていいかわからなかった。ただ突っ立って彼を見つめるしかなかった。

ぼくたちは道路を渡って、また彼の家の玄関ポーチに腰をおろした。ダンテはあらんかぎりの力と怒りをこめてテニスシューズを道路の向こうに投げると、頬の涙を拭いた。

「怖かった？」と彼が訊いた。

「いや」

「ぼくは怖かったよ」

「そうなのか？」

そしてまた、どちらからともなく黙りこくった。その沈黙がつらくて、ぼくは苦しまぎれに間抜けな質問をした。「それはそうと、鳥ってなぜいるのかな？」

彼はぼくを見た。「知らないの？」

「知らないけど」

「鳥は空のことを教えてくれるためにいるんだよ」

「そう信じてるんだ？」

「うん」

もう泣くなと彼に言いたかった。あの連中が小鳥にしたことなんかどうでもいいだろうと言いたかった。だが、どうでもよくないのだとわかっていた。ダンテには大事なことなんだと。それに、どのみち彼は泣かずにはいられないのだから、泣くなと言ってもなんの慰めにもならない。ダンテはそういうやつなんだから。

しばらくして、やっとダンテは泣きやんだ。深呼吸を一回すると、ぼくに目を向けた。「雀を埋めるのを手伝ってくれる?」

「いいよ」

ぼくたちはダンテの父さんのガレージからシャベルを持ち出し、死んだ小鳥が横たわっている公園の芝生まで行った。ぼくは小鳥をシャベルですくい上げると、そのまま道路を渡ってダンテの家の裏庭へ運んだ。大きな夾竹桃《きょうちくとう》の下に穴を掘った。

ぼくたちはその穴に小鳥を置いて、土をかけた。

彼もぼくも言葉を発しなかった。

ふたたびダンテが泣きはじめた。泣きたくならない自分が浅ましく思えた。実際ぼくは埋めた小鳥に対してなんの感情も湧かなかった。ただの鳥だ。あの雀にすれば、なにかを銃で撃つことを愉しむような愚劣な小僧に撃たれるいわれはなかっただろう。それでもやっぱり、ただの鳥だ。

ダンテに比べるとぼくは心が冷たかった。彼に好かれたくて、そんな自分の冷たさを隠そうとしていたんだろう。でも、もう知られてしまった。心の冷たい人間だということを。かえってよかったのかもしれない。もしかしたら彼は、冷たいところのあるぼくを好きだと思ってくれるかもしれない。ぼくが冷たいところのまるでないい彼を好きだと思っているように。

ふたりして雀の墓を見つめた。「ありがとう」と彼が言った。

ひとりになりたがっているのだとわかった。

「じゃあな。また明日」ぼくは小さな声で言った。

「ああ。また泳ぎにいこう」と彼は言った。

涙がひとすじダンテの頬に流れた。それは、沈む夕陽に照らされた川のようだった。

一羽の小鳥の死を嘆いて涙するような男であるというのは、どんな感じなのかとぼくは思った。

彼に別れの手を振り、彼も手を振り返した。

帰り道、鳥やこの世界に鳥がいる意味について考えた。ダンテには答えがあった。ぼくにはなかった。鳥が存在する理由をなにひとつ思いつかなかった。そんなことを自分に問いかけたことすらなかった。

ダンテの答えは理に適《かな》っていた。人間は鳥を観察することによって自由であるということを学ぶのだろう。それが彼の言いたかったことだと思う。ぼくは哲学者の名前をもっている。そのぼくはなんと答えるのか？　なぜぼくは答えをもたないのか？

そしてなぜ、涙を流す男もいれば、まったく涙を流さない男もいるのか？　さまざまな少年たちがさまざまなルールで生きている。

家に着くと玄関ポーチに腰をおろした。

太陽が沈むのをぼくは眺めた。

ひとりぼっちだと感じたが、悪くなかった。ぼくはひとりでいるのが本心から好きだった。好きすぎるのかもしれなかった。たぶん父さんもそうなんだろう。

ダンテを思い出し、ダンテのことを考えた。

すると、ダンテの顔が世界地図に思えてきた。暗闇がどこにもない世界の地図に。

すごいじゃないか。暗闇がどこにもない世界なんて。それはどんなに美しいのだろう？

空から落ちる雀たち

少年のころ、
ぼくはいつも世界が終わると思いながら
目を覚ましていた。

1

雀《すずめ》を埋めた翌朝、目を覚ますと高熱で体が燃えるようだった。

あちこちの筋肉が痛み、喉がひりついて、頭は心臓のようにバクバクいっていた。自分の両手をじっと見ていると、だれかほかの人の手なんじゃないかと思えてきた。起き上がろうとしてもバランスが、体の釣り合いが取れず、部屋がぐるぐるまわった。なんとか一歩踏み出そうと試みたが、体重を支えるだけの力が脚にはいらなかった。ぼくはベッドに倒れこみ、クロックラジオがけたたましい音をたてて床に落ちた。

母さんが部屋に現れた。なぜだか現実味がなかった。「母さん？　母さん？　母さんなの？」たぶん叫んでいたと思う。

母さんの目に問いたげな表情が浮かんでいた。「そうよ」母さんはひどく深刻そうだった。

「倒れちゃった」とぼくは言った。

母さんがなにか言った――でも、なんと言っているのか、ぼくの頭は理解できない。なにもかもが奇妙で、夢を見ているのかもしれないと思ったが、腕に置かれた母さんの手には現実の感触があった。「すごい熱」と母さんは言った。

母さんの両手がぼくの顔に触れるのが感じられた。

自分がどこにいるのか知りたかったので母さんに訊いた。「ここはどこ？」

母さんはちょっとのあいだ、ぼくを抱きしめた。「しぃーっ」

世界がやけに静かだった。ぼくと世界のあいだにバリアがあった。世界はぼくなど必要としていないから、いまがチャンスとばかりに追っぱらうつもりなんだと一瞬思った。

目を上げると母さんがぼくのまえに立っていた。アスピリン二錠とコップの水を差し出していた。

ぼくは上体を起こし、手を伸ばして薬を受け取り、口のなかに入れた。コップを持つと手が震えているのがわかった。

母さんは体温計を舌の下に差し入れた。

つぎに腕時計で時間を確かめ、体温計をぼくの口から抜いた。

「四〇度もあるわ。とにかくこの熱を下げなくちゃ」母さんは首を振った。「プールにいる細菌をもらってきたのかしら」

つかのま世界がぼくに近づいたように思われた。「ただの風邪だよ」と小声で言ったが、ほかのだれかが話しているように聞こえた。

「インフルエンザかもしれないわね」

だけど、いまは夏だよ、という言葉が舌の上にのっかっているのに、そこから先へ出ていかない。震えも止められない。母さんは毛布をもう一枚ぼくの体に掛けた。

なにもかもが高速で回転していたが、目を閉じると、部屋は動きを止めて暗くなった。

それから、いろんな夢を見た。

鳥たちが空から落ちてくる。雀だ。すさまじい数の雀たち。彼らは雨みたいに空から降ってきて、その途中でぼくにぶつかった。ぼくは彼らの血を全身に浴びた。自分を守る場所を見つけられない。彼らの嘴《くちばし》が矢のように皮膚を突き破る。かと思うと、バディ・ホリーの乗った飛行機も空から落ちてきた。ウェイロン・ジェニングズの歌う〈ラ・バンバ〉が聞こえる。ダンテが泣いている声も聞こえる――どこにいるのかと振り向くと、ダンテはリッチー・ヴァレンスの動かなくなった体を抱いていた。飛行機がぼくたちめがけて落ちてくる。ぼくにわかるのはその影と燃えている地球だけだった。

と、空が消えた。

絶叫していたにちがいない。母さんと父さんが部屋にいた。ぼくはぶるぶる震えていて、どこもかしこもぼくの汗でぐっしょり濡《ぬ》れていた。自分が泣いていることにそこで気づいた。泣くのを止められない。

父さんはぼくを抱き上げ、ロッキングチェアに座って揺すった。自分が小さく弱くなった気がした。父さんを抱き返したいと思っても腕には力がまったく残っていなくて、できなかった。子どものころにもこんなふうにぼくを抱いたのかと父さんに尋ねたかった。ぼくは覚えていなかったから。なぜ覚えていないんだろう。もしかしたら、まだ夢のなかにいるのかもしれない。そう思いかけた。でも、母さんはベッドのシーツを換えている。だからやっぱり、すべてが現実のことなのだった。ぼく以外は。

ひとりでぼそぼそ言っていたからだろう。父さんはさらに力をこめてぼくを抱きしめ、なにかを耳打ちした。だが、父さんに強く抱かれても耳打ちされても、体の震えは止まらない。母さんはぼくの汗みずくの体をタオルで拭き、父さんとふたりで清潔なTシャツと清潔な下着に着替えさせた。するとぼくは、まったくもって奇妙なことを口走った。「そのTシャツを捨てないでよ。父さんにもらったんだから」自分が泣いているのはわかっても、なぜ泣いているのかわからない。ぼくは泣いたりするようなやつじゃなかったから。ほかのだれかが泣いているのかもしれないと思った。

「しぃーっ、大丈夫だ」という父さんの低い声が聞こえた。父さんはぼくをベッドに寝かせた。母さんがぼくの横に腰をおろし、水をもう少し飲ませ、アスピリンももう何錠か飲ませた。

父さんの表情を見て、心配しているのがわかった。父さんを心配させてしまったことが悲しかった。父さんはほんとうにぼくを抱いたんだろうか。父さんのことが嫌いなんじゃないと伝えたかった。父さんのことが理解できないだけなんだと。父さんがどんな人なのかわからないから、わかりたいんだと。理解したいことがいっぱいあるんだと。母さんがスペイン語で父さんになにか言い、父さんがうなずいた。ぼくはもうへとへとで、何語だろうと頭が言葉を受けつけなかった。

世界がやけに静かだった。

ぼくは眠りに落ちた——そしてまた夢を見た。外は雨だった。まわりのいたるところで雷が鳴り、稲妻が光っていた。自分が雨のなかを走っているのがわかった。ダンテがいなくなってしまったので、大声で彼の名を呼んで探しているのだ。「ダンテ！　戻ってきてくれ！　戻ってきてくれ！」気がつくと、もうダンテを探していなかった。こんどは父さんを探して叫んでいた。「父さん！　父さん！　どこへ行ったの？　どこへ行ったの？」

ふたたび目が覚めると、またも自分の汗でぐっしょり濡れていた。

父さんがロッキングチェアに座って、ぼくをじっと見ていた。

母さんが部屋にはいってきた。母さんは父さんを見て――つぎにぼくを見た。

「驚かすつもりじゃなかったんだ」ぼくはひそひそ声より大きな声では話せなかった。

母さんはにっこり笑った。少女のころの母さんはすごく可愛いかったにちがいないと思った。母さんはぼくに手を貸して起き上がらせた。「まあ、愛しい子《アモール》、またこんなに汗をかいて。シャワーを浴びたら少しさっぱりするんじゃない？」

「いやな夢を見たんだ」

ぼくは母さんの肩に頭をのせた。三人でずっとこうしていたかった。

父さんの助けを借りてシャワー室まで行った。体がだるくて疲れきっていた。温かい湯が体にかかると夢を思い出した……ダンテと、父さんを。ぼくと同じ歳ごろの父さんはどんなだったんだろうと思った。美しい人だったと母さんは言っていたっけ。父さんもダンテに負けないぐらい美しい少年だったのだろうか。自分がなぜそんなことを考えているのか不思議だった。

ベッドに戻ると、母さんがまたシーツを換えてくれていた。「熱は下がったみたいね」と言って、コップの水をもう一杯よこした。飲みたくないのに全部飲み干してしまった。そんなに喉が渇いていたとは思いもしなかった。もう一杯飲みたいと母さんに頼んだ。

父さんはまだ部屋にいて、ロッキングチェアに座っていた。

ぼくたちは少しのあいだ観察するような目でお互いを見た。ぼくはベッドに横になった。

「わたしを探していただろう」と父さんが言った。

ぼくは父さんを見つめた。

「夢のなかで。おまえはわたしを探していた」

「ぼくはいつだって父さんを探してるよ」と小声で言った。

2

翌朝、目が覚めたとき、自分は死んだのだと思った。そうじゃないことはわかっていた——でも、そんな気がした。人は病気になると自分の一部が死ぬのだろうと。よくわからないけれど。

この窮状からぼくを抜け出させるために母さんが講じた策は、大量の水を飲ませることだった——苦しくてもコップの水を一度に一気に飲むのだ。

しまいにはぼくはストライキを起こし、これ以上は飲めないと拒んだ。「膀胱《ぼうこう》が破裂寸前の水風船になってる」

「それでいいのよ」と母さんは言った。「体の組織を洗い流そうとしているんだから」

「もう流し終わったよ」

問題は水だけではなかった。チキンスープ問題もあった。母さんがつくるチキンスープはぼくの敵になった。

一杯めは信じられないほどおいしかった。なにしろあんな空腹はそれまで経験したことがなかったから。ただの一度も。母さんはぼくにスープの上ずみばかりを飲ませた。

つぎの日の昼食にもまた同じチキンスープが出てきた。このときもまあまあよかった。スープにはいっているチキンも野菜もみんな食べられたから。トウモロコシのトルティーヤも母さんのお手製のリゾット《ソパ・デ・アロース》もあった。だが、チキンスープは午後のおやつになってまた現れた。夕食にも。

水とチキンスープはもううんざり《シック》、病人でいる《シック》ことにもうんざりだった。寝こんで四日経《た》つと、そろそろつぎに進むべきだとようやく決意した。

ぼくは母さんに宣言した。「もう大丈夫だよ」

「まだだめよ」と母さんは言った。

「人質にされてるんだ」父さんが仕事から帰ってくると、ぼくはまず最初にそう言った。

父さんはにやりとした。

「もう元気なんだよ、父さん、ほんとうに」

「まだ少し顔色が悪いぞ」

「陽の光が足りないのさ」

「あと一日辛抱しろ」と父さんは言った。「そうしたら外の世界に出て好きなだけ面倒を起こせばいい」

「わかった」とぼくは言った。「だけど、チキンスープはもう勘弁してほしいな」

「それはおまえと母さんの問題だ」

部屋から出ていこうとして父さんはちょっとためらい、ぼくに背中を向けたままで言った。

「また悪い夢を見たのか？」

「悪い夢ならいつも見てるよ」

「病気でないときも？」

「ああ」

戸口に立っていた父さんはくるっと振り返り、ぼくを真正面から見た。「いつも自分がどこにいるかわからないんじゃないのか？」

「ほとんどの場合はそうだね、ああ」

「で、いつもわたしを探してるんだな？」

「たぶん自分を探してるんだと思うよ、父さん」こんなリアルな会話を父さんとしているのがなんだか不思議だった。だが、そのことが怖くもあった。このまま話を続けたい。でも、どう言えば胸の内にあるものを正確に伝えられるのかわからない。ぼくは床に目を落とした。それから目を上げて父さんを見て、たいしたことじゃないというように肩をすくめた。

「すまない」と父さんは言った。「わたしがうんと遠くにいるからだな。すまない」

「いいさ」とぼくは言った。

「いや。いや、よくはない」もっとなにか言うつもりだったのだろう。でも、考えなおしたようだ。父さんはドアのほうに向きなおり、部屋から出ていった。

ぼくはじっと床を見つめていた。すると、父さんの声がまた部屋のなかで聞こえた。「父さんも悪い夢を見ることがあるんだ、アリ」

父さんが見るのは戦争の夢なのか、それとも兄さんの夢なのかと訊きたかった。ぼくと同じぐらい怯《おび》えて目を覚ますのかと訊きたかった。

父さんに微笑んでみせることしかぼくにはできなかった。父さんが自分のことを話してくれた。

ぼくは嬉しかった。

3

テレビを見ることを許された。ところが、自分についてある発見をした。じつはテレビがたいして好きじゃなかったのだ。ぜんぜん好きじゃなかった。ぼくはテレビを消した。そうすると自然と母さんを眺めることになった。母さんはキッチンのテーブルで、以前の授業計画書に目を通していた。

「母さん？」

母さんは顔を上げて、ぼくを見た。教壇に立つ母さんの姿を想像しながら考えた。母さんの授業を受ける連中は母さんのことをどう思っているんだろう？　母さんを好きだろうか？　嫌いだろうか？　尊敬しているだろうか？　自分たちの先生が母親なのを知っているのか？　それは彼らにとって大事なことか？

「なにを考えているの？」

「母さんは教えることが好きなの？」

「好きよ」と母さんは答えた。

「生徒が関心をもたなくても？」

「秘密を打ち明けましょうか。生徒が関心をもつかもたないか、わたしは責任を負っていないの。その関心はわたしがもたせるものではなくて、生徒自身のなかから生まれなければならないものなのよ」

「それじゃ、教えてる母さんはどうなるの？」

「わたしの仕事はね、アリ、なにがあろうと関心をもつことなのよ」

「生徒のほうはもってなくても？」

「生徒のほうはもってなくても」

「なにがあっても？」

「なにがあっても」

「生きるのは退屈だと思ってる、ぼくみたいな生徒でも？」

「だれだって十五歳のときはそんなふうよ」

「そういう段階《フェーズ》か」とぼくは言った。

「そういうフェーズよ」母さんは笑った。

「十五歳の子が好きなんだ？」

「あなたのことが好きかって？　それとも、学校で教えている生徒が好きかということ？」

「両方かな」

「あなたのことは大好きよ、アリ。わかっているでしょう」

「ああ。だけど、生徒のことも大好きなんだよね」

「妬《や》いているの？」

「外に出てもいい？」ぼくは母さんに劣らず質問をはぐらかすのがうまかった。

「明日になったら外に出ていいわ」

「母さんはファシストだと思う」

「ずいぶん大きく出たわね、アリ」

「母さんのおかげで政権の形は知り尽くしてるからね。ムッソリーニはファシストだし、フランコもファシストだ。父さんはレーガンもファシストだって言ってる」

「父さんのジョークを真に受けちゃだめよ、アリ。レーガン大統領のやり方は強引すぎるだろうと言いたいだけなんだから」

「父さんの言いたいことはわかってるさ。ぼくの言いたいことが母さんにはわかるように」

「とにかく、あなたの母親が政権の一形態よりましだと思ってくれるならよかった」

「その気《け》はあるけどね」

「あなたの言いたいこともわかったけど、アリ。外に出るのはまだ早いわよ」

母さんの決めたルールに逆らう根性が自分にあったらと思う日もあった。

「ここから出たいだけだよ。退屈で頭がおかしくなりそうなんだ」

母さんは椅子から立ち上がると、ぼくの顔を両手で挟んだ。「わたしの大事な息子《イッホ・デ・ミ・ヴィーダ》、ごめんなさい、厳しすぎると思うわよね。でも、理由があるの。大きくなったらきっとあなたも――」

「いつもそれだ。もう十五歳だよ。いくつになればいいの？　ねえ、母さん、いったいいくつになればこの子も自分の頭で考えられると思うわけ？　ぼくはもう小さい子どもじゃないんだ」

　母さんはぼくの手を取り、キスをした。「わたしにとっては子どもなのよ」と囁いた。ぼろぼろ涙を流しながら。ぼくには理解できないことがあった。まずダンテ。つぎに自分。それに、いまは母さんだ。そこらじゅう涙だらけ。涙は感染するものなのかもしれない。インフルエンザみたいに。

「わかったよ、母さん」ぼくは囁き返し、母さんに微笑んでみせた。涙の説明をきちんとしてもらいたかったからだが、自分でわかろうとするしかなかった。「大丈夫？」

「ええ。大丈夫よ」

「そうは見えないけど」

「あなたのことを心配しすぎないようにしてみるわ」

「なぜ心配しすぎるの？　ぼくはインフルエンザに罹ったただけだよ」

「そういう意味じゃなくて」

「じゃあ、なに？」

「家から出てなにをするの？」

「いろいろ」

「友達もいないのに」母さんは片手を口にあてて自分を制した。

ぼくは非難めいた言い方をする母さんを憎みたかった。「べつに欲しくないし」

母さんは見知らぬ人間を見るような目でぼくを見た。

「それに、外に出してもらえないんじゃ、どうやって友達ができるのさ？」

いつもの目つきが返された。

「友達ならいるよ、母さん。学校の友達や、ダンテが。彼はぼくの友達だ」

「そうね」と母さんは言った。「ダンテはね」

「そうだよ」とぼくは言った。「ダンテは」

「ダンテがいてくれてよかった」

ぼくはうなずいた。「心配いらないよ、母さん。ぼくはそういうやつじゃないんだし――」

自分がなにを言おうとしているのかわからなかった。「ぜんぜんちがうし」なにを言いたいのかもわからなくなった。

「わたしがなにを考えているか、わかる?」

母さんがなにを考えているかなんて知りたくなかった。まったく。それでも一応は聞くことにした。「そりゃあね」

母さんはぼくの態度に気づかないふりをした。

「あなたは自分がどんなに愛されているかをわかっていないようね」

「わかってるよ」

母さんはなにかを言いかけたが、思いなおした。「アリ、わたしはあなたに幸せでいてもらいたいだけなのよ」

幸せでいることはぼくには難しいと言いたかった。母さんにはもうわかっていたんだろうが。「そうはいっても、いまは惨めでいなくちゃいけないフェーズだからね」

それが母さんを笑わせた。

ぼくたちはもう大丈夫だった。

「ダンテがうちへ来るのはかまわないよね?」

4

ダンテは二度めのコールで電話に出た。「最近はプールへは行ってないんだね」怒ったような声だった。

「ずっと寝こんでたんだ。インフルエンザで。ほとんど眠ってばかりだった。最悪の悪夢を見たよ。あとはチキンスープを飲んでた」

「熱が出たの？」

「ああ」

「関節痛は？」

「あった」

「寝汗をかいた？」

「ああ」

「たいへんだったね」と彼は言った。「どんな夢を見た？」

「それは話せない」

彼は聞かなくてもいいようだった。

十五分後、うちの玄関にダンテが姿を見せた。呼び鈴が鳴り、彼と母さんの話す声が聞こえた。ダンテはいつもなんの苦もなく会話を始めることができた。たぶん自分の体験談でも母さんに話していたんだろう。

裸足で廊下を歩いてくる音がした。と思ったら彼が現れた。体が透けて見えそうなぐらい生地の擦《す》りきれたTシャツに、穴だらけでよれよれのジーンズという出《い》で立《た》ちのダンテが、ぼくの部屋の戸口に立っていた。

「やあ」ダンテは詩集とスケッチ帳と木炭鉛筆を数本、手に持っていた。

「靴を履き忘れてるぞ」とぼくは言った。

「貧しい人たちに寄付したのさ」

「つぎはきっとジーンズだな」

「そうだよ」ふたりして笑った。

彼はしげしげとぼくを見た。「顔色があまりよくないね」

「それでも、きみよりはメキシコ人らしく見える」

「だれだってぼくよりはメキシコ人らしく見えるさ。ぼくに遺伝子を伝えた人たちを調べてみてよ」彼はもってまわった言い方をした。メキシコに関することはいちいち彼の心に引っかかるのだ。

「オーケー、わかった」とぼくは言った。〝オーケー、わかった〟は、話題を変えたいときの決まり文句だ。「スケッチ帳を持ってきてるじゃないか」

「うん」

「きみの描《か》いた絵を見せてくれるのかい？」

「ちがうよ。きみを描くんだ」

「ぼくが描かれたくなかったら？」

「練習できないんじゃ、どうやって画家になればいいんだろ？」

「画家のモデルにはモデル代が支払われるものだろ？」

「それはルックスのいいモデルだけだよ」

「ってことは、ぼくはルックスがよくないんだ?」

ダンテは笑みを浮かべた。「馬鹿なこと言うなよ」どぎまぎしているように見えた。ぼくほどではなかったけれど。

自分が赤面するのがわかった。ぼくみたいに暗い色の肌をしたやつでも顔を赤らめることはある。「じゃあ、本気で画家になるつもりなのか?」

「もちろん」彼はまっすぐぼくを見た。「信じてないな?」

「証拠がいる」

ダンテはロッキングチェアに腰掛けて、しげしげとぼくを見た。「まだ具合が悪そうだね」

「そりゃどうも」

「たぶん夢のせいだ」

「かもしれない」夢の話はしたくなかった。

「ぼくは子どものころ、世界が終わると思いながら目を覚ましてたよ。起きて鏡を見ると悲しい目をしてるんだ」

「ぼくの目みたいにって言いたいんだな」

「ああ」

「ぼくはいつも悲しい目をしてるからね」

「世界は終わらないよ、アリ」

「馬鹿なこと言うなよ。もちろん世界は終わらないさ」

「だったら悲しむな」

「悲《サッド》しい、悲《サッド》しい、悲《サッド》しい」とぼくは言った。

「悲《サッド》しい、悲《サッド》しい、悲《サッド》しい」（ローリング・ストーンズの曲〈サッド・サッド・サッド〉を示唆）と彼も言った。

ぼくも彼も顔に笑みを広げながら、笑いだすのをこらえていた——だけど、こらえきれなかった。彼が来てくれたことが嬉しかった。病気はぼくを弱気にさせた。自分はこのまま壊れてしまうんじゃないかと思った。そんな気分に陥《おちい》りたくなかった。声をあげて笑うとだいぶ気が楽になった。

「きみを描かせてほしい」

「ぼくがいやだと言ったら描かないのかい？」

「証拠がいると言ったのはきみじゃないか」

ダンテは持ってきた詩集を投げてよこした。「それを読め。きみは読む。ぼくは描く」そう言ったきり押し黙った。彼の目が部屋のなかのあらゆるものを探索しはじめた。ぼくを、ベッドを、上掛けを、枕を、光を。ぼくは緊張した。気まずさと自意識で落ち着かない気分になった。ダンテの視線が自分に据えられると心地よいのかよくないのかわからず、裸にされたような気分を味わった。それでも、ダンテと彼のスケッチ帳とのあいだで起きているなにかによって透明な存在になったような気もして、そのことがぼくをリラックスさせた。

「かっこよく描いてくれ」とぼくは言った。

「読め」と彼は言った。「黙って読め」

ダンテに描かれているということを忘れるのに長くはかからなかった。ぼくは黙って読んだ。ただ読んだ。ひたすら読んだ。ときおりちらっとダンテを見たが、彼は描くことに没頭していた。ぼくはまた詩集に戻った。一行読んで、その意味を理解しようとした。「ぼくたちが抱くことのできないもので星はつくられている」（W・S・マーウィンの詩〈若さ〉の一節）美しい言葉が並んでいるが、それがどういう意味だかわからなかった。その一行の意味するところを考えているうちに眠ってしまった。

目が覚めるとダンテがいなかった。

彼はぼくを描いたスケッチを一枚も残していかなかった。ただ、ロッキングチェアのスケッチは置いていった。完璧だった。むき出しの壁を背にしたロッキングチェア。部屋に降りそそぐ午後の陽光がよくとらえられていて、椅子に落ちる影が絵に奥行きを与え、椅子は命のないただの物体には見えなかった。そのスケッチはどこか悲しげで孤独そうで、もしかしたら彼はこの世界をそんなふうに見ているのだろうか、あるいは、ぼくの世界をそんなふうに見ているのだろうかと思わせた。

しばらくスケッチに見入っていた。そのうち怖くなった。そこには真実があったからだ。

ダンテはどこで描くことを学んだのだろう。ふと彼に嫉妬した。彼は泳ぎがうまく、絵が描けて、人と話すこともできる。彼は詩を読み、自分のことが好きだ。本心から自分が好きというのはどんな感じなのだろうと思った。なぜ自分のことが好きじゃない人もいれば、好きな人もいるんだろう。そういうものなのかもしれないけれど。

彼のスケッチを見たあと、ロッキングチェアに目をやった。ダンテが置いていったメモに気づいたのはそのときだった。

アリへ
きみの椅子のスケッチ、気に入ってくれるといいんだけど。プールにきみがいないと寂しいよ。ライフガードはゲスいやつばかりだからね。
ダンテ

夕食のあと、ぼくは受話器を取って彼に電話した。

「どうして帰ったんだよ？」

「きみには休息が必要だったからさ」

「寝ちゃったのは悪かったけど」

ふたりとも、つぎの言葉が出てこなかった。

「あのスケッチ、気に入ったよ」

「なぜ？」

「ぼくの椅子がそっくりそのまま描いてあるから」

「理由はそれだけ？」

「あの絵にはなにかがある」とぼくは言った。

「なにかって?」

「感情かな」

「もっと教えて」とダンテは言った。

「あの絵は悲しい。悲しくて孤独だ」

「きみみたいに」

ぼくがほんとうはどういう人間であるかを彼に見抜かれているのがいやだった。「いつも悲しいわけじゃない」とぼくは言った。

「わかってる」と彼は言った。

「ほかのスケッチも見せてよ」

「だめだ」

「どうして?」

「見せられないから」

「なぜ見せられないんだ?」

「きみが夢の話をぼくにできないのと同じ理由さ」

5

インフルエンザはぼくを解放したくないようだった。

その夜、また夢を見た。兄さんが出てきた。川（リオグランデ川）の向こう岸にいた。兄さんはファレス（メキシコ、チワワ州の都市）に、ぼくはエルパソにいて、お互いの姿を見ることができた。ぼくが「バーナード、こっちへ来て！」と叫ぶと、兄さんは首を横に振った。ぼくの言ったことが理解できないのだと思ったから、こんどはスペイン語で「ベンテ・パーカ、ベルナルド！」と叫んだ。ぼくの知っている単語が正しくさえあれば、というか、スペイン語をちゃんと話してさえいれば、兄さんは川を渡ってこっちへ来るだろう、そして、うちへ帰ってくるだろう、と思った。ぼくの知っている単語が正しくさえあれば。スペイン語をちゃんと話してさえいれば。すると父さんが現れた。父さんと兄さんは見つめあった。ふたりの顔に浮かんだ表情を見るのが苦しかった。この世界のすべての息子とすべての父親が心に負った傷を見ているように思えたからだ。しかも、それは涙も出ないほど深い傷で、だから、ふたりの顔には涙の跡すらなかった。そこで夢が変わり、ふたりともいなくなった。ぼくは川のファレス側の、いままで父さんが立っていたのと同じ場所にいた。ダンテが向こう岸に立っていた。シャツを着ておらず、靴も履いていなかった。彼のほうに泳いでいきたいのに動くことができない。ダンテが英語でなにか言った。ぼくには彼の言葉が理解できなかった。ぼくがスペイン語でなにか言うと、ダンテには理解できないのだった。

ぼくはほんとうにひとりぼっちだった。

それから、光がぜんぶ消え失せて、ダンテも闇のなかに消えてしまった。

そこで目が覚めた。迷子になったような気分だった。

自分がどこにいるのかわからない。

また熱が出た。以前と同じことはもうなにもないのだろうと思った。でも、みんな熱のせいだということもわかっていた。ふたたび眠りに落ちた。空から雀が落ちてくる。彼らを殺しているのはぼくだった。

6

ダンテが見舞いにやってきた。今日の自分はあまり愉しく話せないと思った。ダンテにもそれはわかっていた。そんなことは彼にはたいしたことではなさそうだった。

「話とかしたい？」

「いや」とぼくは言った。

「帰ったほうがいい？」

「いや」

ダンテはぼくに詩を読んで聞かせた。ぼくは空から落ちる雀のことを考えていた。ダンテの声に耳を傾けながら、兄さんの声はどんなだったろうと思った。詩を読んだことなどあるんだろうかと。いろんなものが頭のなかにぎゅうぎゅうに詰まっていた――落ちてくる雀、兄さんの亡霊、ダンテの声。

ダンテは詩をひとつ読み終えると、つぎに読む詩を探した。

「きみは病気がうつるのが怖いと思わないの？」

「うん」

「怖くないんだ？」

「うん」

「きみはなにも怖くないんだね」

「怖いものはいっぱいあるさ、アリ」

それはなに？　なにが怖いの？　そう訊くこともできただろう。彼が答えたとは思わないけれど。

7

熱は下がった。

だが、夢は居座っていた。

父さんがいた。兄さんも。ダンテも。夢のなかに。たまに母さんも出てきた。脳裏に焼きついている光景があった。四歳のぼくが兄さんと手をつないで道を歩いている。記憶なのか夢なのか。それとも願望だろうか。

寝転がって、いろんなことを考えた。自分にとってだけ大切な、ぼくの人生のありきたりな問題や謎について。いろんなことを考えると気が晴れたというわけではない。オースティン・

ハイスクールの三学年が最悪になることは予測がついた。ダンテは水泳チームがあるカテドラル・ハイスクールにかよっていた。母さんと父さんはぼくをその高校へ行かせたがっていたのだが、ぼくは拒否した。カトリックの男子校なんて行きたくなかったから。あそこは金持ちの子が行く学校だと自分にも親にも力説した。母さんは成績優秀な生徒には奨学金が出る制度もあると説明したが、ぼくは奨学金をもらえるほど頭がよくないと反論した。その学校へ行かせるぐらいのお金はうちにもあると母さんも反論した。「あの学校の男子が嫌いなんだよ!」最後は、あんなところへやらないでくれと父さんに泣きついた。

カテドラルの男子が嫌いだということはダンテにはひとことも言っていなかった。べつにダンテは知らなくてもいいのだから。

「友達もいないのに」と責めるように母さんに言われたことを思い出した。

部屋にあるロッキングチェアのことも考えた。ダンテが描いたあの絵はまさにぼくの肖像画だと。

ぼくは椅子なんだ。そう思うと、いままで感じたことがないぐらい悲しかった。

自分はもう少年ではないと思いながらも、まだ少年のような気もしていた。心のどこかで。だが、ほかに感じはじめていることもあった。おとなの男の感情だったのかもしれない。おとなの男の孤独は少年の孤独とは比較にならないほど大きい。ぼくは少年扱いされたくなかった。両親のつくった世界のなかで生きたくなかった。かといって、自分のつくった世界があるわけでもなかった。なぜかダンテとの友情によって孤独感はいっそう深まった。

それはきっと、ダンテはどこへ行こうとその場に自分をなじませられるように見えたからだ。ぼくはといえば、居場所がどこにもないといつも感じていた。この体さえ自分の居場所ではないと――この体こそぼくのいるべき場所ではないと。自分が自分の知らない何者かに変わりかけていて、その変化に苦痛を覚えているのに、なぜ苦痛なのかはわからず、おまけに、自分の感情には納得できるものがなにひとつなかった。

もっと子どものころ、日記をつけようと思い立ったことがあり、真っ白いページがいっぱいの革表紙の小さなノートを買ってきて、いろんなことを書きこんでみた。ところが、ぼくはなんにつけ決めたとおりにやれたためしがなくて、いつのまにか日記は、とりとめのない考えをとりとめなく書くためのノートでしかなくなった。

六年生のとき、誕生日に両親からグローブとタイプライターを贈られた。野球チームにはいっていたからグローブをプレゼントするのはわかるとしても、なぜタイプライターなんだ？　両親はぼくのなにを見てタイプライターを買ってやろうと思ったんだろう？　気に入ったふりをした。でも、上手な演技はできなかった。

よけいなことを喋らないというだけでは、うまい役者にはなれない。

おもしろいことに、ぼくはタイプの打ち方を習得し、最後はかなりの腕前になった。野球のほうはたいして上達しなかった。チームにはいれるだけの実力はあっても、野球自体は好きでもなんでもなく、父さんのためにやっていただけだから。

なぜそういうことをぐだぐだと考えてしまうのか、自分でもわからなかったが、とにかく考えてばかりいた。脳のなかに自分専用のテレビがあったのだろう。そのテレビでは見たいものを見ることができて、いつでも好きなときにチャンネルを替えられた。

ダンテに電話しようかと考えた。それから、やっぱりやめておこうと思いなおした。ほんとうはだれとも話したくなくて、ひたすら自分と話していたい気分だった。

やがて双子の姉のことにも考えがおよんだ。姉同士はものすごく親密なのに、ふたりとぼくとのあいだにはうんと距離があった。歳が離れているせいだというのはわかっていたし、その事実は重要に思えた。ふたりにとっても、ぼくにとっても。ぼくは生まれてくるのが〝少し遅かった〟のだ。姉さんたちはその言葉を使った。ある日、ふたりはキッチン・テーブルで話をしていた。話題がぼくのことになると、そういう言い方をした。自分についてだれかがそう言うのを聞くのははじめてではなかった。だからこそ、ぼくはふたりと対決することにした。そんなふうに思われるのはごめんだったから。怒りを抑えられなかったのかもしれない。まずエルヴィラ姉さんを見て、こう言った。「そっちの生まれるのが少し早すぎたんだろ」ぼくはにっこり笑い、かぶりを振ってみせた。「それって悲しくない？　クッソ《ファッキング》悲しすぎない？」

双子のもう片割れのエミリア姉さんが、ぼくを叱《しか》った。「その言葉はだめ。そういう口の利き方をしないの。失礼にもほどがあるわ」

まるで、自分たちはぼくに対して失礼じゃなかったみたいだ。ああ、そうとも、姉さんたちは失礼じゃなかったんだろう。

ふたりはぼくが汚い言葉をつかったと母さんに言いつけた。〝汚い言葉〟が大嫌いな母さんは、例の目つきでぼくを見た。「〃f〃ワードは相手に対する敬意も想像力もいちじるしく欠けていることの証しなのよ。それと、目を剝《む》くのはよしなさい」

だが、ぼくは謝るのを拒んだので、もっと厄介な状況に追いこまれた。よかったのは、姉さんたちがそれ以降、〃生まれてくるのが遅すぎた〃という言い方を二度としなくなったことだ。少なくともぼくのまえでは。

　あのときぼくが怒ったのは、自分だけが兄さんと話すことができないからだったと思う。そのうえ姉さんたちともまともに話ができないから頭にきたのだ。ふたりがぼくに無関心だったわけではない。ふたりはたいてい、弟というより息子のようにぼくを扱っていた。母親は三人もいらない。結局ぼくは、うちのなかでひとりぼっちだった。ひとりぼっちだと同じ歳ごろのだれかと話したくなる。〃f〃ワードはぼくの想像力の乏しさを計る尺度ではないと理解している相手と。その言葉をたまにつかうことによって心はたしかに解放されていた。

　日記のなかで自分と話すのは同じ歳ごろのだれかと話すのと基本的には同じだ。たまに、思いつくかぎりの罰《ばち》あたりな言葉を書きつけることもあった。そうすると気分が軽くなった。母さんには母さんの決めたルールがあり、父さんに家のなかで煙草《たばこ》を喫《す》わせなかったし、だれが悪態をついても許さなかった。母さんはそれらしい言葉をためしてみることさえなかった。父さんがおもしろい言葉を連発したときですら、父さんの顔を見て、「そういうのは外でやってね、ハイメ。その種の言葉を褒めてくれる犬が一匹ぐらいはいるでしょうから」と釘《くぎ》を刺した。

母さんは穏やかな人だが、ひどく厳しい面ももっていた。そうやって生き抜いてきたんだろう。母さんのまえで悪態をついて面倒なことになるのはごめんなので、ぼくが悪態をつくのはもっぱら頭のなかだった。

それに、自分の名前という厄介な問題もあった。エンジェル・アリストートル・メンドゥーサ。ぼくはこのエンジェルという名前が大嫌いで、だれにもそうは呼ばせなかった。知り合いでエンジェルって名前のやつにはきわめつけのクズ野郎しかいない。アリストートルも気に入らなかった。祖父からもらった名前だとわかっていても、それが世界一有名な哲学者の名前にちなんでいるというのも知っていたから。そのことがいやでたまらなかった。みんなになにかを期待されているようで。ぼくにはぜったいにできないなにかを。

だから、自分でアリという名前をつけなおしたのだ。

文字を入れ替えれば、アリ《Ari》は空気《Air》になる。

空気でいられたら最高だろうなと思った。

そこに存在しながら無でもいられるから。人に必要なのに人の目に映らずにすむから。だれもがぼくを必要としながら、だれにもぼくを見ることができないから。

8

母さんが考え事の邪魔をした——あれが考え事だったとして。「ダンテから電話よ」

キッチンを通ると、母さんが戸棚を全部からっぽにして掃除していることに気づいた。夏がなにを意味しようと、母さんにとっては仕事なのだ。

ぼくは居間のカウチにどさっと座り、受話器をつかんだ。

「やあ」とぼくは言った。

「やあ」と彼も言った。「なにしてる?」

「なんにも。まだすっきりしなくてさ。母さんが午後に医者に連れていくって」

「一緒に泳ぎにいけたらと思ったんだけど」

「だめ」とぼくは言った。「無理だよ。わかるだろ、いまはまだ――」

「ああ、わかる。じゃ、ぶらぶらしてるだけなんだ?」

「そういうこと」

「なにか読んでるかい、アリ?」

「いや。考え事をしてる」

「どんな?」

「つまんないこと」

「だから、ダンテ、つまんないこと?」

「たとえばどんな?」

「そうだな、たとえば、うちの姉貴ふたりと兄貴は、どうしてあんなに歳が上なんだろうとか。それでぼくがどういう気持ちになるかとか」

「何歳なの、きみの姉さんと兄さん？」

「姉さんは双子なんだ。一卵性じゃないけど、やっぱりよく似てる。二十七歳だよ。母さんは十八歳で産んだのさ」

「ワォ」と彼は言った。「二十七歳か」

「ああ、ワォだよね。ぼくは十五歳で姪《めい》が三人、甥《おい》が四人もいる」

「それってすごくクールじゃないか、アリ」

「言っとくけど、ダンテ、クールなんかじゃないよ。向こうもアリ叔父さんなんて呼ばないし」

「で、兄さんは何歳？」

「二十六歳」

「ぼくは兄さんが欲しいといつも思ってたな」

「まあ、ぼくだって、兄さんがいないようなもんだよ」

「どうして？」

「うちじゃ兄さんのことは話さないから。まるで兄さんが死んじゃったみたいに」

「どうして？」

「兄さんは刑務所にいるんだよ、ダンテ」兄さんのことはこれまでだれにも話したことがなかった。ほかの人間には、一度も、ひとことも言ったことがなかった。こうして話していることに罪悪感めいたものを感じていた。

ダンテはなにも言わなかった。

「やめようか、この話」とぼくは言った。

「なぜ?」

「話してるとうしろめたい気がする」

「アリ、きみがなにかをしたわけじゃない」

「兄さんの話はしたくない。それでいいだろ、ダンテ?」

「オーケー、わかった。だけど、きみって、ほんとうに興味深い人生を送ってるんだね」

「そんなんじゃないさ」とぼくは言った。

「いや、そうさ」と彼は言った。「少なくとも、きみには姉さんや兄さんがいる。ぼくには母さんと父さんしかいない」

「いとこは?」

「いるけど、ぼくのことが好きじゃないんだ。彼らはぼくのことを——うん、まあ、少し変だと思ってる。みんな正真正銘のメキシコ人だからね。それに、ぼくはどういうか、ほら——まえにぼくのこと、なんて呼んだっけ?」

「ポチョ」

「そう、まさにそれがぼくさ。ぼくはスペイン語をうまく話せない」

「勉強すればいいじゃないか」とぼくは言った。

「学校で習うのと、うちや通りで覚えるのとはちがうよ。それに、いとこのほとんどは母方だから、なにかと難しいのさ——みんなすごく貧乏だし。母さんは末っ子で、学校へ行くために家族と本気で戦ったんだ。母さんの父親は女の子は大学なんかへ行かなくていいっていう考えだった。それで母さんは〝知ったこっちゃない。わたしは行く〟って言った」

「想像がつかないよ、きみの母さんが〝知ったこっちゃない〟って言うなんて」

「いや、もしかしたら、そうは言わなかったかもしれない——とにかく、方法を見つけたんだ。母さんはほんとうに頭がよくて、大学をちゃんと卒業した。そのあとは奨学金でバークレーの大学院まで行った。そこで父さんと出会って、ぼくが生まれたのもバークレーのどこかだった。ふたりともまだ勉強中で、母さんは心理学者になろうとしてた。父さんは英語学の教授を目指してた。父さんの両親はどっちもメキシコ生まれで、イーストLAの小さな家に住んでるんだ。英語はぜんぜん話さない。小さいレストランをやってる。つまり、母さんも父さんも自分の力でまったく新しい世界をつくったってことさ。ぼくはその新しい世界に住んでる。だけど、ふたりは古い世界も理解してる。自分のルーツがある世界——ぼくには理解できない世界——をね。ぼくの居場所はどこにもない。それが問題なのさ」

「あるじゃないか」とぼくは言った。「きみはどこへ行ってもそこを居場所にしてるじゃないか。それがきみの生き方だろ」

「きみはいとこと一緒にいるときのぼくを見てないからな。自分は変人だっていう気がする」

その感じはぼくにもわかった。「わかるよ。ぼくも自分は変人だっていう気がするから」

「でも、少なくともきみは正真正銘のメキシコ人だ」

「ぼくがメキシコのなにを知ってるっていうんだよ、ダンテ？」

電話を通して奇妙な沈黙が流れた。「これからもずっとこうなのかな？」

「なにが？」

「つまり、いつになったら世界は自分たちのものだと感じられるようになるんだろう？」

世界はこれからもけっしてぼくたちのものにはならないだろうと彼に言いたかった。「さあね」とぼくは言った。「明日かもな」

9

ぼくはキッチンへ行き、母さんが戸棚を整理しているのを眺めた。

「ダンテとなにを話してたの？」

「いろいろ」

兄さんのことを訊きたかった。でも、自分はいまそれを訊くつもりがないとわかっていた。

「ダンテが彼の両親のことを話してくれたのさ。ふたりがバークレーの大学院で出会ったとか。ダンテはバークレーで生まれたとか。親がいつも本を読んだり勉強したりしてるのを覚えてるって言うんだ」

母さんはにっこりした。「ちょうど、わたしとあなたみたいね」

「ぼくは覚えてないな」

「わたしの場合は、父さんが戦争へ行っているときが学位取得の最終段階だったの。おかげで少しは気がまぎれたわ。心配で心配でしかたがなかったから。大学で勉強しているあいだは母や伯母さんたちの力を借りて、あなたの姉さんと兄さんの世話をしてもらってたのよ。そして父さんが帰ってきて、あなたを身ごもった」母さんはぼくに微笑みかけ、指でぼくの髪を梳《す》くいつもの仕種《しぐさ》をした。

「父さんが郵便局になんとか勤めてくれたから、大学にかよいつづけることができた。わたしにはあなたがいて、学校があった。父さんの身はもう安全だし」

「たいへんだった?」

「幸せだったわ。あなたはほんとうに可愛い赤ちゃんだった。自分がこの世から消えて天国へ行ったのかと思ったほど。それから、わたしたちはこの家を買った。修繕の必要はあったけれど、とにかく自分たちの家よ。わたしはいつでも自分のやりたいことができていたの」

「母さんは昔からずっと教師になりたかったんだよね?」

「そう、ずっと。わたしが子どものころ、うちにはなにもなかった。でも、学校で学ぶことがわたしにとってどれだけ大切か、母にはわかっていたから、父さんと結婚すると言ったときには泣かれてね」

「祖母ちゃんは父さんのことを気に入らなかったんだ?」

「そうじゃないの。わたしを上の学校へ行かせたかっただけ。かならず行くと母に約束して、少し時間はかかったけど約束は守ったわよ」

母さんをひとりの人間としてきちんと見たのは、このときがはじめてだった。単にぼくの母さんというよりはるかに大きな意味をもつ、ひとりの人間として見たのは。母さんのことをそんなふうに考えるなんて不思議な気がした。父さんのことも訊きたかったが、どう訊いたらいいのかわからなかった。「父さんはまえとはちがった？　戦争から帰ってきたとき」

「ええ」

「どうちがったの？」

「心に傷を負ったのよ、アリ」

「でも、なんなの？　傷って？　どういう傷？」

「わからない」

「母さんにもわからないことがあるんだ？」

「だって、その傷は彼の傷だもの。彼が負った傷だからよ、アリ」

母さんは父さんが心に負った傷をただ受け入れることにしたのだと、ぼくは解釈した。「それって治る傷なのかな？」

「治らないかもしれないわね」

「母さん？　ひとつ訊いてもいい？」

「なんでも訊きなさい」

「父さんを愛することは難しい？」

「いいえ」母さんは一瞬の迷いもなく答えた。

「母さんには父さんのことが理解できる?」

「いつもできるとはかぎらない。でもね、アリ、わたしは、自分が愛する人のことをいつでも理解していなければ気がすまないというわけではないの」

「そうか。たぶん、ぼくは気がすまないんだな」

「それじゃ苦しいでしょ?」

「父さんのことがわからないんだよ、母さん」

「こんなふうに言うとあなたが怒りだすのはわかっているけど、アリ、やっぱり言わせてもらう。あなたもいつかわかるようになるわ」

「ああ。いつかね」

いつか、ぼくは父さんを理解できるようになるのだろう。いつか、父さんは自分のことを話してくれるのだろう。いつか。ぼくの大嫌いな言葉だった。

10

母さんが自分の胸の内を話してくれるのは嬉しかった。母さんはそういうことができる人なんだと思えた。しょっちゅうではないけれど、ときどきぼくたちは話をした。その時間が愉しくて、母さんのことがわかるという気持ちになれた。ぼくにすれば、その人のことがわかると感じられる相手は多くなかった。ぼくと話をするときの母さんは、母親としての母さんとはちがっていた。母親としての母さんには、ぼくがどうあるべきかということについてたくさんの意見があり、ぼくはそれがいやで、そのことでよく逆らった。あれこれ押しつけられたくなかったのだ。

ぼくがどういう人間だとかどういう人間であるべきだとか、みんなが言うことを受け入れるのが自分の役目だとは思わなかった。〝そんなふうに黙ってばかりいるから、アリ……〟〝もうちょっと、しっかりしてくれないと……〟そう、ぼくのいけないところやぼくのあるべき姿について、みんなが提言してきた。とくに姉さんたちは。

ぼくが末っ子だから。

予期せず生まれた子だから。

生まれてくるのが遅すぎたから。

兄さんが刑務所にいて、たぶん母さんと父さんは自分を責めているから。あのときこう言ってさえいれば、こうしてさえいれば、と。二度と同じ過《あやま》ちは犯すまい、と。つまり、ぼくは家族の罪を押しつけられていた――母さんですら語ろうとしない罪を。たまに話の流れで母さんが兄さんについて触れることはあっても、兄さんの名前はけっして口にしなかった。

結局、ぼくはこの家でただひとりの息子なわけで、メキシコ人の家族の息子という重みを感じていた。たとえそれが自分が望んだことではなくても。とにかく、そうなってしまっているのだ。

腹が立つのは、兄さんの話をダンテにしたために家族を裏切ったような気分にさせられることだった。いい気持ちはしなかった。我が家にはゴーストがたくさんいすぎる——兄さんの亡霊、父さんの戦争の亡霊、姉さんたちの声の幽霊。ぼくのなかにも、まだ会ったことのないゴーストがいるのかもしれないと思った。そいつらはそこにいて、じっと待ち伏せしているんじゃないかと。

古い日記帳を取り出し、ページをめくってみた。十五歳になって一週間後に書いた最初の言葉を見つけた。

十五歳はいやだ。

十四歳もいやだった。

十三歳もいやだった。

十二歳もいやだった。

十一歳もいやだった。

十歳はよかった。十歳は好きだった。なぜだかわからないけれど、五年生の一年間は愉しかった。五年生はほんとうによかった。ミセス・ペドレゴンは最高の先生だったし、どういうわけか、みんながぼくのことを好きらしかった。愉しい一年。すばらしい一年。それが五年生だった。でも、十五歳になったいまは、少しずつ居心地が悪くなっている。声が変なふうになってきているし、なにかにぶつかってばかりだし。成長の速さに反射神経が追いつかないんだと母さんは言う。

成長がどうのというようなことはどうでもいい。

自分の体が自分ではコントロールできないことを始めていて、それが気にくわない。

突然、体のいろんなところに毛が生えてきている。腋《わき》の下にも脚にも、それに——股《また》の——あいだにも。そうさ、それがいやなんだ。足の指にまで毛が生えてきた。いったいどういうことだ？

足のサイズもどんどん大きくなりつづけている。このでかい足はなんなんだ？　十歳のときはどちらかといえば体は小さいほうで、毛の悩みなんかなかった。ただひとつ悩みがあったとすれば、完璧な英語を喋ろうとしてもなかなかできないことぐらいだった。その年——十歳のとき——ぼくは決心したんだ。これからはほかのメキシコ人のような喋り方はしない、自分はアメリカ人になるんだって。人と話すときにはアメリカ人のような喋り方をするんだって。

見た目がアメリカ人みたいじゃないからって、なにか問題でもあるのか？

そもそも、どういうのがアメリカ人みたいな見た目なんだ？

アメリカ人は手も足も大きくて、やっぱり——股間《こかん》に——毛が生えているんだろうか？

自分の書いた言葉を読むのは死ぬほど気恥ずかしかった。馬鹿まるだし《ベンデホ》。毛がどうしたとか、自分の体のことをぐだぐだ書いていたぼくは世界一の負け犬だったにちがいない。日記をつけるのをやめて当然だ。自分の馬鹿さかげんの記録を残していたようなものじゃないか。なぜそんなことをしたいと思う？　自分がどうしようもないやつだってことを、なぜわざわざ思い出したい？

どうしてそのとき日記を部屋の向こうへほうり投げなかったのかはわからない。ぼくはなおも日記のページを適当にめくりつづけた。すると、兄さんのことを書いた個所があった。

うちには兄さんの写真が一枚もない。

姉さんふたりの結婚式の写真はあるし、はじめての聖体拝領式のためのドレスを着た母さんの写真もある。ヴェトナムに行っていたときの父さんの写真もある。ぼくの写真は、赤ん坊のときのもの、初登校日に撮ったもの、リトルリーグの優勝トロフィーを持ってチームメイトと一緒に撮ったものがある。

三人の姪と四人の甥の写真もある。

祖父母の写真もある。四人とももうこの世にいないけれど。

うちは写真だらけなのだ。

でも、兄さんの写真は一枚もない。

刑務所にいるから。

うちではだれも兄さんの話をしない。

まるで兄さんが死んでしまったみたいに。

死んでしまったよりもっと悪い。死んだ人なら少なくとも話題にはなるから、その人にまつわる話を聞ける。人はにこにこ笑って死んだ人の話をする。声をあげて笑うことだってある。ぼくらは昔うちで飼っていた犬の話だってする。

死んだその犬、チャーリーですら人が語る物語をもっている。

兄さんには物語がひとつもない。

兄さんは家族の歴史から消されている。どう考えてもおかしいだろう。兄さんは黒板に書かれた一語よりも大きな存在なのに。なにが言いたいかというと、ぼくはアレクサンダー・ハミルトン（合衆国建国の父のひとり）についてレポートを書かなくちゃいけなくて、その人の姿形まで知っているわけだ。

どうせ書くなら兄さんについて書きたい。

そんなレポートを読みたがる人間が学校にいるとは思えないけど。

そこまで読んで、ふと思った。ぼくはいつか勇気を出して、兄さんのことを教えてくれと両親に言えるだろうか？　姉さんたちには一度言ってみた。エミリアもエルヴィラもすばやい視線をよこした。「あの子の話なんかしないで」

もし、そこに銃があったら、ふたりのどちらかがぼくを撃っただろうと思ったのを覚えている。

気がつくと押し殺した声で何度も繰り返していた。「兄さんは刑務所にいる、兄さんは刑務所にいる、兄さんは刑務所にいる」声に出して言いながら、その言葉を口のなかで感じたかった。言葉は食べ物のようになることがある——口に入れるとなにかが感じられる。なにかしら味がする。「兄さんは刑務所にいる」その言葉は苦い味がした。

ただ、なにより厄介なのは、その言葉が自分のなかで生きているということだ。しかも、外へ漏れ出そうとしている。言葉は人がコントロールできるものではない。少なくとも、いつもできるとはかぎらない。

自分になにが起きているのかわからなかった。なにもかもがカオスで恐ろしかった。まるで整頓するまえのダンテの部屋になってしまったような感じ。秩序。いまの自分に必要なのはそれだと思った。そこで日記を手に取り、こう書きはじめた。

ぼくの人生に起きていること（順不同）

・インフルエンザに罹ってしまった。絶不調。心も最悪。

・心はこれまでもずっと最悪。最悪の理由は絶えず変わる。

・いつも悪夢を見ていると父さんに話した。ほんとうのことだ。これまでだれにも一度も言ったことがなかった。自分にさえ。口に出してみてやっと、それがほんとうなんだとわかった。

・一分か二分、母さんを憎んだことがある。ぼくには友達がいないと言ったからだ。

・兄さんについて知りたい。兄さんについてもっと知ったら、ぼくは兄さんを憎むのだろうか？

・熱にうなされていたとき、父さんが体を抱いてくれた。あのままずっと父さんの腕に抱かれていたかった。

・問題は母さんと父さんを愛していないということじゃない。母さんと父さんをどう愛したらいいのかわからないことが問題なんだ。

・ダンテははじめてできた友達だ。そのことが怖い。

・ダンテがほんとうにぼくのことを知ったら、彼はぼくを好きじゃなくなると思う。

11

医院で二時間以上待たされた。だが、そんなこともあるかと思って、ぼくも母さんも用意していた。ぼくはダンテがうちへ持ってきたウィリアム・カーロス・ウィリアムズの詩集を、母さんは読みかけの小説、『ウルティマ、ぼくに大地の教えを』(一九七二年、ルドルフォ・アナヤ著／草思社、一九九六年、金原瑞人訳)を持参していた。

ぼくたちは待合室で向かい合わせに座った。ときどき母さんがぼくの様子を見ているのがわかった。母さんの視線を感じた。「あなたが詩が好きとは知らなかったわ」

「ダンテの本だよ。彼の父さんは家じゅうに詩集を置いてるんだ」

「すばらしいわね、ダンテのお父さんがなさっていることは」

「教授をしてることが?」

「ええ。とってもすばらしいことよ」

「そうだね」とぼくは言った。

「わたしが大学にかよっていたころにはメキシコ系アメリカ人の教授なんていなかったもの。ただのひとりも」母さんの顔に怒りに近い表情が浮かんだ。

ぼくが母さんについて知っていることはほんのわずかしかない。母さんがどういう体験をしたのか――母さんが自分自身であるというのはどんな気持ちなのか。いままでは関心がなかった。あまり気にしたことがなかったのだ。このときはじめて関心が芽生え、知りたいと思った。あらゆることについて知りたいと思いはじめた。

「詩が好きなの、アリ?」

「うん。そうらしい」

「じゃ、作家になるかもしれないわね」と母さんは言った。「詩人かしら」

母さんが口にすると、その言葉がなんともいえず美しい響きを帯びた。ぼくには美しすぎるほどだった。

12

どこも悪いところはない。医者はそう言った。重いインフルエンザから順調に回復の経過をたどっていると。午後をまるまる無駄にしたわけだ。母さんの顔にほんの一瞬、激しい怒りの表情が浮かぶのを見たこと以外は。それはぼくがこれから考えていかなければならないことだった。

母さんの謎の部分が減った気がすると同時に、かえって謎が増えた気もした。

ぼくはやっと外出できるようになった。

プールでダンテと会ったが、すぐに息切れするので、ほとんどダンテが泳ぐのを眺めてばかりいた。

雨が降りそうだった。一年のこの時期は雨がいつでも降りだす。遠くで雷が鳴っていた。ダンテの家へ向かって歩いていると雨が降りはじめた。すぐにざあざあ降りになった。

ぼくはダンテを見た。「走らないよ、きみが走らないなら」

「ぼくは走らないさ」

こうして、ふたりで雨のなかを歩いた。もっと速く歩きたい気持ちはあったけれど、そうはしないで歩く速度を落とした。ぼくはまたダンテを見た。「いいの?」

彼は笑みを返した。

ぼくたちはダンテの家へ向かってゆっくりと歩いた。雨のなかを。ずぶ濡れになって。

家に着くと、ダンテの父さんがぼくたちを乾いた服に着替えさせ、お説教をした。「ダンテにひとかけらの常識もないことはとっくにわかっているけれども、アリ、きみはもうちょっと信用できると思っていたんだがな」

ダンテとしては口を挟まずにはいられなかった。「そんなの無理だって、父さん」

「彼はインフルエンザが治ったばかりなんだぞ、ダンテ」

「もう大丈夫です。この雨が好きなんです」ぼくは床に目を落とした。「ごめんなさい」

ダンテの父さんは片手でぼくの顎をすくい上げるような仕種をすると、じっとぼくを見つめて「夏の少年たち《サマー・ボーイズ》か」と言った。

そのまなざしが胸に沁《し》みた。世界一優しい男の人だと思った。もしかしたら、みんなが優しいのかもしれない。もしかしたら、ぼくの父さんだって。でも、ミスター・キンタナは勇敢だ。自分が優しいことを全世界に知られようとおかまいなしなのだから。ダンテはこの人によく似ていた。

きみの父さんでも怒ったりするのかと、ダンテに訊いてみた。

「しょっちゅうは怒らないね。めったに怒らない。だけど、怒ったときは邪魔しないようにしてる」

「どんなことで怒るの?」

「父さんの論文を全部捨てたことが一度あったっけ」

「ほんとうかよ?」

「ぼくの話をちっとも聞いてくれなかったから」

「何歳のとき?」

「十二歳」

「なら、わざと怒らせたんだな」

「まあ、そういうこと」

そこでぼくが急に咳《せ》きこみ、彼もぼくもうろたえた目でお互いを見た。「ホットティーを淹《い》れてくる」とダンテが言った。

ぼくはうなずいた。名案だ。

ふたりで玄関ポーチのステップに座ってお茶を飲みながら、ポーチを打つ雨に見入った。空の色はほぼ真っ黒で、やがて雹《ひょう》が降りだした。雹はうっとりするほど美しくもあり、恐ろしくもあり、ぼくは嵐の科学に思いをめぐらした。ときどき嵐が世界を壊したがっているように見えるということに。世界は壊れるのを拒んでいるということに。

雹に見とれていると、ダンテがぼくの肩を叩いた。「会話をしなくちゃ」

「会話?」

「話すのさ」

「毎日話してるじゃないか」

「ああ。それでも。ちゃんと話がしたい」

「なにを話すんだよ?」

「なにをって、そりゃ、ぼくたちはどんなやつだとか、両親のこととか、そういうようなことをさ」

「きみはふつうじゃないって、だれかに言われたことはある?」

「そう言われるのを目指すべきだってこと?」

「だってそうだろ。きみはふつうじゃない」ぼくは首を振った。「きみはいったいどこから来たんだ?」

「ある夜、両親がセックスした結果さ」

彼の両親がセックスしているところなら想像できそうだった――なんだか変だけれども。

「夜だってどうしてわかる?」

「たしかに」

ぼくたちは大笑いした。

「オーケー」と彼は言った。「こんどは真剣にやろう」

「これってゲームみたいなもの?」

「そう」

「よし、やろう」

「好きな色は?」

「ブルー」

「赤。好きな車は?」

「車は好きじゃない」

「ぼくも好きじゃない。好きな歌は?」

「とくにないな。きみは?」

「〈ザ・ロング・アンド・ワインディング・ロード〉」

「〈ザ・ロング・アンド・ワインディング・ロード〉?」

「ビートルズさ、アリ」

「お互いに面接しあってるのか？」

「それは知らない」

「名曲だよ、アリ」

「このゲームはつまんないよ、ダンテ。お互いに面接しあってるのか？」

「そんなところかな」

「ぼくが志願してる持ち場は？」

「親友」

「もうその任務に就いてるんだと思ったけど」

「自信過剰だぞ、うぬぼれゲス野郎め」彼は手を伸ばして、ぼくをパンチした。強いパンチではなかったが、やわなパンチでもなかった。

それがぼくを笑わせた。「言ってくれるね」

「さっと立ちあがって、知ってるかぎりの悪態を大声で叫びたくなったりしないか？」

「そんなの毎日だよ」

「毎日？　ぼくよりひどいや」彼は雹に目をやった。「雪が怒って小便してるみたいだ」それがまたぼくを笑わせた。

ダンテはかぶりを振った。「きみもぼくも行儀がよすぎる。わかってるかい？」

「なにが言いたいんだ？」

「親はぼくたちを行儀のいい子に育てた。虫唾《むしず》が走る」

「ぼくはそう行儀がいいとは思ってないよ」

「きみはギャングのメンバーか？」

「いや」

「ドラッグをやってる？」

「いや」

「アルコールは？」

「飲みたい」

「ぼくもさ。でも、飲みたいかとは訊いてない」

「いや、飲まない」

「セックスをしてる？」

「セックス？」

「セックスだ、アリ」

「してないよ。したことなんかないよ、ダンテ。だけど、したい」

「ぼくもさ。なにが言いたいかわかるだろ？　ぼくたちは行儀のいい子なんだ」

「行儀のいい子か」とぼくは言った。「クソだな」

「クソだ」と彼も言った。

ふたりでまた大笑いした。

そのあともずっとダンテの質問は続き、ぼくはそれに答えた。気がつくと雹も雨もやみ、あんなに暑かった空気が急に冷えこんでいた。世界全体がひっそりと静まり返ったように思えた。ぼくも世界とひとつになって同じ静けさを感じたかった。

ダンテは玄関ポーチのステップから腰を上げて歩道に立つと、両腕を天に向けて高く上げた。「ちくしょう、なんてきれいなんだろう」と言って振り返った。「散歩しようか」

「靴を履かないと」とぼくは言った。

「父さんが乾燥機に入れちゃったよ。かまうもんか」

「そうだな、かまうもんか」

以前にも同じことをやった覚えがあった。濡れた歩道を裸足で歩いたときの、そよ風が顔をなぶる感じも覚えていた。だが、そのときに味わった感覚とはちがって、これがはじめての体験であるかのように感じられた。

ダンテがなにか言っていたが、たいして耳にはいっていなかった。ぼくは空を見つめていた。暗い雲を見つめながら、遠くの雷に耳を澄ましていた。

ダンテに目を向けると、長く伸ばした彼の黒い髪のなかでそよ風が踊っていた。

「一年間、お別れだ」と彼が言った。

とたんに悲しくなった。いや、悲しいというのは正確じゃない。だれかのパンチを食らった気分だった。「お別れ？」

「ああ」

「どうして？　え？　いつ？」

「父さんが一年間、シカゴ大学で客員教授をやるんだ。大学は父さんを雇いたいと考えてるらしい」

「すごいね」とぼくは言った。

「ああ」と彼は言った。

嬉しかった。それから不意に悲しみに襲われた。その悲しみに耐えられなかった。だから彼を見なかった。ただ空を見上げていた。「ほんとにすごいことだよ。それで、いつ出発するの?」

「八月末」

あと六週間。ぼくは微笑んだ。「すごいね」

「さっきから〝すごい〟ばかり言ってる」

「だって、すごいだろ」

「うん、すごい」と彼は言った。「きみはぼくがいなくなっても悲しくないの?」

「なぜ悲しいんだよ?」

ダンテは微笑んだ。なぜかその笑顔にいつもの表情がよぎった。すると、彼の考えていることも感じていることも読み取れなくなった。不思議だった。ダンテの顔は世界じゅうの人が読める本なのに。

「見て」彼は道路の真んなかにいる一羽の鳥を指さした。鳥は懸命に飛び立とうとしていた。翼の片方が折れているのがわかった。

「死にそうだね」ぼくは小声で言った。

「ぼくらが助けてやればいい」

ダンテは道の真んなかに進み出て、その鳥を拾い上げようとした。怯えた鳥を彼が手に取るのを見た。それが記憶にある最後の光景だ。通りの角から車が現れるまえの。ダンテ！　ダンテ！　自分の胸の奥から悲鳴が飛び出すのがわかった。ダンテ！

これは全部夢だと思ったことを覚えている。全部夢だ。また悪夢を見ただけだ。世界が終わろうとしているんだ。そう思いつづけた。空から落ちる雀たちのことをぼくは考えていた。

ダンテ！

夏の終わり

覚えているだろうか
あの雨の夏を……
落ちたがるものはみな落ちさせてやらなければならないのだ

——カレン・ファイザー

（詩集 *Losing and Finding*, 2004より）

1

車が通りの角からいきなり現れた瞬間を覚えている。ダンテは翼の折れた鳥を抱いて道路の真んなかに立っていた。雹《ひょう》の嵐が去ったあとの濡れた路面も、彼の名を叫んだことも覚えている。ダンテ！

目が覚めると病室にいた。

両脚ともギプスがはめられていた。

左腕にも。すべてが遠くにあるもののように思えた。全身が痛んだ。なにが起きたんだ？

それればかりを考えていた。鈍い頭痛がした。なにが起きたんだ？　なにが起きたんだ？　手の指まで痛かった。誓ってもいいが指にまで痛みがあったのだ。ゲーム終了後のサッカーボールになったような気分だった。くそっ。うめき声でもあげていたにちがいない。気がつくと母さんと父さんがベッドの脇に立っていた。母さんは声をあげて泣いていた。

「泣かないでよ」とぼくは言った。喉がからからで、出てきた声は自分の声じゃないみたいだった。ほかの人の声を聞いているみたいだった。

母さんは下唇を嚙《か》み、手を伸ばして指でぼくの髪を梳《す》いた。

ぼくはただ母さんを見た。「泣かないでよ、ねえ」

「もう目を覚まさないかと思ったわ」母さんは父さんの肩に顔をうずめて泣きじゃくった。

ぼくの一部があらゆることを認識しはじめた。べつの部分はほかのところへ行きたがっていた。実際にはこんなことはなにも起きなかったのかもしれない。しかし、やはり起きているのだ。現実なのだ。現実とは思えないけれど。とほうもない痛みがあるということを除けば。そして、やっぱり、これは現実だった。それまで体験したことのうち、もっともリアルな状況だった。

「痛い」とぼくは言った。

すると母さんが涙を止めて、母さんらしさを取り戻した。よかったと思った。母さんの弱さや、泣いたり取り乱したりする姿を見たくなかった。兄さんが刑務所に入れられたときも母さんは取り乱したのだろうか。母さんは点滴のボタンを押してから——ぼくの手に握らせた。

「痛みがひどいときは十五分ごとにこのボタンを押しなさいね」

「なんなの?」

「モルヒネよ」

「ついにぼくもドラッグをやるわけか」

母さんはぼくのジョークを無視した。「看護師さんを呼んでくるわね」母さんはどんなときもすぐに行動に移る。母さんのそういうところが好きだった。

病室を見まわし、なぜ目を覚ましてしまったのかと思った。もう一度眠ることさえできれば、もう痛みを感じなくてすむだろうと、そればかり考えていた。この痛みに比べたら悪夢のほうがまだましだった。

ぼくは父さんを見た。「大丈夫だよ。ぜんぜん大丈夫さ」自分で言いながら、そんなことは信じていなかった。

父さんは真剣に微笑んでみせた。「アリ、アリ。おまえは世界一、勇敢な子だ」

「そんなことない」

「あるさ」

「ぼくは自分で見る夢を怖がってるやつだよ、父さん。覚えてるでしょ？」

父さんの笑顔が大好きだ。どうして父さんはいつでも笑顔になれるんだろう？いったいなにがあったのかと父さんに訊きたかった。でも、訊くのが怖かった。なぜだか……喉が渇きすぎて喋ることができない。それから一気に記憶がよみがえり、傷ついた鳥を抱いているダンテの姿が頭にぱっと浮かんだ。息ができなくなり、恐怖を覚えた。ダンテが死んだのではないかと思うと、体の芯《しん》からパニックに襲われた。その恐ろしい感覚が心臓を突き進むのが感じられた。「ダンテは？」彼の名前が自分の口のなかに聞こえた。

看護師が横に立っていて、きれいな声で言った。「血圧を測りますね」ぼくはベッドに寝たままで、彼女のしたいようにさせた。どうでもよかった。看護師は笑みを浮かべた。「痛みはどう？」

「痛みは絶好調だよ」ぼくはひそひそ声で答えた。

彼女はけらけら笑った。「きみはわたしたちを恐怖に陥《おとしい》れたのよ、ヤングマン」

「人を恐怖に陥れるのが趣味なんだ」ぼくはひそひそ声で応じた。

母さんは呆れたように首を振った。

「モルヒネは大好物だし」ぼくは目をつぶった。「ダンテは？」

「無事よ」と母さん。

ぼくは目を開けた。

父さんの声が聞こえた。「彼は怯《おび》えている。心底怯えている」

「でも、無事なんだね？」

「ああ。無事だ。おまえが目を覚ますのをずっと待っている」母さんと父さんは目を見交わした。こんどは母さんの声が聞こえた。「病院にいるわ」

ダンテは生きていた。ダンテ。自分が呼吸しているのを感じた。「彼が抱いてた鳥はどうなった？」

父さんが手を伸ばして、ぼくの手を握りしめ、低い声で言った。「クレイジー・ボーイめ。まったくいかれた少年たちだ」ぼくは病室を出ていく父さんを目で追った。

母さんはまだぼくを見つめていた。

「父さんはどこへ行ったの？」

「ダンテを呼びにいったんでしょ。ダンテは家に帰らないで、この三十六時間ずっと——待っていたのよ、あなたの意識が——」

「三十六時間？」

「あなたは手術を受けたの」

「手術？」

「折れた骨の処置をしなければならなかったから」

「そうなんだ」

「傷は残るでしょうね」

「そうなんだ」

「手術が終わって少しのあいだは意識があったんだけど」

「覚えてないな」

「痛みがひどいので薬を投与されて、それでまた眠ってしまったの」

「覚えてない」

「お医者さまも、たぶん覚えていないだろうって言っていたわ」

「ぼくはなにか言った？」

「うわごとで、ダンテ、ダンテって。彼はいくら言っても帰ろうとしないの。ほんとうに頑固な若者よね」

それを聞いて頬がゆるんだ。「そうなんだよ。議論するとかならず彼が勝つんだ。母さんと議論するときと同じさ」

「愛しているわ」母さんは囁き声で言った。「どれだけ愛しているかわかる？」

母さんのその言い方が心地よかった。ぼくに向かってその言葉を口にするのは久しぶりだった。

「ぼくのほうがもっと愛してるよ」子どものころは母さんにこう言っていた。

母さんはまた泣きだすだろうと思ったが、泣かなかった。涙ぐんではいたけれど、おいおいと泣くようなことはなくて、コップの水を差し出した。ぼくは受け取り、ストローで少しだけ水を飲んだ。「あなたのその脚」と母さんは言った。「車に轢《ひ》かれたのよ」

「運転してた人が悪いんじゃないさ」

母さんはうなずいた。「手術をしてくれた先生はすばらしく優秀な外科医だったんだけど、骨折したところはすべて膝から下で、最初は――」言葉が途切れた。「両脚を失うかもしれないとも言われて――」母さんはまた言葉につまり、頰の涙を拭いた。「もうぜったいに、二度と、あなたを外に出しませんからね」

「ファシスト」とぼくはつぶやいた。

母さんはぼくにキスした。「可愛い子、大事な子」

「ぼくは可愛くなんかないよ、母さん」

「反論は認めないわ」

「オーケー」とぼくは言った。「ぼくは可愛い」

母さんはまた声をあげて泣きだした。

「オーケー」とぼくは言った。「なんでもオーケーだ」

ダンテと父さんが病室にはいってきた。

ぼくたちは見つめあい、にっこり笑った。ダンテの左目の上に縫合の跡があり、顔の左半分は擦り傷だらけだった。両目のまわりには黒痣《くろあざ》ができていて、右腕にはギプスがはめられていた。「やあ」と彼が言った。

「やあ」とぼくも言った。

「ぼくたち、お似合いだね」

「ぼくのほうがイケてるさ」ぼくは小声で言い返した。

「ついに、きみが議論に勝つってか」

「ああ、ついに」とぼくは言った。「それにしても、ひどいありさまだな」

彼はぼくのすぐ横に立っていた。「自分こそ」

ぼくたちはお互いに相手の様子を見た。「疲れてるみたいだね」と彼は言った。

「ああ」

「目を覚ましてくれてよかった」

「ああ、目を覚ました。だけど、眠ってるときのほうが痛みは少ない」

「きみはぼくの命を救ってくれたんだよ、アリ」

「ダンテのヒーロー。ぼくがなりたかったのはまさにそれだ」

「そういうのはよせ、アリ。茶化《ちゃか》さないでくれ。きみはもう少しで死ぬところだったんだぞ」

「やろうと思ってやったわけじゃないさ」

ダンテは泣きはじめた。ダンテと彼の涙。ダンテと彼の涙。「きみはぼくを突き飛ばした。ぼくを突き飛ばして命を救ってくれたんだ」

「きみを突き飛ばして、顔をぼこぼこに殴ったみたいに見えるけどね」

「おかげで個性的な顔になれたよ」と彼は言った。

「もとはといえば、あのいまいましい鳥のせいだ」とぼくは言った。「全部あの鳥のせいってことにすればいい。こんなことになったのは」

「ぼくと鳥たちとの関係はもう切れてるよ」

「いや、切れてない」

彼はまたも声をあげて泣きはじめた。

「やめろ」とぼくは言った。「母さんはずっと泣いてるし、こんどはきみが泣いて――父さんまで泣きそうな顔をしてる。よし決めた。ルールをつくる。泣くのは禁止だ」

「オーケー。もう泣かないよ。男の子は泣いてはいけない」

「男の子は泣いてはいけない」ぼくは彼の言葉をなぞった。「ほんとうに涙にはうんざりなんだ」

ダンテはひとしきり笑ってから、真顔になった。「プールで飛びこみをするみたいなダイブだった」

「その話はもうしなくていい」

それでも彼は話しつづけた。「ぼくに向かってダイブしたんだよ。まるで、ほら、フットボールの選手がボールを持ってる相手に突っこむみたいに。そうやってぼくを突き飛ばしたんだ。一瞬の出来事だった。でも、きみにはたぶん、自分のやることがわかってたんだな。それで自分が死ぬかもしれなかったのに」彼の顔から涙がこぼれるのをぼくは見ていた。「全部、ぼくが間抜けだからだ。愚かな鳥を救おうとして道路の真んなかに突っ立ってたんだから」

「泣くのは禁止のルールをまた破ってるぞ」とぼくは言った。「それに鳥は愚かじゃない」

「きみを死なせてしまうところだった」

「きみはなにもしてない。きみはきみだっただけだ」

「鳥はもうたくさんさ」

「ぼくは鳥が好きだよ」とぼくは言った。

「ぼくは鳥はもういい。きみはぼくの命を救ってくれた」

「言っただろう、やろうと思ってやったんじゃないんだって」

これには病室にいた全員が笑った。もうくたくただった。痛みもひどくなっていた。ダンテがぼくの手をぎゅっと握って、何度もこう言ったのを覚えている。「ごめんよ、ほんとうにごめんよ、アリ、アリ、アリ、ぼくを許して、ぼくを許して」

手術とモルヒネの影響でハイな気分になっていたんだろう。

〈ラ・バンバ〉を口ずさんだことも覚えている。ダンテも母さんも父さんもまだ病室にいたはずだが、それ以上目を覚ましていることができなかった。

ダンテがぼくの手を握っていた。ぼくは頭のなかでこう言っていた——きみを許す？　なにを許すんだ、ダンテ？　許すことがどこにあるんだ？

なぜか夢のなかで雨が降っていた。

ダンテもぼくも裸足だった。雨はやみそうになかった。

ぼくは怖かった。

2

どれぐらい病院にいたのか。二、三日か、四日か、もしかしたら五日か。六日か。まったくわからない。永遠にその時間が続くように感じられた。

いろいろな検査がおこなわれた。病院ではかならず検査をする。身体内部に損傷がないかどうか、とくに脳に損傷がないかどうかを確認するために。神経科医が病室へはいってきて、診察をした。虫の好かない医者だった。黒っぽい髪と、いやそうに人を見る、やけに濃い緑の目。投げやりな態度。投げやりなのか、それとも気をつかいすぎなのか。どっちにしても、人と接するのがあまり上手じゃないのはたしかで、ぼくにはほとんど話しかけず、メモばかり取っていた。

看護師はみんな雑談が好きで、患者の生命兆候《バイタル》（体温・脈拍・呼吸・血圧）の測定が大好きなんだということを知った。つまり、それが看護師たちのしたことだ、眠らせるための薬を飲ませておきながら、夜通し起こしにくるのだ。くそっ。眠りたかったのに。ちゃんと眠って、目が覚めたらギプスが取れているのを見たかったのに。だから看護師のひとりにそう言った。「ずっと眠らせて、ギプスが取れたときに起こしてくれない？」

「お馬鹿さんね」とその看護師は言った。

そうとも。お馬鹿さんだ。

こんなことも思い出す。病室が花でいっぱいだった。母さんの教会仲間のご婦人がた全員からの見舞いの花だ。ダンテの母さんと父さんからも花をもらった。姉さんたちからも、近所の人たちからも。母さんが庭で育てている花もあった。花だらけだ。くそっ。それまでは花についての意見なんかひとつもなかったけれど、金輪際《こんりんざい》、花は嫌いだと心に決めた。

担当の外科医はわりと気に入っていた。まだ若く、いかにも体育系らしい人だとわかった。そのでっかいアメリカ男《グリンゴ》は大きな手と長い指をもっていた。そのことをよくよく考えた。ピアニストのような手だと思ったのを覚えている。といっても、ピアニストの手がどんななのかも、外科医の手がどんななのかも、ぼくはなにひとつ知らなかった。夢を見たのを覚えている。彼の手の夢を。夢のなかで外科医はダンテの鳥を治療して、夏空に放っていた。素敵な夢だった。そんな夢はめったに見なかった。

ドクター・チャールズ。それが彼の名前だ。彼は自分の仕事を心得ていた。いいやつだった。そう、ぼくはいいやつだと思った。彼はぼくの質問すべてに答えてくれた。しかも、質問はたくさんあった。

「両脚にピンが挿《さ》してあるの？」

「そうだよ」

「ずっと挿したままなの？」

「そうだよ」

「じゃあ、先生はもう仕事をしなくていいんだ？」

「だといいね」

「ほら吹きなんだね、先生？」

彼は笑った。「きみはタフガイなんだね？」

「そんなにタフだとは思わないけど」

「いや、タフだとぼくは思う。とてつもなくタフだと思うぞ」

「そうかな？」

「経験からわかる」

「ほんとうに？」

「ああ、ほんとうさ、アリストートル。ひとつ教えてあげようか？」

「アリと呼んでよ」

「アリ」彼はにっこりした。「きみはあの手術によくもちこたえたと驚いているんだ。いまがんばっていることも驚きだ。ほんとうにすごいことなんだよ」

「運と遺伝子のおかげだな」とぼくは言った。「母さんと父さん譲りの遺伝子。それと、ぼくの運。そっちはどこから来たのか知らないけど。神さまかも」

「きみは信心深いほうなのか？」

「たいしたことないよ。母さんの影響はあるだろうけど」

「なるほど。母親と神さまはとても相性がいいからね」

「そうらしい」とぼくは言った。「いつになったらこういう気分から解放されるのかな？」

「もうすぐさ」

「もうすぐ？　痛かったり痒《かゆ》かったりするのはあと八週間も続くのに？」

「それもかならず治る」

「そうなんだ。じゃ、骨折したのは膝より下なのに、ギプスが膝より上にはめられてるのはどうして？」

「もう二、三週間はきみをじっとさせておきたいからさ。膝を曲げさせたくない。膝を曲げるとまた傷が広がるかもしれないから。タフガイは自分に無理をさせがちだからな。何週間かしたらギプスを換えてやろう。そうしたら膝を曲げられる」

「くそっ」

「くそっ？」

「何週間も？」

「三週間ってとこかな」

「三週間も膝を曲げられないの？」

「三週間ならそんなに長くはないよ」

「いまは夏だよ」

「ギプスが取れたら理学療法士のところへ連れていく」

ぼくは深呼吸をした。「くそっ。こっちは?」と言って、ギプスのはめられた腕を彼に向けた。心の底から落ちこんだ。

「腕の骨折はさほどひどくないから、一ヵ月もすればギプスが取れるよ」

「一ヵ月? くそっ」

「きみはその言葉が好きなんだな?」

「できればほかの言葉をつかいたいけどね」

彼はにっこりした。「いや、それがいちばんぴったりさ」

泣きだしたかった。だから、そうした。頭にきたし、がっかりしたから。我慢しなければだめだと言われるのはわかっていた。そして、やはり彼はそう言った。

「我慢しなければだめだ。それができれば新品同様になる。きみは若くて強い。立派で健康な骨をもっている。いたって順調な回復を信じられる理由が揃っている」

いたって順調。我慢。くそっ。

彼はぼくの足の指の感覚を調べ、呼吸をさせ、自分の指の動きをぼくの左目に追わせた。つぎに右目にも同じことをさせた。「わかっているだろうけど、きみは友達のダンテのためにすごいことをした」

「あのさ、みんながそういうことを言うのをやめてもらいたいんだよね」

彼はぼくを見た。見慣れた表情が彼の顔に浮かんだ。「悪くすれば下半身不随になっていたかもしれないんだぞ。あるいはもっとひどいことに」

「もっとひどいこと？」

「いいか、若者、死んでいた可能性だってあるんだ」

死んでいた。いいだろう。「それもさんざん言われてる。ねえ、先生、ぼくは生きてるんだけど」

「ヒーロー扱いされるのがいやなんだな？」

「やろうと思ってやったわけじゃないってダンテに言った。みんなはそれをおもしろがった。ジョークじゃないのに。彼に向かってダイブしたとか、まったく記憶にないんだから。〝友達のダンテを助けよう〟と自分に言い聞かせてやったわけじゃない。そんなんじゃないんだ。たぶん、ただの条件反射だったんだよ。だれかに膝小僧の下の骨を叩かれると、勝手に脚がカクンとはね上がるみたいな。きっとそんな感じだったんだ。ただそれが起こっただけだ」

「ただの条件反射？　ただそれが起こっただけ？」

「そのとおり」

「きみはその行為にいっさい責任を負わないというわけか？」

「そういうことの一例だったのさ」

「そういうことの一例ね？」

「ああ」

「ぼくにはべつの説があるよ」

「そりゃあるだろうね――先生はおとなだから」

彼は笑った。「おとなになにか恨みでもあるのか？」

「おとなはぼくたちが何者かってことについて、でなきゃ、ぼくたちが何者であるべきかってことについて、いろんな思いこみがありすぎだ」

「それがわれわれの仕事だからな」

「すばらしい」とぼくは言った。

「すばらしい」と彼は応じた。「よく聞けよ、息子、自分は勇猛でも果敢でもない、そういうのじゃないという気持ちはわかるよ。そう思うのは当然さ」

「ぼくは平凡なやつだ」

「ああ、きみは自分をそう見ている。だが、現実にきみは友達を突き飛ばして、向かってくる車から遠ざけた。それがきみのやったことだ、アリ。そのときのきみは自分のことを、もしくは自分の身になにが起きるかを考えなかった。きみがそれをやったのは、きみがそういう人間だからだ。ぼくは自分だったらどうしただろうと思ってしまうのさ」

「なんのために？」

「それを考えてごらん」

「あれこれ考えるのは気が進まないな」

「オーケー。自覚しているだろうけど、アリ、きみは非常に珍しい若者だと思うよ。それがぼくの考えていることだ」

「さっきも言ったけど、先生、あれはただの条件反射だったんだって」

彼はにやりと笑って、ぼくの肩を叩いた。「きみがどういうやつかはわかるよ、アリ。ぼくにはきみがよくわかる」彼がなにを言いたかったのか、いまもはっきりとはわからない。とにかく彼はにこにこ笑っていた。

ドクター・チャールズとそんな会話をした直後にダンテの母さんと父さんが見舞いにやってきた。ミスター・キンタナはまっすぐにベッドに歩み寄り、ぼくの頬にキスした。そうするのがあたりまえだとでもいうように。実際、彼にとってはあたりまえのことだったのだろう。じつはぼくも、そういう仕種《しぐさ》は素敵で心地いいと思った。ただ、ちょっとだけ落ち着かない気分にさせられた。そういうのに慣れていなかったから。ミスター・キンタナは何回も何回もぼくにありがとうと言った。もうやめてくれと言いたかったが、黙って続けさせた。彼がどれほどダンテを愛していて、いまどれだけ幸せかがわかったから。彼が幸せだとぼくも幸せな気持ちになれた。だから、それでよかった。

話題を変えたかった。つまり、その話題が続くとぼくには話せることがほとんどない。やっぱり自分はクズだと感じた。でも、ふたりが来てくれたので話すことはできた。というか、頭はまだ少しぼんやりしていても状況を整理できた。そこでこう訊いてみた。「一年間、シカゴに行ってるんですよね?」

「ああ」と彼は言った。「ダンテはまだわたしを許してくれないんだ」

思わず彼の顔を見てしまった。

「ダンテはまだ怒っているのさ。相談もしないで決めたと言って」

その言葉がぼくを微笑ませた。

「一年間も泳げないのがつらいんだそうだ。一年間きみと暮らしてもいいとさえ言った」

こんどはびっくりした。ダンテにはぼくが思うよりたくさんの秘密があった。ぼくは目を閉じた。

「大丈夫かい、アリ?」

「ときどき痒くてたまらなくなるんです。そうなると目をつぶるしかなくて」

ミスター・キンタナは深刻な顔になった。

彼には言わなかったが、脚の痒みや痛みに耐えられなくなるたびに、兄さんの姿を想像してみるということを始めていた。「でも、話すのは平気なんです。気がまぎれるし」ぼくは目を開けた。「ダンテはあなたに腹を立ててるんですね」

「ああ、一年間もこっちに残していくわけにはいかないと言ったからね」

ぼくはダンテが父親に向けた表情を思い浮かべた。「彼は頑固だからな」

ミセス・キンタナの声がした。「わたしに似たのよ」

それがまたぼくを微笑ませた。きっとそうにちがいないと思った。

「わたしがなにを考えているかわかる?」と彼女は言った。「ダンテはあなたに会えなくて寂《さび》しいと思っているの。シカゴへ行きたくないほんとうの理由はそれなのよ」

「ぼくも彼に会えないのは寂しいです」と言ってしまってから後悔した。ほんとうのことだけれど、言う必要はなかった。

ダンテの父さんがぼくを見た。「ダンテにはあまり友達がいないんだ」

「だれもが彼を好きだといつも思ってましたけど」

「そのとおりさ。だれもがダンテを好きだよ。ただ、昔からあの子はひとりが好きというか、大勢の人間とうまくやるのは苦手らしい。ずっとそんなふうだった」彼はぼくに微笑んでみせた。「きみに似ている」

「そうかもしれませんね」

「きみはダンテにできた最高の友達だ。そのことを知っておいてほしいと思う」

ぼくは知りたくなかった。なぜ知りたくないのかはわからなかった。ぼくはダンテの父さんに笑みを返した。彼はいい人だ。ちゃんと話をしてくれる。このぼくと。アリと。こういう会話をしたくなくても、話を続けなければならないと思った。いい人は世のなかにそう多くはいないのだから。

「あの、そう思われてるとしても、ぼくはかなり退屈なやつですよ。ダンテがなにを見てるのかわからないんだから」ダンテの両親に向かって、そんなことを言ってしまったとは自分でも信じられなかった。

ミセス・キンタナはベッドからだいぶ離れたところに立っていたが、こっちへ近づいてきて、夫の横に立った。「なぜそう思うの、アリ？」

「なにがですか？」

「自分は退屈なやつだなんてなぜ思うの？」

勘弁してくれ、セラピストの登場だ、と心のなかでつぶやきながら、肩をすくめた。そして目をつぶった。目を開けたときにも彼らがまだそこにいることはわかっていたが。心配性の親はダンテとぼくの悩みの種だった。どうして親はぼくたちをほうっておくことができないんだろう？　忙しすぎる親たち、自己中心的すぎる親たち、息子のことをこれっぽっちも気にかけない親たちにはいったいなにがあったんだろう？

ぼくはふたたび目を開けることにした。

ミスター・キンタナがべつのことを言おうとしているのがわかった。ぴんときたのだ。もっとも、彼のほうもぼくのなにかを感じ取ったのかもしれない。そうではなかったのかもしれない。結局、彼はその話題には触れなかった。

ぼくたちはシカゴの話を始めた。話題がぼくのことでもダンテのことでもぼくたちに起こったことでもなくなって、ほっとした。ミスター・キンタナによれば、一家の住む家は大学が見つけてくれたそうだ。ミセス・キンタナは八ヵ月の休暇を取るらしい。ということは、彼らが向こうにいるのはまる一年ではなくて、学校の一年度ぶんなのだろう。だったら、それほど長い期間ではない。

キンタナ夫妻と話した内容のすべては覚えていない。ふたりはとにかく一生懸命だった。ふたりがそこにいてくれるのを心の一部では喜びながらも、無関心な自分もいた。当然ながら、話題はまたぼくとダンテのことに戻った。ミセス・キンタナは、ダンテをカウンセラーのところへ連れていくつもりだと言った。「心理的に相当まいっているの」と彼女は言い、ぼくもカウンセラーに会ってみてはどうかと勧めた。案の定、セラピストの出番だ。「あなたたちふたりのことが心配なのよ」

「うちの母さんとコーヒーを飲めばいいのに」とぼくは言った。「一緒に心配できますよ」

ミスター・キンタナはこれをおもしろいと思ったようだが、口には出さなかった。

ミセス・キンタナはぼくの顔を見て、にんまりとした。「アリストートル・メンドゥーサ、あなたはちっとも退屈じゃないわよ」

しばらくすると、ぼくはほんとうに疲れてしまって、集中力が途切れた。

別れを告げて病室を出るミスター・キンタナの感謝の意をこめた目にどうして耐えられなかったのか、いまもわからない。だが、ぼくをもっと困惑させたのはミセス・キンタナのほうだった。彼女は夫とはちがって、本心を人に見せないタイプの女性だ。優しくないとか慎みがないとか、そういうこととはぜんぜんちがう。もちろん彼女は優しいし、慎み深い。ダンテが自分の母親は不可思議だと言った意味が、このときぼくにもよくわかった。

ミセス・キンタナは病室を出ていくまえにぼくの顔を両手で挟み、ぼくの目をまっすぐに覗きこんだ。「アリストートル・メンドゥーサ、わたしは生涯あなたを愛します」囁くようなその声はやわらかで確信に満ち、しかも激烈だった。彼女の目には涙の兆しもなかった。その言葉は静かな抑制が利いていた。ぼくの目をまっすぐに覗きこんだのは、自分が語ったどの言葉も偽りのない本心だと伝えたかったからだ。

ぼくはこう理解した。ミセス・キンタナのような女性は〝愛〟などという言葉をめったにつかわない。彼女がその言葉を口にしたら、それは本気なのだと。もうひとつ理解したことがある。ダンテの母さんはダンテが思ってもみないほど彼を深く愛している。自分が知りえたその情報をどう扱えばいいのか、わからなかった。だから胸にしまった。なんにつけ、それがぼくのやり方だった。自分の胸にしまっておくことが。

3

ダンテから電話があった。「会いにいけなくてごめん」と彼は言った。

「いいさ」とぼくは言った。「まだ人と話せるような気分じゃないから」

「ぼくもなんだ」と彼は言った。「母さんと父さんに退屈させられただろ？」

「いや。ふたりとも優しい人だ」

「母さんはぼくにカウンセラーのところへ行けって言うんだよ」

「ああ。そんなようなことを言ってたな」

「きみは行くのか？」

「どこへも行く気はないね」

「きみの母さんとぼくの母さん、ふたりで話してたよ」

「ああ、そうだろうね。じゃ、きみは行くつもりなんだ？」

「母さんがなにかをいい考えだと思ったら逃げ道はないのさ。おとなしく従うのが最善の策なんだ」

これには笑ってしまった。カウンセラーになにを話すのかとダンテに訊きたかった。とはいえ、ほんとうに知りたかったわけではない。「顔の怪我はどう？」とぼくは訊いた。

「じっと見てると愉しいよ」

「それはキモすぎる趣味だ。やっぱりカウンセラーのところへ行ったほうがいいかもしれない」

彼が笑う声を聞くとほっとした。それでふだんに戻ったように思えた。もう二度ともとには戻れないだろうと心のどこかでは思っていたけれど。

「まだ痛みがひどいのかい、アリ？」

「さあね。脚に所有されてるような感じさ。脚以外のことが考えられない。とにかくギプスを取りたいよ。ああもう、くそっ、ってとこかな」

「全部ぼくのせいだ」そのことを語る彼の声を聞くのだけはいやだった。

「いいか」とぼくは言った。「ここでのルールをつくってもいいかな？」

「ルール？　またルールか。泣くのは禁止みたいな？」

「そのとおり」

「モルヒネの投与は終わったの？」

「ああ」

「だから、ひどい気分なんだね」

「気分の問題じゃない。ルールの話をしてるんだ。ルールがなんだとぼくは思うけど――きみはルールが大好きだから」

「ぼくだってルールは嫌いだよ。破るのはだいたい好きだけど」

「いや、ダンテ、きみは自分のルールをつくるのが好きだよ。自分でつくったルールであれば好きなんだ」

「へえ、こんどはぼくを分析するんだ?」

「ほら、きみはカウンセラーのところへ行く必要なんかないぞ。ぼくがいるから」

「母さんに伝えておくよ」

「きみの母さんがなんと言うか教えてくれ」ぼくたちは笑顔で話していたはずだ。「わかるだろ、ダンテ、ぼくはここでのルールが必要だと言いたいだけさ」

「術後のルールってこと?」

「そう呼びたければそれでもいいよ」

「オーケー、で、どんなルール?」

「ルール1、事故のことは話題にしない。これからもずっと。ルール2、ぼくにお礼を言うのをやめる。ルール3、こんどのことはいっさいきみのせいじゃない。ルール4、先へ進む」

「そのルールはあまり気に入らないな、アリ」

「それはカウンセラーと話せ。だけど、その四つがここでのルールだ」

「怒ってるように聞こえるけど」

「怒ってないよ」

ダンテが考えこんでいるのがわかった。ぼくが本気であることが通じたのだ。「オーケー」と彼は言った。「これからもずっと事故のことを話さないなんてナンセンスなルールだけど、いいよ、わかった。もう一度だけ〝ごめん〟と言うぐらいはいいだろ？　それと、もう一度だけ〝ありがとう〟も言っていいよね？」

「いま言ったじゃないか。もうだめだ、オーケー？」

「目を剝いてるのか？」

「そうだ」

「オーケー、もう言わない」

その日の午後、彼はバスに乗って、ぼくを見舞いにきた。あまり調子がよさそうには見えなかった。ぼくを見るのが苦痛ではないというふりをしようとしていたが、感じていることをまったく隠せていなかった。「哀れんだりするなよ」とぼくは言った。「医者にはいたって順調に回復してると言われてるんだから」

「いたって順調に？」

「そう言ったんだよ。治るにはあと八週か十週、もしかしたら十二週かかる。そこでやっと本来のぼくに戻れる。本来の自分もたいしたもんじゃないけどさ」

ダンテはげらげら笑ってから、ぼくを見た。「笑うのは禁止のルールもつくるかい？」

「笑うのはいつだっていいことさ。笑いには効き目がある」

「いいね」彼は椅子に腰をおろし、リュックサックから本を何冊か取り出した。「きみのために読み物を持ってきたんだ。『怒りの葡萄《ぶどう》』と『戦争と平和』を」

「すばらしい」とぼくは言った。

彼はちらっとぼくを見た。「もっと花を持ってきてもよかったんだけど」

「花は大嫌いだよ」

「そうだろうと思ったのさ」彼はにやりとした。

ぼくはその二冊の本に目を凝らした。「とんでもなくぶ厚いな」

「そこだよ、大事なのは」

「時間はいっぱいあるだろうと」

「まさにそのとおり」

「きみは両方とも読んだのか？」

「もちろん読んだよ」

「もちろん読んだよな」

彼はベッド脇の台の上にそっと本を置いた。

ぼくは諦めて首を横に振った。たしかに。時間はある。くそっ。

ダンテはスケッチ帳を取り出した。

「ギプス姿を描くつもりなのか？」

「まさか。ぼくのスケッチを見たいんじゃないかと思っただけさ」

「オーケー」とぼくは言った。

「興奮しすぎるなよ」

「そんなことにはならない。痛みがぶり返したり、また消えたりするし」

「いまも痛いの？」

「ああ」

「なにか薬を飲めば？」

「なるべく飲まないようにしてるんだよ。病院がくれるものを飲んだあとの感覚がいやだから」ぼくは上体を起こせるように、ベッドについているボタンを押した。これも嫌いなんだと言いたかったが、言わなかった。悲鳴をあげたかった。

ダンテはスケッチ帳をぼくに手渡した。

ぼくはスケッチ帳を開きかけた。

「見るのはぼくが帰ってからにして」

ぼくの顔には疑問符が浮かんでいたと思う。

「きみにルールがあるなら、ぼくにもルールはあるんだよ」

これはなかなか笑えた。ぼくは笑いたかった。いくらでも笑っていたかった。笑ったままほかのだれかになれるまで。笑いがもたらす真のすごさは、自分の両脚にある違和感と恐怖心を忘れさせてくれることだった。わずか一分間であったとしても。

「バスの乗客の話を聞かせてくれ」とぼくは言った。

ダンテはにっこりした。「バスに乗ってた男の人が、ロズウェルで見たエイリアンの話をしてくれた（一九四七年、ニューメキシコ州ロズウェルにＵＦＯが墜落したとされる事件があった）。その人が言うには……」彼の語る話の内容が耳にはいっていたとは思えない。ぼくはダンテの声の響きを聞いているだけでじゅうぶんだった。翼の折れた鳥のことをずっと考えていた。あの鳥がどうなったかはだれも教えてくれなかった。ぼくも訊かなかった。訊けば事故のことを話さないという自分の決めたルールを破ることになる。ダンテはバスで会った男とロズウェルのエイリアンの話を語りつづけた。エイリアンの何人かがエルパソへ逃げて輸送システムを乗っ取ろうと計画していたそうだ。

ダンテを見つめているうちに、なんだか彼が憎らしくなってきた。

彼は詩を何篇かぼくに読んで聞かせた。素敵な詩だったと思う。ぼくは詩にひたれるような気分ではなかったけれど。

ようやく彼が帰ると、ぼくはスケッチ帳を見つめた。彼は自分の描いたものをだれにも見せようとしなかった。それをいま、見せようとしている。このぼくに。アリに。

感謝を伝えたくて、自分の作品を見せようとしているのだとわかった。

そんな感謝なんか真っぴらだ。

ダンテは借りができたと感じている。望んでいないのに。そんなものは。スケッチ帳を両手でつかみ、病室の壁に投げつけた。

4

ついてない。ダンテのスケッチ帳が壁にあたったそのとき、母さんが部屋にはいってきた。

「なにがあったのか話したそうね」

ぼくは首を横に振った。

母さんはスケッチ帳を拾った。椅子に腰をおろし、スケッチ帳を開こうとした。

「やめて」とぼくは言った。

「なにが?」

「なかを見ないで」

「どうして?」

「ダンテは自分の描いたものを人に見せたがらないんだ」

「あなた以外にはということ?」

「たぶん」

「だったら、なぜ壁に投げつけたりしたの?」

「わからない」

「そのことを話したくないんでしょうけど、アリ、わたしが思うのは――」

「母さんがどう思うかは知りたくないよ、母さん。とにかく話したくない」

「そうやってなんでも胸にためこむのはよくないわ。この状況がつらいのはわかるけど。この先も二、三ヵ月は苦しいことが多いでしょうに、なんでもかんでも自分の胸にためこんでおくと回復の妨げにもなるわよ」

「となると、母さんはぼくをカウンセラーのところへ連れていって、ぼくがかかえてる問題を話させなきゃならないだろうね」

「皮肉な切り返しをしたつもりなのね。それに、カウンセラーというのは悪くない考えじゃないかしら」

「ミセス・キンタナと裏取り引きでもしてるの？」

「さすが頭がよくまわる」

ぼくは目を閉じ、それからまた目を開けた。「取り引きしようよ、母さん」舌の上にのった怒りの味がわかるほどだった。誓ってもいい。「母さんは兄さんのことを話す。そうしたら、ぼくも自分の気持ちを話すよ」

母さんの顔に浮かんだ表情を見逃さなかった。母さんは驚き、傷ついたようだった。そこには怒りもあった。

「あなたの兄さんと今回のこととは関係ないでしょ」

「言いたくないことを胸にためこんでいいのは、自分と父さんだけだと思ってるんだろ？　父さんは戦争のことを全部、自分の胸にしまってる。ぼくだってなにかを胸にしまってもいいはずだ」

「そのふたつの問題にはなんのかかわりもないの」

「それはぼくの見方とはちがう。母さんがカウンセラーのところへ行きなよ。父さんも行けばいいよ。どっちもすんだら、ぼくもカウンセラーのところへ行くさ」

「コーヒーを飲んでくるわ」と母さんは言った。

「ごゆっくり」ぼくは目をつぶった。それがぼくの新しい癖になりつつあったらしい。怒りにまかせてわめき散らすことはできなかった。ただ目を閉じて、宇宙を締め出すしかなかった。

5

父さんは毎晩、病室にやってきた。

ぼくは出ていってもらいたかった。

父さんは懸命にぼくと話そうとしたが、うまくいかなかった。たいていは座っているだけだった。それがぼくを苛《いら》つかせた。ふと思いついて父さんにこう言った。「ダンテが本を二冊置いていったんだ。どっちを読みたい？　ぼくは残ったほうを読むよ」

父さんは『戦争と平和』を選んだ。

ぼくは『怒りの葡萄』でよかった。

まずまず悪くはなかった。病院の一室にぼくと父さんがいて、ふたりで本を読んでいるという状況は。

両脚がむず痒くてたまらなかった。

ときおり息抜きをしようと思った。

読書が役に立った。

父さんがときどき観察するような目を向けているのがわかった。

まだ夢を見るのかと父さんは訊いた。

「ああ」とぼくは答えた。「いまは夢のなかで自分の脚を探してる」

「きっと見つかるさ」と父さんは言った。

母さんはぼくと交わした兄さんについての会話をあれから一度も蒸し返さなかった。まるであのことはなかったかのようにふるまっていた。それを自分がどう感じたかははっきりとしない。よかったのは、母さんがぼくに無理に話をさせようとしなかったことだ。それでも病室へやってきては、ぼくが気持ちよく過ごしているかどうかを確かめようとした。気持ちがいいわけがない。両脚にギプスをはめられて気持ちよく過ごせるなんてやつがどこにいる？　手助けがなければなにもできなかったし、おまるにもうんざりだった。車椅子に乗るのもうんざりしていた。ぼくの親友は車椅子。ぼくの親友は母さん。母さんはぼくの正気を失わせた。「母さん、これじゃつきまといだ。ぼくに〝f〟ワードを口走らせたいのかな。マジでそういうことだよ」

「わたしのまえでは、その言葉をつかわないでね」

「言っとくけど、つかうよ、母さんがやめなければ」

「あなたが演じてきたお利口さんの役はどうするの？」

「それは役じゃないし、ぼくは演じてるわけでもない」もうやけっぱちだ。「母さん、脚が痛いんだよ。痛くないときは痒い。もうモルヒネをつかってくれないし――」

「それはいいことでしょ」母さんは遮った。

「ああ、そうだね、母さん。モルヒネ中毒の子を家のなかで走りまわらせるわけにはいかないもんな？」走りまわることができているかのようにそう言った。「ああ、くそっ。母さん、ひとりになりたいんだよ。それぐらいいいだろ？　ひとりになりたいだけなんだから」

「わかったわ」と母さんは言った。

それからは、間隔をあけて来るようになった。電話は一日に二回あった。やあ、どうだい、と言うためだけに。彼は病気に罹っていた。インフルエンザに。ぼくは彼に同情した。ひどく苦しそうな声だったから。夢を見ると言っていた。ぼくも夢を見ると彼に言った。ある日の電話でダンテは、「きみに言っておきたいことがあるんだ、アリ」と言った。

「オーケー」とぼくは言った。

彼はなにも言わない。

「なんだよ？」

「もういいんだ」と彼は言った。「たいしたことじゃないから」

かなりたいしたことらしいと思った。「わかった」

「またきみと泳ぎたいな」

「ぼくもさ」

彼が電話をくれるのが嬉しかったが、会いにこられないことに安堵《あんど》してもいた。なぜだかわからない。なにかしら理由があって、ぼくは思ったのだ。これからの自分の人生はちがうものになるだろうと。そして、そのことを繰り返し自分に言い聞かせた。両脚を失っていたら、どんな人生になっていただろうと考えた。ある意味では失っていた。永遠にではないにしても、しばらくのあいだは。

松葉杖《まつばづえ》を使ってみようとした。でも、だめだった。看護師や母さんに無理だと注意されなかったわけではない。自分で確かめずにはいられなかったのだろう。両脚とも完全にまっすぐな状態で、左腕にもギプスをはめられているのでは不可能に決まっている。

なにをするにも苦労した。ぼくにとって最悪なのは、おまるを使わなければならなかったことだ。屈辱を感じたといってもいいかもしれない。屈辱以外の何物でもなかった。現実にぼくはシャワーさえも浴びられなかった——両手が使い物にならないのだから。指は全部動かせたのがせめてもの救いだった。それだけでずいぶんちがったと思う。

やがて、両脚をまえに伸ばした状態で車椅子を使う練習を始めるようになった。車椅子にはフィデル（カストロのファーストネーム）という名前をつけた。

ドクター・チャールズが最後の診察にやってきた。

「このまえ、ぼくが言ったことを考えてみたかい？」

「うん」とぼくは言った。

「それで？」

「それで、先生が外科医になったのはすごくいい決心だったと思うんだ。外科医じゃなければ、うるさいセラピストになってただろうから」

「きみは昔からずっと生意気なやつだったんだろうな、ええ？」

「ずっとね」

「それじゃ、もう家に帰って、そっちで生意気なやつをやればいいさ。ご感想は？」

先生をハグしたかった。嬉しい。約十秒間は幸せだった。それから不安に襲われた。

母さんには先に宣告しておいた。「家に帰っても、つきまといは禁止だからね」

「ルールばかり決めたがるのはどういうわけなの、アリ？」

「つきまといは禁止。以上」

「当分は手助けが必要でしょ」

「だけど、ひとりにしておいてもらう必要もある」

母さんはぼくに微笑みかけた。「偉大なる兄弟《ビッグ・ブラザー》があなたを監視しているわよ」（ジョージ・オーウェルのSF小説『一九八四年』より）

ぼくも母さんに笑みを返した。

母さんを嫌いになりたいときでも、ぼくは母さんを愛していた。十五歳の少年なら母親を愛するのがふつうなのだろうかと思った。そうなのかもしれないし、そうではないのかもしれない。

車に乗りこんだのを覚えている。後部座席で体を伸ばしていなければならなかった。ぼくを車に乗せるのはひと苦労だった。父さんが力持ちでよかった。ありとあらゆることがとほうもなくたいへんで、両親はぼくに痛い思いをさせることをなによりも恐れた。

車のなかでは三人とも無言だった。

ぼくは窓の外に目を凝らしながら、鳥たちの姿を探した。

目をつぶって静寂に自分をまるごと飲みこんでもらいたかったのに。

6

退院した翌朝、母さんが髪を洗ってくれた。「あなたはほんとうにきれいな髪をしているわね」と母さんは言った。

「伸ばしてみようと思うんだ」とぼくは言った。自分で自由に選べるかのように。床屋まで行くことを考えるだけで恐ろしかった。

母さんは水をふくませたスポンジでゆっくりとぼくの体を拭いた。

ぼくは目を閉じて、母さんが拭きやすいようにじっと座っていた。

母さんはひげも剃ってくれた。

母さんがバスルームを出ていくと、ぼくは泣き崩れた。あんなに悲しい思いをしたことはなかった。こんなに悲しかったことは一度もない。こんなに悲しかったことは一度もない。

脚よりも心のほうがはるかに痛かった。

母さんにはぼくの嗚咽《おえつ》が聞こえていたと思う。ひとりで泣かせてくれる思いやりが母さんにはあった。

その日はほとんど窓の外を眺めて過ごした。車椅子を自分で操作して家のなかを移動する練習もした。母さんはぼくが動きやすいようにいろんなものの配置を何度も変えてくれた。

ぼくたちは何度も笑みを送りあった。

「テレビでも見ればいいのに」と母さんは言った。

「脳が腐るよ」とぼくは言った。「本がある」

「その本が気に入ってるの？」

「ああ。ちょっと難しいけどね。文章じゃなくて、書いてあることが。世界で貧しいのはメキシコ人だけじゃないんだな」

ぼくたちは顔を見合わせた。笑顔というほどではなかったけれど、心のなかでは笑みを送りあっていた。

夕食には姉さんたちがやってきた。甥っ子や姪っ子がギプスに向かって十字を切った。ぼくはたくさんの笑顔を見せたはずだ。みんなで話したり笑ったりして、それが全部ふつうのことに思えた。母さんと父さんのために、ぼくは嬉しかった。自分がこの家のみんなを悲しませていたからだろう。

姉さんたちが帰ると、三人で玄関ポーチに出られないかと父さんに訊いてみた。

ぼくはフィデルに座り、母さんと父さんはアウトドア用のロッキングチェアに座った。

ぼくたちはコーヒーを飲んだ。

母さんと父さんは手をつないでいた。だれかと手をつないだらどんな気持ちになるのかと思った。だれかの手のなかに宇宙のすべての謎が見つかることだって、きっとあるにちがいない。

7

雨の多い夏だった。雲がカラスの群れのように集まってくると雨が降る。ぼくは雷に恋をした。『怒りの葡萄』を読み終えた。つぎに『戦争と平和』も読み終えた。アーネスト・ヘミングウェイの全作を読んでやろうと決心した。父さんはぼくが読んだものを残らず読む気になっていた。それをぼくとの話題にするつもりだったんだろう。

ダンテは毎日やってきた。

たいていはダンテが話し、ぼくは聞き役だった。彼は『日はまた昇る』をぼくに読んで聞かせなければならないと決めていた。彼に逆らうつもりはなかった。ダンテ・キンタナを言い負かせるはずがないから。そうして毎日、彼は『日はまた昇る』を一章ずつ読み、それから、ふたりでその章の話をした。

「悲しい本だね」とぼくは言った。

「ああ。だからこそ、きみはこれが好きなんだろ」

彼がスケッチの感想をいっさい尋ねないことに、ぼくはほっとしていた。スケッチ帳はベッドの下に置いてあり、開いて見るのを避けていた。ダンテを罰しているつもりだったのかもしれない。彼はそれまで自分以外の人間にはけっして見せなかった自分自身をぼくにさらけ出そうとしていた。ぼくはあえてそれを見ようとしなかった。なぜそんなことをしたんだろう?

ある日、ダンテはついにカウンセラーのところへ行ったと口走った。

カウンセリングの中身は話さないでくれと祈った。彼は話さなかった。それでほっとしたくせに、こんどは彼が話さないことにちょっぴりむかついた。まあ、そんなふうに、ぼくの気分はころころ変わった。おまけに矛盾していた。そう、それがぼくという人間だったのだ。

ダンテはずっとぼくを見ていた。

「なに?」

「行くんだろ?」

「どこへ?」

「カウンセラーのところへだよ、馬鹿だな」

「行かないよ」

「行かないの?」

ぼくは自分の脚に目をやった。

彼がまた「ごめん」と言いたがっているのがわかった。だが言わなかった。

「助けにはなったけどな」と彼は言った。「カウンセラーのところへ行ったことが。そう悪くはなかった。けっこう助けられた」

「また行くのか?」

「たぶんね」

ぼくはうなずいた。「話をすることでだれもが助かるとはかぎらない」

ダンテは笑みをよこした。「きみにはわからないだろうけど」

ぼくは笑みを返した。「ああ。ぼくにはわからないだろうね」

8

どうしてそんなことになってしまったのかわからない。しかし、ある朝、ダンテがうちへ来て、今日は自分がスポンジバスを担当すると宣言した。「いいね?」と彼は言った。

「いや、それは母さんの仕事なんだけど」とぼくは言った。

「きみの母さんはいいって言ったよ」

「母さんに訊いたのか?」

「ああ」

「なんとね。でも、やっぱり、それは母さんの仕事だ」

「きみの父さんは?　一度もきみの体を拭いたことがないの?」

「ないよ」

「ひげ剃りも？」

「ない。父さんにやってもらいたくもないし」

「なぜ？」

「ただやってもらいたくないだけだよ」

彼は少し黙っていた。「きみを傷つけたいわけじゃない」

もう傷つけてるよ。そう言いたかった。それが頭に浮かんだ言葉だった。彼にぶつけたい言葉でもあった。卑怯《ひきょう》な言葉だ。ぼくは卑怯だった。

「やらせてよ」と彼は言った。

くたばれ、と言うかわりに、オーケーと言った。

母さんがぼくの体を拭き、ぼくのひげを剃ったときに、自分は完全に受け身なんだと悟った。目を閉じて、読んでいる本の登場人物を思い浮かべようとした。どういうわけか、その本はすっと理解できたので。

ぼくは目をつぶった。

ダンテの両手が肩に触れるのを感じた。つぎはお湯、石鹸《せっけん》、スポンジ。

ダンテの手は母さんの手より大きく、母さんの手よりやわらかだった。拭き方はゆっくりで、順序立っていて、丹念だった。彼に拭かれていると壊れやすい磁器にでもなったような気がした。

一度も目を開けなかった。

ぼくたちはひとことも口を利かなかった。

裸の胸に彼の両手を感じた。背中にも。

ひげも彼に剃らせた。

すべて終わると、ぼくは目を開けた。涙が彼の頬を伝っていた。そうなることを予測するべきだった。彼に向かって叫びたかった。泣きたいのはぼくのほうだと言いたかった。

ダンテはいつもの表情を浮かべていた。彼はまるで天使のようだった。ぼくは彼の顎に拳骨《げんこつ》をお見舞いしたいだけだった。そんな自分の残酷さに耐えられなかった。

9

事故から三週間と二日が経ち、ギプス交換とレントゲン撮影のために主治医の診察を受けにいった。父さんはその日休みを取った。医者のところへ向かう車中、父さんはやけによく喋った——気味が悪いほどに。「八月三十日だが」と父さんは言った。

そういうことか、その日はぼくの誕生日だ。

「車がいいんじゃないかと思ったんだ」

車。ウソだろ。「ああ」とぼくは言った。「運転できないけどね」

「できるようになればいい」

「ぼくには運転させたくないと言ってなかったっけ」

「わたしは言っていないぞ。そう言ったのは母さんだ」

後部座席からは母さんの顔が見られなかった。身を乗り出すこともうまくできない。「で、母さんはどう思うの?」

「母さんって、ファシストの母さんのこと?」

「そうだよ、その母さんさ」

ぼくたち三人は一緒に吹きだした。

「じゃあ、おまえの意見は、アリ?」

父さんは少年のような口ぶりになった。「やっぱり、ほら、ローライダー(一九五〇年代に西海岸のメキシコ系移民のあいだで流行った車高の低い改造車)がいいんじゃないかと思うんだけどな」

母さんは速攻で言葉を挟んだ。「わたしが死んでからにして」

ぼくは感情を抑えられなかった。そのあと五分間ぐらい声をあげて笑いっぱなしだったのではないだろうか。父さんがこれに加わった。「オーケー」やっとのことでぼくは言った。「本気なの?」

「本気さ」

「中古のピックアップ・トラックとかでいいんじゃない?」

母さんと父さんは目を見交わした。

「それはありかもしれないわね」と母さん。

「ふたつだけ質問させてよ。ひとつめの質問はこうさ。ぼくが怪我をしてかわいそうだから車を買ってやろうと思ったの?」

この質問に対して母さんは答えを用意していた。「ちがうわ。傷が治るにはまだ三週間か四週間かかるでしょう。そのあとも理学療法があるし、元気になるのはそのあとよ。それでやっと病人じゃなくなるの。それでやっとめんどくさいやつ《ペイン・イン・ジ・アス》に戻るのよ」

母さんはぜったいに汚い言葉をつかわない人なのだ。これは本気の申し出らしい。

「二番めの質問は?」

「ふたりのどっちが運転を教えてくれるの?」

ふたりは同時に答えた。「わたしよ」「わたしだ」

それについてはふたりで決着をつけてもらおうと思った。

10

閉所恐怖を引き起こしそうな我が家の狭い空間での生活はつらかった。そこはもはや我が家とは感じられず、自分は招かれざる客だという気がした。四六時中、待たれてばかりいるのがたまらない。両親がぼくに我慢しているのがたまらない。それが真実だ。両親はちっとも悪くなかった。ただぼくの力になろうとしているだけだった。なのに、ぼくはふたりが憎らしかった。ダンテさえも憎らしかった。

そして、彼らに対してそんな憎しみを抱く自分を嫌悪した。要するに悪循環にはまってしまったのだ。自分がつくった憎しみの宇宙に。

これはいつまでも終わらないだろうと思った。

ぼくの人生はいつになっても好転しないだろうと。それでも、ギプスが新しいのに交換されたことだけはよかった。両膝が曲げられるようになった。さらに一週間、フィデルを使った。腕のギプスが取れて松葉杖を使えるようになると、フィデルを地下室にしまってくれと父さんに頼んだ。むかつく車椅子を二度と目にしなくていいように。

両手をフル活用すれば自分で体を拭くことができた。ぼくは日記を取り出して、こう書いた。シャワーを浴びた！

ほとんど幸せといってもよかった。ぼくが、このアリが幸せに近い状態にあるのだった。

「きみの笑顔が戻ってきた」ダンテはそんな言い方をした。

「笑顔というのはそういうものさ。やってきては去っていく」

腕の痛みはまだあった。理学療法士は軽い運動をさせた。なんと腕を動かすことができる。ぼくを見てくれ。

ある日、目が覚めると、ぼくはバスルームへ行って鏡に映る自分の姿を見つめた。おまえはだれだ？　つぎにキッチンへ行くと母さんがいた。コーヒーを飲みながら新年度の授業計画に目を通していた。

「将来のプランを練ってるの、母さん？」

「準備をしておきたいのよ」

ぼくは母さんと向かい合わせに座った。「母さんは優秀なガールスカウト団員だったんだよね」

「あなたはわたしのそういうところが嫌いなんでしょ？」

「どうしてそんなことを言うのさ？」

「だって、そういうのを嫌ってたじゃないの。ボーイスカウトとかガールスカウトとか」

「ぼくは父さんに言われてしかたなくはいったからね」

「あなたは学校へ行く準備ができているんでしょうね？」

ぼくは松葉杖を持ちあげてみせた。「ああ、毎日、短パンを穿《は》けるようになるさ」

母さんはコーヒーをついでくれてから、ぼくの髪を指で梳《す》いた。「髪を切りたい？」

「いや。このほうがいい」

母さんはにっこりした。「わたしもこのほうが好きよ」

一緒にコーヒーを飲んだ。母さんとふたりで。あまり話さなかった。ぼくはほとんど、授業用のフォルダーを確認する母さんを眺めていた。そのあいだ朝の光が絶えずキッチンに射しこんでいた。そのときの母さんは若く見えた。心から美しいと思った。母さんはほんとうに美しかった。ぼくは母さんが妬《ねた》ましかった。母さんはいつだって自分のことをちゃんとわかっていたから。

母さん、ぼくはいつになったら自分がどういう人間かを知ることができるんだろうね？　母さんにそう訊きたかった。訊かなかったけれど。

松葉杖とともに自分の部屋に戻り、日記を取り出した。日記を書くことをここまでずっと避けてきた。怒りがページにこぼれ出てしまうのが怖かったのだろう。それに、そんな大きな怒りを見たくなかった。怒りは体の痛みとはべつの痛みだった。耐えられない痛みだ。だから考えないようにしていた。ぼくはただ書きはじめた。

・あと五日で学校が始まる。三年生だ。考えてみろ、松葉杖で学校へ行かなければならないんだぞ。みんなの目に留まる。くそっ。

・ピックアップで砂漠の道路を走る自分が目に浮かぶ。まわりに人はいない。ぼくはロス・ロボスを聴いている。ピックアップの荷台に仰向《あおむ》けになって、満天の星を見つめている自分が目に浮かぶ。光害はどこにもない。

・もうすぐ理学療法が始まる。先生は泳ぐのはとてもいいと言う。泳いだらダンテを思い出すに決まってる。くそっ。

・怪我がすっかり治ったら、ウェートリフティングを始めるつもりだ。地下室に父さんの古いバーベルがある。

・ダンテはもう一週間うちへ来ていない。よかった。ぼくにはダンテからの休憩が必要だ。彼が毎日やってくることにうんざりなのは、彼がぼくにすまないと思っているからだ。ぼくたちがもとどおりの友達に戻れると思えないのだ。

・犬を飼いたい。毎日、犬を散歩させたい。

・毎日、散歩する！　その思いつきは最高じゃないか。

・自分が何者なのかわからない。

・誕生日にいちばん欲しいもの。兄さんのことを話せる相手。我が家の壁に飾られた兄さんの写真を見たい。

・なぜだかぼくは自分が生きるってことを発見するのは夏であってほしかった。母さんと父さんは外の世界がぼくを待っていると言った。そんな世界は現実には存在しないのに。

その日の夕暮れ、ダンテが来た。ぼくたちは玄関ポーチのステップに腰をおろした。

ダンテが腕を伸ばした。事故で怪我をしたほうの腕を。

ぼくも腕を伸ばした。事故で怪我をしたほうの腕を。

「ずいぶんよくなったね」と彼は言った。

ふたりとも笑顔になった。

「折れたものも修復できるんだね」彼はふたたび腕を伸ばした。「新品みたいになるんだね」

「新品同様とまではいかないかもしれない」とぼくは言った。「でも、よくはなる」

彼の顔の傷は治っていた。黄昏《たそがれ》のなかでは完全にもとどおりに見えた。

「今日、泳ぎにいった」と彼は言った。

「どうだった？」

「やっぱり泳ぐのが大好きだ」

「知ってるさ」とぼくは言った。

「泳ぐのが大好きだ」彼はもう一度言って、つかのま口をつぐんだ。それから、こう言った。

「ぼくは大好きなんだ、泳ぐことが――そして、きみのことが」

ぼくはなにも言わなかった。

「泳ぐこととぎみのことがね、アリ。そのふたつを世界でいちばん愛してるのさ」

「そういうことを口にするべきじゃないよ」とぼくは言った。

「嘘じゃないよ」

「嘘だなんて言ってないだろ。そういうことを口にするべきじゃないと言っただけだ」

「なぜいけないんだ?」

「あのな、ダンテ、ぼくは――」

「きみはなにも言わなくていいよ。ぼくらがちがうってことはわかってるから。ぼくらは同じじゃない」

ダンテがなにを言おうとしているかはわかった。ダンテがダンテでなければと神に祈りたかった。なんでも口に出して言わないと気がすまない人間でなければと。ぼくはただうなずくことだけを続けた。

「きみはぼくが嫌いなの?」

その瞬間、なにが起きたのかはわからない。事故があってからというもの、ぼくはだれかれかまわず怒りをぶつけていた。だれかれかまわず憎んでいた。ダンテを憎み、母さんと父さんを憎み、自分を憎んだ。あらゆる人間を。でも、その瞬間、自分はだれかれかまわず憎んでいるわけじゃないとわかった。そうじゃないのだ。ダンテが嫌いだということなどありえない。どうしたら彼の友達でいられるかがわからないのだ。だれかの友達でいる方法がわからないのだ。だけど、それは彼が嫌いだという意味にはならない。「いや」とぼくは言った。「きみが嫌いなわけじゃないよ、ダンテ」

ぼくたちはなにも言わずに、その場所に座っていた。

「これからも友達でいられるかな? ぼくがシカゴから帰ってきたときも」

「ああ」とぼくは言った。

「ほんとうに？」

「ああ」

「約束する？」

ぼくは彼の完璧な顔に見入った。「約束するよ」

ダンテは微笑んだ。声をあげて泣いたりはしなかった。

11

シカゴへ発つ前日、ダンテと彼の両親がうちへやってきた。母さんたちは一緒に料理をした。ふたりがとても仲良くしているのを見ても、ぼくは驚かなかった。ふたりには似ているところがいくつかあったから。驚いたのはむしろミスター・キンタナと父さんの気が合ったことだ。ふたりは居間でビールを飲みながら、政治の話をしていた。つまり、いろんな点でふたりの意見は多かれ少なかれ一致していたらしい。

ダンテとぼくは玄関ポーチで暇つぶしをした。

ダンテもぼくもなにかと理由をつけては玄関ポーチを利用した。

そこでたくさんのことを話したわけではなかった。お互いになにを言えばいいのかわからなかったのだと思う。ひとつの考えが頭に浮かんだ。松葉杖をもてあそびながら、ぼくは言った。「ベッドの下にきみのスケッチ帳がある。取ってきてくれないかな？」

ダンテはちょっとためらいを見せたが、うなずいた。

彼は家のなかに姿を消した。ぼくは待った。

ダンテが戻ってきて、スケッチ帳をよこした。

「白状しなきゃならないことがある」とぼくは言った。

「なんだい？」

「まだスケッチを見てないんだ」

ダンテはなにも言わなかった。

「一緒に見てもいいかな？」

彼が答えないので、黙ってスケッチ帳を開いた。一ページめに描かれていたのは彼の自画像。本を読んでいるところだ。二ページめのスケッチは、やっぱり本を読んでいる彼の父さん。そのつぎはまた自画像で、彼の顔だけ。

「この絵のきみは悲しそうだね」

「その日は悲しかったんだろうな」

「いまも悲しいか？」

その質問にダンテは答えなかった。

ぼくはページをめくり、自分が描かれたスケッチを見つめた。なにも言わなかった。見舞いにきた日にぼくを描いたものが五枚か六枚あった。ぼくはそれらをじっくりと見た。ダンテのスケッチには雑なところがまったくなかった。注意を払われていないところがひとつもないのだ。どのスケッチもみな正確で繊細だった。そのうえ、彼の感じたことがひとつ残らず盛りこまれていた。それでいて、のびのびとしているように思われた。

ぼくがスケッチを見ているあいだ、ダンテはひとことも言葉を発しなかった。

「正直な絵だね」とぼくは言った。

「正直？」

「正直な真実だ。きみはいつか偉大な画家になるよ」

「いつか、か」と彼は言った。「あのさ、そのスケッチ帳、無理して持ってる必要はないんだよ」

「ぼくにくれたんだから、ぼくのものだろ」

彼と話したのはそれだけだった。そのあとはふたりでただそこに座っていただけだ。

その夜、ぼくたちは別れの挨拶もろくに交わさなかった。まともな挨拶は。ミスター・キンタナはぼくの頰にキスした。それが彼の流儀だった。ミセス・キンタナはぼくの顎に片手を添えて、頭を起こさせた。病院で言ったことを思い出させたいかのように、彼女はぼくの目を覗きこんだ。

ダンテはぼくをハグした。

ぼくもハグを返した。

「何ヵ月後かにまた会おう」と彼は言った。

「ああ」とぼくは応じた。

「手紙を書くよ」と彼は言った。

彼から手紙が来るだろうということは予測がついた。

返事を書くという確信はなかった。

ダンテ一家が帰ったあと、ぼくと母さんと父さんは玄関ポーチに腰をおろした。雨が降りはじめても、ぼくたちはそのままでいた。座ったまま無言で雨を眺めていた。ぼくには翼の折れた鳥を抱いて雨のなかに立っているダンテの姿が見えていた。あのときダンテが微笑んでいたのかどうかはわからない。もし、彼が笑顔をなくしてしまったらどうしよう？

ぼくは泣くまいとして唇を嚙んだ。

「雨が大好き」母さんが囁き声で言った。

い、い、い、い、ぼくも大好きだ。ぼくも大好きだ。

宇宙一、悲しい少年になった気がした。夏が来て、夏が去った。夏が来て、夏が去ったのだ。そして世界が終わろうとしていた。

一ページに書かれた文字

ぼくがけっして
綴りを覚えない言葉もある。

1

オースティン・ハイスクール、一九八七年度の始業日。「いったいどうしたの、アリ?」この質問にぼくが返した答えは一語だった。「事故」ジーナ・ナヴァロはランチのあいだじゅう、ぼくを追いかけて尋ねた。「事故?」

「そう」とぼくは答えた。

「それじゃ、ぜんぜん答えになってない」

ジーナ・ナヴァロ。どういうわけか彼女は、一年生のときからぼくを知っているのだから、自分にはそうする権利があると思っていた。ジーナについてぼくの知っていることがひとつあるとすれば、彼女は単純な答えでは満足しないということだ。人生は複雑。それがジーナのモットーなのだ。なんと言えばいい? なんと言えば? 迷ったあげく、ぼくはなにも言わずにただ彼女を見返した。

「いままでと変わったりしないわよね、アリ?」

「変わるなんて過大評価だ」

「そんなの自分でわかるわけないでしょ」

「ああ。たしかにぼくにはわからないだろうね」

「あんたのことが好きかどうか自信がなくなってきたんだけど、アリ」

「ぼくだって、きみが好きかどうか自信がないよ、ジーナ」

「まあ、人との関係は〝好き〟だけで決まるわけじゃないしね」

「そうさ」

「ただし、つきあいの長さでいうなら、いちばんそばにいるのはあたしよ」

「きみはぼくを憂鬱《ゆううつ》にさせる名手だね、ジーナ」

「自分のメランコリーをあたしのせいにしないで」

「メランコリー？」

「調べなさいよ。あんたのその悲しくてたまんないムードはだれのせいでもなく自分のせいだってこと。よく見なさいよ。とっ散らかった顔してるから」

「とっ散らかった顔？　あっち行けよ、ジーナ。ほっといてくれ」

「そこがあんたの問題なのよ。ひとりでいすぎることが。アリ・タイムがありすぎることが。話しなさいって」

「話したくないんだ」これだけではジーナが納得しないということはわかっていた。

「だからぁ、なにがあったのか話せって言ってるの」

「話したじゃないか。事故だって」

「どういう事故？」

「複雑なんだよ」

「あたしを馬鹿にしてるのね」

「わかってるんだ」

「あんた、サイテー」

「まちがいない」

「わざと苛《いら》つかせようとしてるだろ」

「感謝してほしいわね。少なくともあたしは話しかけてるんだから。この学校でいちばんの嫌われ者に」

ぼくはカフェテリアから出ていこうとしているチャーリー・エスコベドを指さした。「ちがうね。この学校でいちばんの嫌われ者はあいつさ。ぼくは僅差《きんさ》で二位だ」

ちょうどそのとき、スージー・バードがそばを通りかかった。スージーはジーナの隣に座ると、ぼくの松葉杖をしげしげと見た。「どうしたの？」

「事故」

「事故？」

「って、こいつは言い張ってるの」

「どういう事故？」

「教えようとしないのよ」

「たぶん、ぼくがいなくても、きみたちふたりのこの会話は続くよね？」

するとジーナは怒り狂った。このまえ彼女の怒り狂った顔を見たときは、石を投げつけられた。「教えなさいよ」とジーナは言った。

「オーケー」とぼくは言った。「嵐のあとさ。午後に雹《ひょう》が降ったのを覚えてるだろ?」

ふたりはうなずいた。

「あの日だよ。道路の真んなかに立ってるやつがいて、そこへ車が近づいてきた。ぼくはダイブして彼を脇に突き飛ばした。命を救ったわけだ。車はぼくの両脚を轢《ひ》いた。これで話は全部だ」

「でたらめばっかり」とジーナは言った。

「ほんとうの話だぞ」とぼくは言った。

「ヒーローだと思わせたいのね?」

「また石を投げる気か?」

「ほんと、でたらめばっかり」とスージー。「じゃ、あんたが救ったっていう相手はだれなのよ?」

「さあ。どこかの知らないやつ」

「名前はなんていうの?」

ぼくはちょっと間をおいてから答えた。「たしかダンテという名前だった」

「ダンテ? それが相手の名前なの? あたしたちが信じるとでも?」ジーナとスージーは顔を見合わせた。その男の話、嘘に決まってるよね。ふたりの顔はそう言っていた。ふたりは腰を上げてテーブルから離れた。

その日は最後までにこにこしていた。人に真実を語るだけですむこともときにあるのだ。人はぼくの話を信じたがらない。これからはだれも訊いてこないだろう。

2

その日の最後の授業はミスター・ブロッカーの英語だった。彼は教育学部を卒業したての、いつも笑顔で熱心な人だ。ハイスクールの生徒は行儀がいいといまだに思っていて、現状をなにも知らなかった。ダンテが生徒だったらミスター・ブロッカーを大好きになっただろう。

彼は生徒のことを知りたがった。当然だけれども。ぼくは新任教師にはいつも同情していた。彼らは一生懸命すぎるほどがんばっていて、それがぼくを当惑させた。

ミスター・ブロッカーはまず最初に、夏のあいだのおもしろい出来事をぼくたちに語らせようとした。生徒の緊張をほぐそうとするこの手の茶番にはいつもうんざりだ。教師は生徒の緊張をほぐす練習をするのか、こんど母さんに訊いてみることにした。

ジーナ・ナヴァロとスージー・バードとチャーリー・エスコベドも同じ授業を受けていた。なんともいやな感じ。根掘り葉掘り質問したがるのがその三人だからだ。それも、ぼくが答えたくない質問を。彼らはぼくのことを知りたがっている。もちろん、こっちは自分のことを人に知られたくなんかない。〝だれもぼくを知ることができません〟という文字をプリントしたTシャツを買いたいぐらいだ。もっとも、そんなTシャツを着たら、ジーナ・ナヴァロの質問攻勢をもっと激しくさせるだけだっただろう。

そんなわけで、ぼくはジーナとスージーとチャーリーと――質問好きな新米教師がいる教室で身動き取れずにいた。みんながおもしろいと考えたことに中途半端に聞き耳を立てていたようなものだった。ジョニー・アルバレスは運転を覚えたと言った。フェリペ・カルデロンはいとこに会うためにLAへ行ったそうだ。スージー・バードはオースティンで開催された〝ガールズ・ステイト〟（ハイスクール第三学年の女子生徒を対象とした模擬選挙ワークショップ。〝ボーイズ・ステイト〟もある）に参加したと言った。カルロス・カリナーは夏に童貞を失ったと言い張った。みんなが笑って、はやし立てた。相手はだれだ？　だれなんだ？　そのあとミスター・ブロッカーはいくつかのルールを黒板に書かなければならなかった。ぼくは勝手に退出することにした。優れた夢想家のぼくは、誕生日に買ってもらいたいピックアップ・トラックについて考え、そのピックアップを運転して未舗装の道を走っている自分を思い描いた。青い空に浮かぶ雲。バックにはU2の曲が流れている。こちらに向けられたミスター・ブロッカーの声が聞こえたのはそのときだった。

「ミスター・メンドゥーサ？」なにはともあれ、彼はぼくの名前を正しく呼んだ。ぼくは目を上げてミスター・ブロッカーを見た。「聞こえたかい？」

ジーナが大きな声で言った。「彼にはおもしろいことなんか起きませーん！」みんながげらげら笑った。

「そのとおりです」とぼくは言った。

ミスター・ブロッカーはぼくを諦めて、つぎのだれかに質問するだろうと思ったのだが、彼はそうしなかった。ぼくがなにか言うのを黙って待った。

「おもしろかったことをひとつ挙げるんですか？　ならジーナの言うとおりです」とぼくは言った。「ぼくにはこの夏、おもしろいことなんかありませんでした」

「なんにもかい？」

「事故で脚を骨折しました。それがおもしろいことになるなら、そうなのかも」ぼくはうなずいたが、本気でむかついたので、ほかのやつらと同じように知ったかぶりの態度を取ることにした。「ああ、そうだ」とぼくは言った。「モルヒネは一度もためしたことがなかったんだけど、あれはなかなかおもしろかったな」みんなが笑った。気分を変えるドラッグをためすことに人生を捧《ささ》げているチャーリー・エスコベドはとくに。

ミスター・ブロッカーはにっこりした。「ひどく苦しかっただろうね」

「ええ」とぼくは言った。

「もう大丈夫なのかい、アリ？」

「はい」こういう会話がいやなのだ。

「傷はまだ痛むのか？」

「いいえ」と答えた。罪のない嘘というやつだ。まともに答えたら、どんどん長く複雑になってしまうから。ジーナ・ナヴァロの言うとおりだ。人生は複雑だった。

3

日記を手に取り、ぱらぱらとページをめくった。自分の手書き文字をあらためて見た。なんとも汚い字で、だれにも読めそうにない。それ自体は朗報だ。だれもぼくの日記を読みたいとは思わないだろうが。なにかを書こうと決めて、こう書いた。

この夏、泳ぎを覚えた。いや、それは事実とちょっとちがう。ある人に教わった。ダンテに。

ぼくはそのページを破った。

4

「学年の始業日には生徒の緊張をほぐそうとするの?」

「もちろん」

「なぜ?」

「自分の生徒のことを知りたいからよ」

「なんのために?」

「わたしは教師だから」

「母さんは国の政治体制を教えて、給料をもらってるんでしょ。憲法修正第一条と、第二条と、第三条を。そういういろいろを。だったらいきなりそれをやれば？」

「わたしが教える相手は生徒よ。生徒は人間なのよ、アリ」

「ぼくらはそんなにおもしろくないよ」

「あなたたちは自分で思っている以上におもしろいわよ」

「ぼくらは難しい相手だよね」

「それが魅力の一部なの」母さんは興味をそそる表情を浮かべた。ぼくにはその表情がすぐにわかった。たまに母さんは皮肉と本心の中間に身を置くことがあった。それは母さんにしかない魅力だった。

5

学校が始まって二日め。通常どおり。ただし、放課後、母さんを待っていると、その少女、イリアナがぼくに近づいてきた。彼女はサインペンを手に取り、ぼくのギプスの片方に自分の名前を書いた。

そして、ぼくの目を覗きこんだ。ぼくは目をそらしたかった。でも、そらさなかった。

彼女の目は砂漠の夜空のようだった。

その目のなかにひとつの世界がまるごと生きているように思えた。その世界について、ぼくはなにひとつ知らなかった。

6

シボレー・ピックアップ一九五七年型。車体の色はチェリーレッド、クロームのフェンダー、クロームのハブキャップ、ホワイトウォール・タイヤ。世界一美しいトラック。しかも、それはぼくのものだった。

父さんの暗い色の目をじっと見つめ、小声で「ありがとう」と言ったのを思い出す。なんだか間抜けだし、自分は不適格だと思いながらも、父さんをハグした。ダサい。でも、心から感謝したから、本気でハグした。本気でそうした。

本物のトラック。アリ専用の本物のトラック。

ぼくの望みが叶《かな》えられていないこともあった。それは家の壁のどこかに兄さんの写真が飾られていること。

人はあらゆるものを手に入れることはできない。

ぼくはトラックの運転席に座っていた。無理してでもパーティに戻らなければならなかった。パーティは嫌いなのだ——たとえ自分のために開かれているパーティでも。このままトラックで公道を走らせることができたらどんなにいいか。兄さんを隣に乗せて。それにダンテも。兄さんとダンテ。ぼくのパーティにはそのふたりだけがいればいい。

ダンテのことを努めて考えないようにしていたけれど、やはり彼の不在が寂しかったのだと思う。だれかのことを考えまいとすると、よけいにその人のことを考えてしまうという問題があった。

ダンテ。

なぜだかぼくはイリアナを思い出していた。

7

毎朝うんと早起きして、ガレージに置いてあるトラックへと向かった。トラックをバックさせてドライブウェイに出した。発見されるのを待っている宇宙がピックアップ・トラックのなかにあった。運転席に座っていると、なんでもできそうな気になれた。そうした楽観的な瞬間を何度でも感じられるのが不思議だった。不思議で美しいことに思えた。

ラジオをつけて、ただそこに座っていることはぼくなりの祈りの時間だった。

ある朝、母さんが家から出てきて、ぼくの写真を撮った。「どこへ行くつもりなの？」と母さんは訊いた。

「学校」とぼくは答えた。

「ちがうわよ。そういうことじゃなくて、それを運転して最初に行くのはどこかと訊いたのよ」

「砂漠かな」砂漠へ行って、満天の星を見たいのだとは言わなかった。

「ひとりで?」

「そうさ」

母さんがほんとうに訊きたいのは、学校で新しい友達はできそうなのかということだとわかった。訊かなかったけれど。母さんの視線がぼくのギプスに移った。「イリアナってだれ?」

「学校の女子さ」

「美人なの?」

「ぼくには美人すぎるよ、母さん」

「馬鹿な息子」

「そうだよ、馬鹿な息子さ」

その夜、悪夢を見た。ピックアップを運転して公道を走っている。隣にイリアナが座っている。ぼくは彼女に目をやり、微笑みかける。ダンテが道の真んなかに立っているのに、ぼくの目には彼の姿がはいらない。車を停《と》めることができない。停めることができない。目を覚ますと、汗をぐっしょりとかいていた。

その朝、トラックの運転席でコーヒーを飲んでいると、母さんが外に出てきた。母さんは玄関ポーチのステップに腰をおろし、ステップの自分の横を叩いてみせた。ぼくがぎこちなくピックアップから降りるのを母さんは眺めていた。母さんはぼくにつきまとうのをやめていた。ぼくは母さんのほうへ近づき、母さんの隣に腰をおろした。

「来週、ギプスが取れるわね」

ぼくは笑みを返した。「ああ」

「そのあとは理学療法」と母さんは言った。

「そのあとは運転の練習」とぼくは言った。

「お父さんが教えるのを愉しみにしてるわよ」

「コイン投げで父さんに負けちゃったの？」

母さんは声をあげて笑った。「父さんになにを言われても我慢しなさいよ、いいこと？」

「そんなのはぜんぜん平気さ、母さん」母さんはなにかしらぼくと話していたいのだとわかった。そういうことがいつだってぼくにはわかってしまうのだ。

「ダンテに会えなくて寂しい？」

思わず母さんを見た。「わからないな」

「どうしてわからないのよ？」

「どうしてって、母さん、ダンテは、ほら、母さんに似てるからね。つまり、ときどきふらっとやってくるだろ」

母さんはなにも言わなかった。

「いまはひとりでいたいんだよ、母さん。ぼくのそういうところ、母さんには理解できないだろうけど、とにかくそうなのさ」

母さんはうなずいた。真剣に耳を傾けているように思われた。「ゆうべ、ダンテの名前を叫んでいたから」

「ああ。あれは夢を見ただけだ」

「いやな夢？」

「ああ」

「その話をしたい？」

「そうでもない」

母さんは例によって肘《ひじ》でぼくを突いた。〝少しは母親に調子を合わせなさいよ〟という暗号だ。

「母さん？　母さんも悪夢を見たりするの？」

「そんなにしょっちゅうは見ないわ」

「ぼくや父さんのようには、ってことか」

「あなたもお父さんも自分ひとりの戦いをしているのよ」

「そうかもしれない。ぼくは自分の見る夢がいやでたまらないんだ」母さんがぼくの言葉に耳を傾けているのが感じられた。母さんはいつもそばにいる。それが理由でぼくは母さんを憎み、そして愛した。「トラックを運転してた。雨だった。彼が道路の真んなかに立ってるのに気づかなくて、車を停められなかった。停められなかったんだ」

「彼ってダンテ？」

「ああ」

母さんはぼくの腕をぎゅっとつかんだ。

「それと、母さん、煙草を喫《す》えたらいいなと考えることもあったよ」

「トラックを取りあげようかしら」

「ルールを破ったらどんなことになるかは一応わかってる」

「意地悪な母親だと思う？」

「厳しいとは思うよ。厳しすぎるとたまに思う」

「ごめんなさいね」

「謝ったりしないでよ」ぼくは松葉杖を握りしめた。「いつか母さんのルールを破るつもりでいるからさ」

「でしょうね」と母さんは言った。「やるならわたしの見えないところでやってちょうだい、いいこと？」

「その点は大丈夫さ、母さん」

ぼくたちはふたりは玄関ステップで笑った。ダンテとぼくがよくしていたように。

「そんな悪夢を見たのね、かわいそうに」

「父さんも聞いてたの？」

「ええ」

「まずかったな」

「夢は見てしまうんだもの、どうしようもないわよ」

「そうだけど。ダンテを轢くつもりなんかなかったんだ」

「もちろんよ。ただの夢じゃないの」

注意を怠《おこた》っていたということは母さんに言わなかった。運転に集中するべきときに女のほうを見ていたとは。だからダンテを轢いてしまったのだとは。そのことは母さんには言わなかった。

8

ダンテから一日に二通の手紙が来た。学校から帰ると、その二通がベッドの上に置かれていた。ダンテから手紙が来たことを母さんが知っているのがいやだった。くだらない。なぜいやなのか？　プライバシー。そう、そういうこと。プライバシーをもたない男がここにいる。

アリへ
じつはぼくとシカゴとはかなり相性がいい。たまにエル《EL》（シカゴ市のダウンタウンを走る高架鉄道と地下鉄のこと）に乗って、乗客の物語をこしらえてる。エルパソよりもこっちのほうが黒人が多くて、それがいいなと思うんだ。アイルランド系や東ヨーロッパ出身の人もたくさんいるし、もちろん、メキシコ人もいる。メキシコ人はどこにでもいる。ぼくらはまるで雀《すずめ》みたいだ。きみも知ってるとおり、自分がメキシコ人かどうか、まだ確信がないけれども。自分ではそうは思えないから。ぼくはなんなんだろうね、アリ？

夜にエルに乗ることは許してもらえない。
もう一度言うね。許してもらえない、い、い、い、い。

母さんと父さんは、ぼくの身になにかが起きることをつねに想定してる。あの事故のまえもふたりはそうだったのか、ぼくにはわからない。だから父さんにこう言ってる。「父さん、エルに乗ってるぼくを車が轢くことなんてできないよ」すると、たいていのことにはクールな対応をする父さんがぼくをぎろりと見た。「夜にエルに乗るのは禁止だ」ってさ。

父さんはシカゴでの一時的な仕事が気に入ってる。教えるのは一クラスで、なにかテーマを決めて講義の準備をするだけでいいからね。いまはモダニズムの長い詩かなにかについて執筆してるらしい。いずれ母さんとぼくもその講義を聴きにいかされるはずさ。父さんを愛してるけど、そういう学問的なことには興味がもてない。分析ばっかりでね。その本が好きだから読む。それ以外になにがあるっていうんだろう？

母さんはこのシカゴ暮らしをチャンスととらえて、薬物依存と若者についての本を書こうとしてる。母さんのクライアントのほとんどは十代の依存者だから。もっとも、母さんは自分の仕事のことは詳しく語らない。最近は図書館にいることが多い。きっと充実した時間を過ごしてるんだろう。ぼくの親はどっちも知識人だからね。ぼくはふたりのそういうところが好きなんだ。

友達も何人かできた。いい連中だ。ちょっと変わってるかもしれないけれど。わかるだろ、ぼくが興味をもつグループは野蛮人《ゴート》っぽいやつばかりなのさ。あるパーティではじめてビールを飲んだ。なんと三杯も。ちょっぴりハイになった。ハイになりすぎたってほどではないけど、ちょっぴりハイにはなった。ビールが好きなのかどうかはよくわからない。もっと歳がいったらワイン好きになりそうな気がする。といっても、安ワインじゃないぜ。俗物《スノッブ》じゃないからね。でも、母さんにいわせれば、ぼくは独りっ子症候群《シンドローム》なんだって。母さんが勝手につくった病名だろうけど。となると、だれのせいだ、って話だよね。もうひとり子どもをつくらないことに決めたのはだれなんだ、って。

パーティでマリファナ煙草《ジョイント》を勧められた。一、二本喫ってみたよ。まあ、いいや、そのことはあまり話したくない。

気分を変えるためのドラッグも体験中なんてことが母さんに知られたら、殺されるな。ビールにマリファナ。悪くはないよ。でも、それについても母さんの意見はきっとちがうだろう。〝ゲートウェイ・ドラッグ〟と母さんが呼ぶものについて、ぼくに話をしたことがある。母さんがドラッグの話を始めると、ぼくの目は曇る。すると母さんは例の目つきを投げてくる。

ポットにビールの話。パーティでありがちな組み合わせだったというだけさ。きみが思うほどたいしたことじゃないんだ。母さんとこの議論をするつもりもない。父さんともね。

きみはもうビールを飲んだかい？　ポット《ポット》はやったか？　教えてよ。

母さんと父さんが話してるのを聞いてしまった。今後こっちで父さんに仕事のオファーがあっても断ると、ふたりはもう決めてるみたいだ。「シカゴはダンテのためによくない」と、ふたりは早くも結論を出してる。当然ながら、ぼくには尋ねない。当然、尋ねないんだ。少しはダンテ本人の意見を聞いたらどう？　ダンテは自分のことを話したいんだぞ。そうさ、話したいんだ。

ぼくは両親がぼくのまわりに自分たちの世界をつくることを望まない。ぼくはいつかふたりを失望させるだろうから。そのとき、どうする？

正直なところ、アリ、エルパソが恋しいよ。引っ越した最初のころはエルパソが嫌いだった。なのに、いまは四六時中エルパソのことを考えてる。

きみのことを考えてる。

いつもきみのそばに
ダンテ

追伸。放課後はほとんど毎日、泳ぎにいってる。髪を切った。思いきり短くなっちゃった。でも、短髪は泳ぎには適してるね。毎日泳ぐとなると長髪は面倒だ。なぜいままで髪を伸ばしてたのかわからないよ。

アリへ

こっちではだれもかれもパーティを開くんだ。ぼくが招待されるのはすごいと父さんは感心してる。母さんの感想を推測するのは、うん、難しい。母さんが一瞬目を見張ったのはわかったけど。このまえのパーティから帰ってきたとき、ぼくの服が煙草臭いと母さんは言った。「煙草を喫うやつもいるから、どうしようもないんだよ」とぼくは言った。例の目つきが返ってきた。

それで金曜日の夜になり、そのパーティに行った。アルコールがあった。まずビールを飲んだ。やっぱりビールは自分には合わないとわかった。ウォッカ入りオレンジジュースはよかったな。アリ、パーティにはそりゃもう大勢の人間がいたよ。びっくりさ。ぼくらはみんなゴキブリみたいだった！　動けばかならずだれかにぶつかる。だから、ただうろちょろして人と話すだけだった。そうやって愉しんだ。

どういうわけか気がついたら、その女の子と話してた。名前はエマ。頭がよくて優しくて美人なのさ。ぼくたちは調理場で話をした。彼女はぼくの名前が大好きだと言った。で、突然、体を乗り出して、ぼくにキスするんだ。ぼくもお返しに彼女にキスしたといってもいいだろうね。彼女はミントと煙草の味がした。それはね、アリ、うん、とっても素敵だったよ。

ぼくたちは長いことキスをしてた。

一緒に煙草も一本喫ってから、もっと長いキスをした。

彼女はぼくの顔にさわりたがった。ぼくを美しいと言った。美しいなんて、いままでだれからも言われたことがないのに。世の父親と母親はその数にはいらない。

それから、ふたりで外に出た。

彼女はもう一本煙草を喫って、ぼくも喫うかと尋ねた。ぼくは水泳をするから一本だけで充分だと断った。

あのキスのことをいまだに考えてる。

彼女は電話番号をぼくに教えた。

それってどういうことなんだろうね。

きみの友達
ダンテ

9

ぼくはショートヘアのダンテを思い浮かべようとした。ダンテが女の子とキスするところを想像しようとした。ダンテは複雑なやつだ。ジーナが彼と出会っていたら好きになっただろう。ふたりを引き合わせるつもりはなかったけれど。

ベッドに寝転がり、返事を書こうかと考えた。でも、それをするかわりに日記に文字を連ねた。

女の子とキスしたらどんな感じがするんだろう？　とくにイリアナとキスしたら。彼女はきっと煙草の味はしない。女の子とキスしたら、どんな味がするんだろう？

そこまで書いて手を止め、ほかのことを考えようとした。書きたくないのに書かされた世界大恐慌に関するひどいレポートのことを考えた。ぼくにドラッグをやらせたがっているチャーリー・エスコベドのことも。それからまた、女の子とキスするダンテに戻った。つぎはイリアナに。ひょっとしたら彼女も煙草の味がするかもしれない。彼女は煙草を喫っているかもしれないから。考えてみたらイリアナについてはなんにも知らないのだ。

起き上がり、ベッドに座りこんだ。だめだ、だめだ、だめだ。キスのことなんか考えていてはだめだ。そう思ってから、なぜだかわからないが悲しくなり、兄さんのことが頭に浮かんだ。悲しい気持ちになると、決まって兄さんのことを考えてしまう。

心の奥のどこかではいつも兄さんのことを考えているのかもしれなかった。無意識に兄さんの名前のスペルを綴《つづ》っていた。B-E-R-N-A-R-D-Oと。ぼくの脳味噌はなにをやっているんだ？ぼくの許可なく兄さんの名前を綴るなんて。

自分がほんとうはなにを考えているのかを自分に知らせないようにしているのだと、ときどき思うことがある。筋の通らない話だけれど、ぼくには納得がいく。人が夢を見る理由は、人間は自分が考えているとは知らずにいろんなことを考えているからだと思う——そのいろんなことが、そう、自分のなかからこっそり抜けだして夢のなかにはいってくるのだ。たぶんぼくたちは、空気を入れすぎたタイヤみたいなものなんだろう。入れすぎた空気は漏れなければならない。それが夢なんだ。

そういえば兄さんの夢を見たことがあった。ぼくが四歳で、兄さんが十五歳、ふたりで散歩をしていた。兄さんはぼくと手をつなぎ、ぼくは兄さんを見上げていた。嬉しかった。美しい夢だった。空は青く澄みきっていた。

あれは記憶から生まれた夢だったのではないか。どこでもないところから生まれる夢なんかないのだから。あれは事実なのだ。研究したいものを自分で選べる年齢になったとき、たぶんぼくは夢を研究したくなるだろう。まちがってもアレクサンダー・ハミルトンの研究なんてしたくない。そうだ、夢の研究をしよう。夢がどこから生まれるのかを探るんだ。フロイトだ。

それが将来やることになるかもしれない――ジークムント・フロイトについて論文を書く。それなら有利なスタートを切れる。

しかも、悪夢を見ている人たちを助けられるかもしれない。もう悪夢を見ないですむように。そういうことをやってみたいと思う。

10

イリアナ・テレスにキスする方法を見つけようと決めた。だけど、いつ？　どこで？　彼女はぼくが受けている授業の教室にはいない。彼女の姿はほとんど見かけない。彼女のロッカーを見つけること。まずはそこからだ。

11

医院からの帰りしな、母さんがダンテに返事を書いたかと訊いた。

「まだ書いてない」

「書いたほうがいいと思うわよ」

「母さん、ぼくは息子であって、提案箱じゃないんだよ」

母さんはぼくをちらっと見た。

「道路から目を離さないで」とぼくは言った。
家に着くと日記を取り出し、こう書いた。

どこでもないところから夢は生まれないなら、夢のなかでダンテを轢いたのはなにを意味するのか？　同じ夢をまた見たのはどういう意味なのか？　一度めも二度めもダンテを轢いたとき、ぼくはイリアナを見つめていた。オーケー、これはよくない兆しだ。

空気が漏れているんだ。

このことについては考えたくない。

兄さんの夢のことを考えればいいのか、ダンテの夢のことを考えればいいのか。

それをぼくが選択するのか？

ぼくはしっかり生きるべきだと思う。

12

兄さんの夢について考えると、兄さんを最後に見たとき、ぼくは四歳だったという事実に行きあたる。だから、夢とぼくの現実の生活とのあいだには直接のつながりがあるのだと思う。すべてがあのときに起こったのだろう。ぼくは四歳、兄さんは十五歳。やれることをなんでもやっていた年齢。その兄さんはいまは拘置所にいる。いや、拘置所じゃない。刑務所だ。そこにはちがいがある。ぼくの叔父さんはときどき酔っぱらって留置場にぶちこまれることがあって、母さんをかんかんに怒らせるが、すぐに出てこられる。叔父さんは飲酒運転はしないから――酔った勢いでくだらない場所へ行き、だれかと一戦まじえるだけだから。かりに〝一戦まじえる〟って言葉がなかったとしても、叔父さんが酒を飲んでいるときに叔父さんのためにつくられるだろう。とにかく、いつもだれかが叔父さんを保釈してくれる。刑務所にいる人間を保釈することはない。刑務所にはいったらすぐには出てこられない。刑務所というのは長期間、人を収監しておくところだ。

兄さんがいるのが連邦刑務所なのか州刑務所なのかは知らない。なぜ連邦刑務所送りと州刑務所送りに分けられるのかも知らない。学校ではそういうことを教えてくれない。

なぜ兄さんが刑務所にいるのかを突きとめるつもりだ。調査プロジェクトを立ち上げて。これまでにもそのことを考えてきた。ずっと考えてきたのだ。そうだ、新聞。うちのどこかに古い新聞を取ってあるんじゃないか？

ダンテがここにいたら知恵を貸してくれるだろう。ダンテは頭の回転が速い。なにをすればいいかが正確にわかるだろう。

いまのぼくにダンテは必要ない。

自力でそれをやってみせる。

13

アリへ

ぼくの手紙が届いてるといいんだけど。なんて、思わせぶりな書き出しだね。もちろん手紙は届いてるよね。なぜきみが返事をくれないのか、分析するつもりはないよ。うん、それもちょっと正直じゃないな。分析はしたんだ、プールから帰ってくると手紙が待ち受けてるっていうことが一度もないのはなぜなのかって。眠れない夜に頭に浮かぶいろんな憶測をここに書いて紙を無駄にしようとは思わない。これで取り引き成立だ、アリ。返事の催促できみを困らせたりはしない。約束する。ぼくはきみに手紙を書きたくなったら書く。きみはぼくに手紙を書きたくないなら書かなくていい。きみはきみのままでいなくちゃいけないし、ぼくもぼくのままでいなくちゃね。そんな感じでいこう。どのみち、ふだんもほとんどぼくばかり喋ってたわけだし。

エル《EL》に乗る以外にもうひとつ愉しみがある。シカゴ美術館へ行くことさ。すごいんだ、アリ。きみもあそこでアートを観るべきだ。驚きだぞ。きみもシカゴにいて、あそこにある全部の作品を一緒に観られたらなあ。きっと大興奮するよ。ぜったいだ。ありとあらゆる種類のアート、現代アートとそれよりちょっとまえのアートが揃ってるんだから。もっと続けられるけど、まあ、やめておこう。アンディ・ウォーホルは好きかい？　有名な絵もあるよ。エドワード・ホッパーの『ナイトホークス』とか。ぼくはあの絵に恋してるんだ。だれもがあの絵に描かれた人間に似てると思うのさ。だれもが苦しみや悲しみや罪の意識がつまった自分だけの宇宙で迷子になってるって。だれもが遠くにいて、知ることができない存在だって。あの絵はきみを思い出させる。胸が張り裂けそうになる。

ところが、『ナイトホークス』はぼくのお気に入りの絵ではないんだ。断然ちがう。ぼくのお気に入りの絵はなんだか、話したことがあったっけ？　それはね、ジェリコの『メデューズ号の筏《いかだ》』さ。あの絵の背景には実話がある。あれは実際にあった船の座礁《ざしょう》に基づいて描かれた絵で、ジェリコを一躍有名にした。作品でストーリーを語れるのが画家のすごいところなんだよね。ある種の絵画は小説に似てるってことさ。

いつかパリへ行って、ルーブル美術館にあるジェリコのあの絵を一日じゅう観ていようと思ってる。

きみのギプスがもう取れてるってことは、日数を計算したからわかってるよ。きみが事故の話は禁止というルールをつくったこともわかってる。この際だから言っておこう、アリ。そんなのは信じがたいほど空疎なルールだ。ぼくが分別のある人間だとは言わないけれど。そんなわけで、理学療法が順調に進んで、きみがふつうの状態に戻れることを祈ってるよ。きみがふつうってことじゃないぜ。きみはぜんぜんふつうじゃない。

きみに会えなくて寂しい。それは言ってもかまわないかい？　そこにもルールがあるの？　きみにはルールがありすぎるのがおもしろいよ。なぜなんだろうね、アリ？　だれにでもいろんなルールがある。ぼくたちはそういうところを親から受け継いでるのかもしれないね。親はルールを決めるのが仕事だから。親の決めたルールが多すぎるのさ、アリ。そんなふうに考えたことはない？

ルールについてなにか手を打つ必要があるとぼくは思う。

きみに会えなくて寂しいとはもう言わないよ。

きみの友達
ダンテ

14

スージー・バードの協力でイリアナのロッカーを突きとめた。「ジーナにはこのことを言うなよ」

「言わないわよ」とスージーは言った。「約束する」彼女はこの約束をすぐに破った。

「彼女は厄介よ」とジーナが言った。

「そう。十八歳だし」とスージー。

「だから?」

「あんたはまだ子ども《ボーイ》で、向こうは女だってこと」

「厄介なんだって」ジーナはもう一度言った。

ぼくはイリアナのロッカーにメモを残した。「やあ」とだけ書いて、サインを入れた。間抜けにもほどがある。やあ。なんだ、それ?

15

その日の夕方は公立図書館で《エルパソ・タイムズ》のマイクロフィルム版を読むことに費やした。兄さんの記事を探していたのだが、何年に事件があったのかさえ知らず、一時間半で諦めた。この種の調査にはもっと便利な方法がなければおかしい。

ダンテに返事を書くことも考えた。でも、それはしないで、エドワード・ホッパーの作品について書かれた美術書を一冊見つけた。『ナイトホークス』に関してはダンテの言ったとおりだった。たしかにすごい絵だった。それに、ホッパーが語ろうとしていることも正しい。ぼくは鏡を覗いているような錯覚に陥った。だが、その絵に胸が張り裂けることはなかった。

16

ギプスが取れたあとの死んだ皮膚のありさまがどんなだか知っているかな?

その死んだ皮膚はまさにぼくの人生だ。

まるでそれがかつてのアリのように感じられるのが不思議だった。ただ、そこに見えているものがすべて真実というわけではなかった。かつてのアリはもはや存在しないのだから。で、ぼくはそのアリにまたなろうとしているのか?　もう存在していないアリに。

家に帰ってから、散歩に出かけた。

気がつくと、ダンテがあの鳥を抱いているのを見た場所を見つめていた。なぜそこへ行ったのか自分でもわからない。

気がつくと、ダンテの家のまえを歩いていた。

道路を挟んだ向こうの公園でじっとぼくを見ている犬がいた。

ぼくもじっと見返した。

犬が草の上にどさっと座った。

ぼくが道路を渡っても犬は動かなかった。彼はただ尻尾《しっぽ》を振っていた。それがぼくを微笑ませた。ぼくは草の上の彼の隣に腰をおろし、靴を脱いだ。犬は体を近づけてきて、膝の上に頭をのせた。

ぼくはそこに座ったまま、彼を撫でた。犬が首輪をつけていないことに気づいた。よく見ると、その犬は雌犬だとわかった。

「きみ、名前はなんていうの？」

人は犬に話しかける。犬には人の話が理解できなくても。いや、もしかしたら充分に理解できているのかもしれない。ダンテが最近よこした手紙の文面が頭をよぎった。〝空疎《くうそ》〟という言葉を調べなければならなかった。ぼくは腰を上げて、公園のきわにある図書館へ向かった。『メデューズ号の筏』という絵が載っている美術書を見つけた。

すぐに家に戻ることにした。松葉杖の助けがなければ二度と歩くことができない少年、アリ。きみの計算は少しまちがってるよ、とダンテに教えたかった。ギプスが取れたのは今日なのさ、ダンテ。今日なんだ。

家までの道すがら、事故のことやダンテのことや兄さんのことを考えた。兄さんは泳ぎを知っていたんだろうか。父さんのことも考えた。父さんがヴェトナムについて話したことは一度もないということを。居間の壁には戦友の何人かと一緒に写っている写真が飾ってあるのに、その写真についてはけっして話さないし、その友人たちの名前も口にしない。いつだったかぼくが訊いたときには、まるで、その質問が聞こえていないかのようだった。それからは二度と訊かなかった。結局、ぼくと父さんとのあいだにある問題はぼくたちが似すぎているということなのかもしれない。

家に着くと、さっきの犬がうしろからついてきていることに気がついた。ぼくが玄関ステップに腰をおろすと、彼女は歩道に座って、ぼくを見上げた。

父さんが外に出てきた。「脚はもとどおりになりそうか?」

「うん」とぼくは言った。

父さんは犬を見た。

「この犬、公園からずっとついてきたんだ」

「彼を飼いたいのか?」

「彼女だよ」

ぼくも父さんも笑顔になった。

「うん、飼いたい。とっても興味がある」

「チャーリーを思い出すんだろう？」

「そうなんだ。大好きだったから」

「わたしもだ」

「死んだときには大泣きしたっけ」

「わたしもさ、アリ」ぼくたちは顔を見合わせた。「おとなしそうな犬じゃないか。首輪をしていないな？」

「そう、首輪がないんだ、父さん。美しいけど」

「美しいか、アリ」父さんは笑った。「母さんは家のなかに犬を入れたがらないぞ」

17

ダンテへ

いままで返事を書かなくてごめん。ほんとうにごめん。

いまはもうふつうに歩けてるよ。だから、きみはもう罪悪感を覚えなくていい。そうだろ？　レントゲン写真を見ても良好だ。すっかり治ったよ、ダンテ。医者が言うには、手術をすることによって、いろんな支障が出る可能性もあったらしい。だけど、たまたま、どこも悪くならなかった。想像してみてよ、ダンテ、どこも悪くならないってことを。オーケー、自分でつくったルールを破ってるよね。だから、この話題はここまでにしておく。

犬を飼うことにした！　名前はレッグズ。彼女を見つけたのは脚がもとどおりになった日だからさ。公園からうちまでついてきたんだ。裏庭に連れていって、父さんとふたりで体を洗ってやった。彼女はじつによくできた犬で、じっと動かずに体を洗わせてくれた。ほんとうにおとなしくて、よくしつけられた犬なんだ。犬種は正確にはわからない。ピット・ブルとラブラドールと、あとは神のみぞ知る犬種がまざった雑種なんじゃないかというのが獣医の推測だ。毛色は白、体は中サイズ、目のまわりがぐるっと茶色い。掛け値なしの美犬さ。母さんは「その犬がいていいのは庭だけよ」という反応だったけど。

母さんのそのルールは長続きしなかった。夜はぼくの寝室に入れてやって、ぼくの足もとで寝てる。ベッドの上だよ。母さんはいやがったけど、いともたやすく降参した。「しかたがないわね、せめてあなたに友達ができたのなら」って。

母さんはぼくに友達がいると思ってないんだ。たしかにそうではあるんだけど。ぼくは友達をつくるのが上手じゃないからね。それでいいのさ。

犬のこと以外では報告することはあまりないな。いや、ひとつあった。なんだと思う？　誕生日に一九五七年型のシボレー・ピックアップを買ってもらったんだ！　クロームがいっぱいで、すごく気に入ってる。これこそメキシカン・トラックさ、ダンテ！　あとはアップダウンの激しい道を走りまわるための油圧ブレーキがあれば最高さ。それも実現しそうだ。油圧ブレーキだぜ。母さんはちらっとぼくを見て、「だれがそのお金を払うの？」と言ったけど。

「ぼくが働いてお金をつくる」って母さんに言った。

父さんが運転の最初の教習をしてくれた。ふたりでアッパー・ヴァレーの人気《ひとけ》のない農道まで行ってみた。ぼくはなかなかうまく運転したよ。ギアチェンジのコツを飲みこまなければならないんだけど、まだ切り替えがスムーズにできなくて、ギアをセカンドに入れようとして二回もトラックをストップさせてしまった。タイミングがすべてだね。クラッチペダル、ギア、アクセルペダル、クラッチ、ギア、アクセル、ドライブ。練習すればじきにそういうテクニックを全部一回のスムーズな動作でできるようになるさ。歩くのと変わらないようにね。そのへんは悩まなくてもよさそうだ。

一回めの教習がすむと、トラックを停めて、父さんは煙草を喫った。父さんはたまに煙草を喫う。でも、家ではぜったいに喫わない。裏庭に出て喫うことはあるけど、ほんのたまにさ。煙草をやめようとしたことはないのかと尋ねたら、「煙草は夢に効く」って答えが返ってきた。父さんの見る夢が戦争の夢なのはわかってる。ときどき、ヴェトナムのジャングルにいる父さんの姿を思い浮かべてみることがある。ヴェトナム戦争のことはぜったいに訊かない。それは父さんの胸にしまっておかなければならないことだと思うから。戦争を胸のなかにしまっておくのは恐ろしいかもしれないけど、たぶん、そうするしか方法がないんだろう。だからぼくは戦争のことを訊くかわりに、バーナードの――兄さんの――夢を見たりするのかと訊いた。父さんは「ときにはな」としか言わなかった。帰りは家まで父さんが運転した。そのあいだ父さんはひとことも口を利かなかった。

兄さんの話をもちだして、父さんを怒らせてしまったようだ。父さんを怒らせたいわけじゃないのに怒らせてしまう。いつも怒らせてしまうんだ。父さんだけじゃなく、ほかの人もそうだ。それがぼくのやってることらしい。きみのことも怒らせたよね。わかってる。ごめん。これでも最善を尽くしてるつもりなんだ、オーケー？　きみはたくさん手紙をくれるのに、ぼくが手紙を書かなくても、怒らないでくれ。きみを怒らせようとしてるわけじゃない、オーケー？　これはぼく自身の問題なのさ。ほかの人には胸の内を語ってもらいたいくせに、そのお返しに自分も語りたいかどうかがわからない。

これからトラックの運転席に座って、そのことを考えてみようと思う。

アリ

18

これがいまのぼくの人生のリストだ。

・運転免許取得のための勉強。大学進学のための猛勉強（こっちは母さんを喜ばせる）。

・地下室でのウェートリフティング。

・レッグズとのランニング。レッグズはよくできた犬ってだけじゃなく、よくできたランナーでもあった。

・ダンテの手紙を読む（一週間に二回届くこともある）。

・ジーナ・ナヴァロとスージー・バードとの議論（話題はなんでもいい）。

・学校でイリアナと出くわす方法を考え出す。
・図書館で《エルパソ・タイムズ》のマイクロフィルム版を精査し、兄さんについての情報をなにかしら見つける。
・日記を書く。
・週に一度、トラックを洗う。
・悪夢を見る（ぼくは雨の降るあの道路で彼を轢きつづけている）。
・〈チャーコーラー〉で二十時間働く。バーガーをひょいと裏返す仕事は悪くない。木曜日の放課後に四時間、金曜日の夜に六時間、土曜日に八時間（追加のシフトを入れることは父さんが許してくれないだろう）。

このリストがぼくの人生のほとんどすべてを語っていた。興味をそそるような人生ではないかもしれないが、少なくともぼくは忙しくしている。忙しいことが幸せを意味しないのはわかっている。でも、少なくともいまのぼくは退屈じゃない。退屈なのが最悪だ。お金を手にするといい気分だし、自分を哀れむことに時間を費やしすぎないのも悪くない。パーティに招かれても行かない。

いや、一度だけ行った——イリアナが来ているかどうかを確かめるためだけに。で、ジーナとスージーがやってくるのと同時に引きあげた。ジーナはぼくを人間嫌いだと責めた。まだ女の子とキスしたことがない男子はこのどん臭い学校でぼくひとりだと彼女は言った。「これからがお愉しみってときにパーティから帰るようじゃ、永久にだれともキスできないわよ」と。

「ほんとうか？」とぼくは言った。「ぼくが女の子とキスしたことがないってのは？　どうやってその情報を入手したんだ？」

「勘よ」と彼女は言った。

「ぼくの人生について語らせようとしてるんだろうけど、そう簡単にはいかない」

「だれとキスしたの？」

「それは内緒だ、ジーナ」

「イリアナ？　そうじゃないわね。彼女はあんたをからかってるだけだもの」

ぼくは足を止めずにずんずん歩き、ジーナに向かって中指を立てた。

ジーナって子はいったいなんなんだ？　七人姉妹で兄弟はゼロ。そこが彼女の問題だった。本人はぼくを借りることができるとでも思ったのだろう。兄貴か弟にすれば困らせてもいいんだと。ジーナとスージー・バードは金曜の夜、〈チャーコーラー〉の閉店まぎわになるといつもやってきた。ただぼくを困らせるためだけに。ただぼくを怒らせるためだけに。ふたりはバーガーとポテトフライとチェリー・コークを注文すると、車を出さずにクラクションを鳴らしながら、ぼくが店を閉めるのを待っていた。ぼくを困らせ、苛つかせ、怒らせるのだった。ジーナは煙草を喫えるようになろうとしていて、マドンナみたいに煙草を見せびらかそうとした。

一度、ふたりがビールを注文したことがあって、ぼくにも勧めた。ああ、ぼくもつきあって少し飲んだ。それはいいんだ。どうってことない。

ぼくがだれとキスしたのかと訊くジーナのしつこさをべつにすれば。

だが、そのとき、彼女のうるさい質問をやめさせるアイディアを思いついた。「ぼくの考えてることがわかるだろ。きみはぼくが覆いかぶさって人工呼吸式のキスをするのを望んでるんだろうな、って思ってるのさ」

「気持ち悪いこと言わないでよ」とジーナ。

「じゃあ、なぜそんなに知りたがる？　ぼくがどんな味かを知りたくてしかたがないんだよね」

「ばっかみたい。あんたとキスするぐらいなら鳥の糞《ふん》を口に入れたほうがましだわ」

「もちろん、そうだろうよ」

スージー・バードはぼくを卑怯者呼ばわりした。いつでもだれでも、あのスージー・バードには親切にしなくちゃいけないのだ。下手なことを言おうものなら、とたんに泣きだす。ぼくはそのぎゃあぎゃあ泣く声が苦手だった。スージーはいい子だけれど、あんなふうに泣いても彼女にとってなにひとついいことはない。

ジーナはその夜以来、二度とキスの話をしなくなった。それは助かった。イリアナがときおりぼくを見つけては、笑いかけてきた。ぼくは彼女のその笑顔にほんのちょっと恋をしてしまった。恋のことなんかなんにもわかっちゃいないくせに。

学校はまずまず問題なかった。ミスター・ブロッカーはあいかわらず分かち合いがどうのというような話ばかりしていたが、いい教師ではあった。彼は生徒にたくさんの文章を書かせ、ぼくはそれを愉しんでいた。なぜだか書くことに夢中になった。受けるのがつらい唯一の授業は選択科目の美術だった。見事なまでに描けないのだ。樹木だけはそれらしく描けても、人の顔はまったくだめ。でも、美術の授業で求められるのはとにかく描いてみることなので、実技の評価はAだった。だけど、それは才能に対しての評価じゃない。ぼくの人生のストーリーに対する評価だ。

毎日がひどく苦しいわけでないのはわかっていた。ぼくには犬がいて、運転免許を取るという目的があった。趣味もふたつできた。ひとつはマイクロフィルムに残された兄さんの名前を探すこと、もうひとつはイリアナにキスする方法を見いだすことだった。

19

運転の教習は父さんとぼくのルーティンとなった。ふたりとも土曜日と日曜日はうんと早起きをした。ぼくは考えていた。といっても、考えた中身は曖昧《あいまい》なのだが、おそらくは、父さんといろいろ話したいと考えていたのだろう。しかし、そういうことにはならなかった。ぼくたちは運転の話しかしなかった。完全にビジネスライクな、ぼくが運転技術を習得するのに必要な会話しか。

父さんは辛抱《しんぼう》強くぼくにつきあった。トラックの運転に関することはなんでも説明してくれた。対向車の運転に注意を払って警戒を怠らないという自分の信条についても。父さんはじつに優秀な教官で、なにがあろうと動揺しなかった（ぼくが兄さんの話をもちだしたとき以外は）。父さんの言葉に顔がほころんだことも一度ある。「一方通行の道を走っていると両方向の走行を予測できない」とは、ずいぶんおもしろいことを言うもんだと思って、父さんがそれを口にした瞬間、思わず笑ってしまった。父さんがぼくを笑わせるなんて、めったにないことだった。

だが、父さんがぼくの生活について質問することは一度もなかった。父さんは母さんとはちがって、息子の私的な世界に介入しなかった。ぼくたちはエドワード・ホッパーの絵のようだった。細かい部分はちがっていても、そっくりなのだ。早朝にふたりで出かけるときの父さんは、なんとなくいつもよりリラックスして見えることに、ぼくは気づいていた。父さんは心の底からくつろいで、安心しているように見えた。いつもと同じく多くは喋らなくても、父さんが遠くにいるとは感じなかった。それは素敵な時間だった。父さんはときどき口笛を吹いた。ぼくと一緒にいることが嬉しいとでもいうように。父さんはこの世界で生きていくのに言葉を必要としない人なのかもしれない。ぼくはそうではなかった。いや、外ではぼくもそうなんだ。言葉なんかいらないというふりをしている。だけど、内心はそうじゃなかった。
自分について少しわかってきたことがあった。ぼくは父さんにはぜんぜん似ていない。ぼくの内面はむしろダンテに近い。その気づきがぼくを怯《おび》えさせた。

20

ひとりで車を運転して出かける許可をもらうには、まず母さんを乗せてドライブしなければならなかった。「少し飛ばしすぎね」と母さんは言った。

「もう十六歳だよ」とぼくは言った。「しかも、ぼくは男だ」

母さんはなにも言わなかった。だが、そのあとでこう言った。「アルコールをただの一滴でも飲んで運転したという疑いを抱いたら、わたしはすぐにトラックを売りますからね」

どういうわけか母さんのその言葉がぼくを微笑ませた。「フェアじゃないな。なぜ母さんの心に芽生えた疑いの埋め合わせをしなければならないの？　ぼくが悪いみたいに」

母さんはちらっと視線をよこした。「そういうのがファシストなんじゃないかしら」

ぼくたちは笑顔でお互いを見た。「飲酒運転はだめよ」

「飲酒歩行は？」

「どっちもだめ」

「やっぱりね」

「かならず守りなさいよ」

「脅しは利かないよ、母さん。わかってるだろうけど」

それが母さんを笑わせた。

そんなわけで、ぼくの人生はたいして複雑ではなかった。ダンテから手紙が来ていた。ぼくがかならず返事を書くとはかぎらなかった。書いたとしても、ぼくの手紙は短い。ダンテの手紙が短いことは一度もなかった。彼はまだ女の子とのキスの実験をしていた。キスしたいのはむしろ男だと言いながらも。実際、彼はそう書いてきたのだ。そのことをどう考えたらいいのか、よくわからなかった。でも、ダンテはダンテであろうとしていて、彼の友達でいようと思うなら、そのことを認められるようにならなければならない。それに、ダンテがいるのはシカゴで、ぼくはエルパソなので、認めやすいのは事実だった。ダンテの人生はぼくの人生よりはるかに複雑だ——少なくとも、キスする相手が男か女かということに関しては。その一方で、彼は刑務所にいる兄のことでは思い悩まなくてもいい。まるで兄など存在しないかのように両親がふるまっていることに関しては。

自分の人生を複雑にさせないようにしていたのは、心のなかのあらゆることが混乱しすぎていたからだと思う。それを証明する悪夢まで見ていた。ある夜に見た夢では、ぼくには脚がなかった。両脚ともどこかへ消えてしまって、ベッドから出られないのだ。悲鳴をあげながら目を覚ました。

父さんが部屋にはいってきて、ぼくに耳打ちした。「ただの夢だ、アリ。悪い夢を見ただけだ」

「ああ」ぼくは小声を返した。「悪い夢を見ただけだ」

でも、ある意味ではぼくは慣れていた。つまり悪夢に。だけど、見た夢をまったく記憶していない人もいるのはなぜだろう？　なぜぼくはその種の人たちの仲間入りができないのだろう？

21

ダンテへ

免許が取れたよ！　母さんと父さんを乗せてニューメキシコ州のメシラまでドライブに行った。三人でランチを食べた。それから、またぼくの運転でうちへ帰った。ふたりはぼくの運転に合格点をくれたみたいだ。でも、いちばんのハイライトはそこじゃない。夜にひとりで運転して砂漠へ行き、しばらく砂漠にいたことさ。ラジオを聴きながら、ピックアップの荷台に寝転がって、満天の星を眺めたんだ。光害のまったくないところでね、ダンテ。ものすごくきれいだったよ。

アリ

22

ある夜、両親が結婚式のダンスパーティに出かけた。ふたりは結婚式のダンスが大好きで、ぼくも連れていきたがったが、断った。自分の親がテキサス風メキシコ音楽に合わせて踊るのを見るのかと思うと、行く気が失せた。ふたりには、ずっとバーガーを裏返していたから疲れていると言い訳した。今夜はうちでゆっくりするつもりだと。

「そうか。出かけるときにはメモを置いていけよ」と父さんは言った。

出かける予定はべつになかった。

ひとりくつろいだ気分でケサディージャをつくろうとしたところへ、チャーリー・エスコベドがやってきて玄関ドアをノックした。「夕食中か?」と彼は訊いた。

「軽い夕食さ。これからケサディージャをつくる」とぼくは答えた。

「クールだね」と彼は言った。

たとえこいつが腹ぺこだという顔をしていても、おまえにもひとつつくってやろうかと尋ねるつもりはなかったが、彼はまさにそんな顔をしていた。死ぬほど腹が減っているというふうだった。チャーリー・エスコベドはガリガリに痩せて、いつも日照りの真っ最中のコヨーテのような顔つきをしていた。ぼくはコヨーテには詳しかった。コヨーテに夢中だったから。そこでぼくたちは互いを見つめあうような感じになり、ぼくが尋ねた。「腹が減ってるのか?」自分がこんなことを言うとは信じられなかった。

するとこ彼は「そうじゃねえよ」と答え、こう続けた。「ヤクをやって《シュート・アップ》みないか?」

で、ぼくは答えた。「やだね」

で、彼は訊いた。「やってみたい気はあるだろ?」

で、ぼくは答えた。「ないね」

で、彼は言った。「ためしにやってみろよ。最高だぜ。ちょびっと手に入れて、おまえのトラックで砂漠へ行って、うん、ハイになる。気持ちいい《スウィート》ぜ。最高に気持ちよくなれるんだって、なあ」

で、ぼくは言った。「じつはチョコレートをやってるんだよ」

で、彼は言った。「なにふざけたこと言ってんだ?」

で、ぼくは言った。「甘くて《スウィート》さ。おまえもいまそう言ったじゃないか。チョコレートで気持ちよくなることにするよ」

彼はそこでキレて、ぼくをくそホモ野郎《ピンチ・ホト》呼ばわりした。ほかにも思いつくかぎりの似たような呼び名をぼくにつけて、おまえを国境までぶっ飛ばしてやると言った。品行方正だからヤクも煙草もやれないってわけか、いったいおまえはなにさまなんだ、とも。おまえのことを好きなやつがひとりもいないのは、おまえがミスター・ガバチョ(〝よそ者〟の意からメキシコではアメリカ人を指す)だからだってことがわかってるのか、とも。

ミスター・ガバチョ。

大嫌いな言葉だ。ぼくは彼と同じくメキシコ人だ。それに体はぼくのほうが大きい。こんなチビ助なんか怖くない。だから言ってやった。「なぜおまえはヤクをやるのにほかのやつを引きこもうとするんだ、ええ？」こいつは寂しいんだと思った。でも、だからって、くそったれになる必要はないはずだ。

すると彼は言った。「ゲイだよな、おまえ《バト》。自分でそれがわかってるのか？」

こいつはいったいなにを言ってるんだろう？　ぼくがヘロインを打ちたがらないからゲイだというのか？

で、ぼくは言った。「ああ、ぼくはゲイさ。だから、おまえとキスしたい」

すると彼は嫌悪感をむき出しにした表情を浮かべて、こう言った。「おまえをぶっ飛ばすしかなさそうだな」

で、ぼくは言った。「やれよ」

彼は中指を突き立てただけで、ぷいと姿を消した――ちょっとほっとした。というのは、チャーリー・エスコベドが気分を変えるドラッグに依存するようになるまえは、むしろあいつが好きだったから。もっと正直にいえば、ぼくもヘロイン注射とかには興味津々《しんしん》だった。だけど、やっぱりそれをやる覚悟はなかった。

男が重大なことをするには心の準備をしなければならない。ぼくはそういうふうに考えていた。

ふとダンテのことを思い出した。彼がたまにビールを飲んでいたことを。ぼく自身もジーナとスージーと一緒に二度ビールを飲んだことも。酔ったらどうなるのだろうと思った。つまり、本格的に酔っぱらったら。いい気持ちになれるのだろうか。ダンテはすでにマリファナ《ポット》まで経験しているんだ。そう考えるとまた兄さんが頭のなかに戻ってきた。兄さんはドラッグ漬けだったのかもしれない。だから刑務所送りになったのかもしれない。

幼いころのぼくは兄さんが大好きだったのだろう。ほんとうに大好きだったのだと思う。悲しくて虚《むな》しいのはそのせいかもしれない――ずっと兄さんに会いたくても会えなかったから。なぜそうしたのか、自分でもわからない。とにかく、ぼくはそれをしたのだ。外に出てトラックに乗り、サンセット・ハイツの〈サークルK〉のそばをうろついて金の無心をしている年寄りの酔っぱらいを見つけた。見た目もひどいが、においはもっとひどい老人だった。でも、その老人と友達になりたいと思ったわけじゃない。ぼくはその男にビールの六缶パックを買ってきてくれと頼んだ。そうしたら、彼にもビールの六缶パックをおごるからと。彼は獲物だった。通りの角を曲がったところにトラックを停めた。老人は店から出てきて、六缶パックをぼくに手渡し、にやりとした。「何歳なんだ?」

「十六歳」とぼくは答えた。「あんたは?」

「おれか。おれは四十五歳だよ」それよりはるかに老けて見えた。とてつもなく老けて見えた。ぼくは不意に後悔した――その男を利用したことを。男のほうもぼくを利用したから、おあいこなのだけれど。

自分の六缶パックを飲むためにトラックを出して砂漠へ向かった。だが、走りだしてから、これはあまりいい考えではないかもしれないと思った。母さんの声が頭のなかで聞こえていて、母さんの声がそこにあるということに無性に腹が立った。結局ぼくはうちへ帰ることにした。両親はまだしばらく帰ってこないとわかっていた。ビールを飲む時間ならひと晩じゅうあった。

ドライブウェイにトラックを停めると、そのまま座っていた。ビールを飲みながら。レッグズもトラックに乗せてやると、ビールの缶をぺろぺろ舐《な》めようとしたので、ビールは犬の体にはよくないと教えてやった。たぶんビールは少年の体にもよくないのだろう。でも、まあ、実験をしていたわけだ。そう、ぼくは宇宙の秘密を発見しようとしていた。バドワイザーの缶のなかに宇宙の秘密が見つかるとは思っていなかったけれど。

ビールの最初の二、三缶を一気飲みすれば、すっかりいい気分になるのだろうと想像していた。で、実行してみた。効果てきめん。すっかりいい気分になれた。

いろんなことが頭に浮かんだ。

兄さんのこと。

ダンテのこと。

父さんが見る悪夢のこと。

イリアナのこと。

ビールを三缶飲み干したあとは、ちっとも苦しくなくなった。モルヒネとちょっと似ている。だけど、ちがうのだ。それから、つぎの一缶を開けた。レッグズは頭をぼくの片膝にあずけ、ぼくたちはまだトラックにいた。「愛してるよ、レッグズ」ほんとうだ。ぼくはその犬を愛していた。生きることもそう悪くないと思えた。ぼくは愛犬と一緒に自分のトラックに腰を落ち着けて、ビールを飲んでいるのだから。

この世界には、ぼくが持っているものを手に入れるためなら殺人でも犯しただろうという男たちがいくらでもいる。だったら、ぼくはなぜもっと感謝しない？　なぜなら、ぼくは恩知らずだから。それはジーナ・ナヴァロに言われたことだ。

ジーナは頭のいい少女だった。彼女がぼくについて言ったことはまちがいではない。

トラックの窓をおろしたままにして冷たい夜気を感じていた。季節は変わり、冬が近づいていた。夏はぼくの欲しいものを持ってきてはくれなかった。冬が夏よりぼくによくしてくれるとは思わなかった。そもそもなぜ季節なんてものがあるんだろう。人生のサイクルが。冬、春、夏、秋、とめぐり、また最初から繰り返す。

おまえはなにが欲しいんだ、アリ？　ぼくは自分に問いつづけた。もしかしたらビールかもしれない。おまえはなにが欲しいんだ、アリ？

それから、自分の問いに答えた。「人生さ」

「人生ってなんだよ、アリ？」

「まるでその答えをぼくが知ってるみたいだね？」

「心の奥ではわかってるんだろ、アリ」

「いや、わからない」

「黙れ、アリ」言われたとおり、ぼくは黙った。すると、その考えが頭に浮かんだ。だれかとキスしたいという考えが。相手がだれかは関係ない。だれであってもいい。イリアナでも。

ビール六缶を飲み干すと、家のなかに戻り、ベッドにもぐりこんだ。

その夜は夢を見なかった。夢のかけらすら。

23

クリスマス休暇のあいだは、甥たちへのクリスマス・プレゼントをせっせと包んで過ごした。それで鋏《はさみ》を探しにいった。予備の寝室のドレッサーに、母さんが雑多なものをしまっている抽斗《ひきだし》がひとつあるのを知っていたから、それを見つけにいったのだ。やっぱりそこに鋏があった。特大サイズの茶封筒の上にのせてあった。封筒のいちばん上に兄さんの名前が書かれていた。BERNARDOと。

兄さんの人生にまつわるものすべてがその封筒のなかにあるのだとわかった。

封筒ひとつに収められた、ひとりの人間の人生。

兄さんの写真もそこに収められているにちがいなかった。

封筒を破って開けたい衝動に駆られたが、そうはしなかった。ぼくは鋏をその場所に残し、封筒を見なかったことにした。「母さん、鋏はどこにあるの?」と訊くと、母さんは鋏を取ってきてくれた。

その夜、ぼくは日記を書いた。兄さんの名前を何度も繰り返し綴った。

バーナード
バーナード
バーナード
バーナード
バーナード
バーナード

24

アリへ

ぼくの頭のなかには、ピックアップの荷台に仰向けになって満天の星を見ているきみの絵がある。そのスケッチが頭のなかでできあがっているのさ。我が家のクリスマスツリーの横に立っているぼくの写真を送るね。きみへのプレゼントも一緒に。気に入ってくれるといいんだけど。

メリー・クリスマス、アリ

プレゼントを開けると、思わず笑みが浮かんだ。

つぎに声をあげて笑ってしまった。

ミニチュアのテニスシューズが一足。それをどうしなくてはいけないのか、すぐにぴんときた。バックミラーにぶら下げる。ぼくはそのとおりにした。

25

クリスマスの翌日、ぼくは〈チャーコーラー〉の八時間シフトで働いていた。クリスマス休暇だから、シフトの時間を増やしてもいいだろうと父さんが許してくれた。仕事自体は問題ないのだが、同じシフトで働く男が正真正銘の間抜けだった。とはいえ、勝手に喋らせておけば、そいつはほとんどの時間、ぼくが話を聞いていないことに気づきさえしなかった。シフトが終わり、どこかへ行かないかと誘われると、「予定があるんだ」と言った。

「デートか？」

「まあな」とぼくは言った。

「ガールフレンドがいるんだ？」

「まあな」とぼくは言った。

「名前は？」

「シェール」

「ふざけんなよ、アリ」

ジョークの通じないやつもいる。

家に帰ると、母さんがキッチンで夕食用のタマルを焼いていた。自家製のタマルはぼくの大好物だ。オーヴンでタマルを焼くのは標準的なタマルの温め方ではないから、すごく変なのだが、ぼくはそれが好きだった。オーヴンがタマルの水分を完全に抜くのでカリカリになり、中身を包むトウモロコシの葉が焼けるにおいがしてくる。そのにおいがたまらない。だから、母さんはぼく用にタマルのいくつかをオーヴンで焼くのだった。「ダンテから電話があったわよ」

「そうなの？」

「ええ」

「少ししたらまたかけなおすって。今日は仕事だと言っておいたわ」

ぼくはうなずいた。

「ダンテはあなたが働いているのを知らなかったのね。手紙には仕事のことは書いてなかったと言っていたから」

「そんなこと、どっちでもいいよね？」

母さんは首を振った。「そうだけれど」勝手になにか答えを出そうとしているようだったが、それを口にしようとはしなかった。そのとき電話が鳴った。「きっとダンテよ」と母さんは言った。

やはりダンテだった。

「やあ」

「やあ」

「メリー・クリスマス」

「シカゴは雪が降った？」

「いや。ただ寒いだけ。まわりはグレイ一色。あのさ、ほんとうに寒いんだぞ」

「いいじゃないか」

「ぼくも嫌いじゃないけどね。ただ、グレイな毎日には飽き飽きしてる。一月にはもっとひどくなるらしい。二月もさ、たぶん」

「それじゃ最悪だな」

「ああ、最悪だよ」

電話を通して短い沈黙が流れた。

「ところで、働いてるんだって？」

「うん、〈チャーコーラー〉でバーガーを裏返してる。少しお金を貯《た》めようと思ってさ」

「ぼくには言わなかったね」

「ああ、たいしたことじゃないから。ウザい仕事さ」

「でも、お金が貯まりすぎたら、友達に素敵な美術書を買ってあげられるだろうな」彼がにこにこしているのが目に浮かんだ。

「それで、きみは目当ての本を手に入れたのかい？」

「いま膝の上にあるよ。ロレンツ・E・A・アイトナーが書いた『ジェリコのメデューズ号の筏』（*Gericault's Raft of the Medusa* by Lorenz E.A.Eitner 一九七二年、未邦訳）が。美しい本だね、アリ」

彼が泣きだしそうだと思った。ぼくは頭のなかでつぶやいた。泣くなよ、泣かないでくれ。するど、ぼくの声が聞こえたかのように——彼は泣かずにこう言った。「この本を買うために何枚バーガーを裏返した？」

「さすがダンテの質問だ」とぼくは言った。

「さすがアリの答えだ」と彼は言った。

ぼくたちは大笑いして、笑いが止められなくなった。彼に会いたくてたまらなかった。

電話を切ると、ちょっぴり悲しかった。同時にちょっぴり嬉しかった。つかのまぼくは思った。ダンテとぼくの住む世界が、おとなになりかけている男の宇宙ではなくて、少年たちの宇宙だったならどんなにいいだろうと。

外に出て、ゆっくりと走った。レッグズを連れて。男はみんな犬を飼うべきだと言われるけれど、たしかにそのとおりだ。ジーナは少年は例外なく犬だと言う。ジーナらしい発想だ。彼女はうちの母さんに似ている。彼女の声が頭に聞こえていた。

走っている途中で雨が降りだした。あの事故の光景が映画のように脳裏に流れだした。ほんの数秒、両脚に痛みが走った。

26

ニュー・イヤーズ・イヴに〈チャーコーラー〉から呼び出しがかかり、働くことになった。ぼくにはちょうどよかった。予定はなにもなかったし、考えてばかりいたくなかったから。

「ほんとうに行くの？」母さんは不満げだった。

「社会的交流ってやつだよ」とぼくは言った。

母さんはちらっとぼくを見た。「みんなが来るのよ」

そうだ、一族みんなが。伯父さんたちもいとこ連中も。母さんのお手製メヌード（メキシカン・シチューまたはスープ）と、またタマル。タマルはさすがに飽きていた。飲み物はビール。母さんや伯母さんたちにはワイン。ぼくは一族の集まりが苦手だった。親戚《しんせき》ではあっても他人みたいな人たちがわさわさいる状態が。とりあえず笑顔を振りまきながらも、なにを話せばいいのかぜんぜんわからなかった。

ぼくは母さんに向かってにっこりした。「一九八七年。この年が終わるのが嬉しい」

母さんはまたぼくをちらっと見た。「いい一年だったわね、アリ」

「そうだね、雨のなかでちょっとした事故もあったしね」

母さんは微笑んだ。「あなたって子は、どうして自分を評価することができないのかしらね？」

「父さんに似たからだろ」ぼくはコーヒーカップを持ちあげてみせた。「一九八八年に乾杯。父さんに乾杯」

母さんは手を伸ばして、ぼくの髪を指で梳《す》いた。その仕種をするのは久しぶりだ。「どんどんおとなになっていくようね」と母さんは言った。

ぼくはもう一度コーヒーカップを持ちあげた。「じゃあ、おとなの男に乾杯」

仕事はさほど忙しくなかった。雨が降っていて客が少なかったから、アルバイトの四人で、一九八七年に流行《はや》った自分のお気に入りの歌をかわりばんこに歌った。ぼくのお気に入りはロス・ロボス版の〈ラ・バンバ〉と決まっている。歌うことがまるでだめなぼくは、わざとそれを歌った。「やめろ、おまえは歌うな」とみんなに言われるとわかっていたので。みんなはやっぱりそう言って、ぼくは番からはずされた。アルマは〈フェイス〉ばかり歌いつづけた。ぼくはジョージ・マイケルには関心がなかった。ルーシーはマドンナ気取りだった。いい声をしているが、ぼくはマドンナにも興味がなかった。シフトの終わりが近づくと全員でU2の歌を何曲か歌った。〈終わりなき旅〉は、うん、いい曲だ。ぼくのテーマソング。でも、あの曲はじつはみんなのテーマソングなんだと思った。

夜の十時五分まえ、ドライブ・インのカウンターでバーガーとフライを注文する声が聞こえた。ジーナ・ナヴァロだ。あの声はどこで聞いてもわかる。彼女のことが好きなのか、それとも彼女に慣れてしまっているのか、自分でもわからなかった。注文の品ができあがると、ジーナのおんぼろフォルクスワーゲン・ビートルまで運んだ。彼女とスージー・バードは車のなかで待っていた。

「きみたちはいつも一緒にお出かけするのかい?」

「つまんない、お黙り」

「きみたちにも一応言っとくよ、ハッピー・ニュー・イヤー」

「もう仕事は終わるんでしょ?」

「帰るまえに掃除しなくちゃならないんだよ」

スージー・バードがにっこりした。彼女の笑顔は可愛いということは言っておかなければならない。「パーティのご招待にきたのよ」

「パーティか。あんまり気が乗らないな」

「ビールがあるわよ」とジーナが言った。

「キスしたがってる女の子もいるし」とスージーが言った。

彼女たちはぼく専用のデート・サービスで、ぼくが新年にしたいことを提供してくれるというわけだ。「行けたらね」

「行けたら、は受け付けない」とジーナ。「もっと気楽に考えなさいよ」

どうして行くと答えたのかわからないが、ぼくはそう答えた。「じゃ、そこの住所を教えろよ。向こうで落ち合おう。いったんうちへ帰って親に言わないと」

母さんと父さんが「だめ」と言うのを期待していた。ところが、そういうことにはならなかった。「あなたがパーティに行くですって?」と母さんが言った。

「ぼくが招待されるなんて驚きだろ、母さん？」

「いいえ。あなたが行きたがっていることが驚きよ」

「新年だからね」

「お酒も出るの？」

「それはどうかな、母さん」

「トラックで行くのはだめよ。それだけ言っておくわ」

「じゃ、よそうかな」

「パーティの場所は？」

「シルバー・アヴェニューとエルム通りの角」

「だったら、うちからまっすぐでしょ。歩けるわよ」

「雨が降ってる」

「もうやんでます」

ぼくは母さんに家の外にほうり出されたも同然だった。「愉しんできてね」

ちぇっ。なにが愉しんできてね、だ。

で、どうなったか？　ぼくは愉しんだ。

女の子とキスした。いや、彼女がぼくにキスした。イリアナが。彼女もパーティに来ていたのだ。イリアナも。イリアナはぼくのほうへ歩いてきて、こう言った。「年が明けたわね。というわけで、ハッピー・ニュー・イヤー」彼女はいきなりぼくに顔を寄せてキスした。

ぼくたちはキスした。長いこと。それから彼女が囁いた。「あなたは世界一キスが上手ね」

「まさか」とぼくは言った。「そんなことないさ」

「わたしに反論してもだめよ。こういうことには詳しいんだから」

「オーケー。反論はしないよ」ぼくたちはもう一度キスした。

彼女が言った。「もう行かなくちゃ」そして、行ってしまった。

いま起こったことを理解できずにいるうちにジーナがぼくのまえに現れた。「見てたわよ」と彼女は言った。

「だから、なんだってんだよ?」

「どうだった?」

ぼくはジーナを見た。「ハッピー・ニュー・イヤー」それから、彼女をハグした。「きみのために新年の抱負を用意してあるんだけど」

それが彼女を笑わせた。「こっちだって、あんたのための長いリストを用意してあるわよ、アリ」

ぼくたちはその場に突っ立って爆笑した。

不思議なぐらい愉しかった。

27

ある日、家にひとりでいるときに抽斗を開けてみた。BERNARDOと書かれた大判の茶封筒がはいっている例の抽斗だ。封筒も開けたかった。そのなかにある秘密を全部知りたかった。そうすれば自由になれるかもしれないから。だけど、なぜぼくは自由じゃないんだろう？ぼくがいるところは刑務所じゃないだろ？

封筒を抽斗に戻した。

こういうやり方はしたくなかった。母さんから封筒を手渡してもらいたかった。「これがあなたの兄さんの物語よ」と言ってもらいたかった。

多くを望みすぎなのかもしれない。

28

ダンテから短い手紙が来た。

アリへ

マスターベーションしてるかい？　おかしな質問だと思うだろうけど、これは大まじめな質問さ。だって、きみはいたってふつうだから。少なくとも、ぼくよりはふつうだ。

だから、マスターベーションをしてるかもしれないし、してないかもしれない。最近のぼくはこの話題に少々こだわりすぎかもしれない。ただの段階《フェーズ》なのかもしれない。だけど、アリ、きみがもしマスターベーションをしてるなら、なにを思い浮かべてする？

こういうことはうちの父さんに訊くべきだってことはわかってるんだ。でも、どうも訊きたい気分じゃなくてさ。父さんを愛してるけど——なにからなにまで話す必要があるかな？

十六歳ならするよね、そうだろ？　一週間に何回するのがふつうなんだろう？

きみの友達
ダンテ

ダンテがこんな手紙をよこしたことに本気で頭にきた。彼がそれを書いたことじゃなく、これを送ったことに腹が立った。なにがなんだかわからなくなった。ダンテとマスターベーションの話なんかしたくない。

だれともマスターベーションの話なんかしたくない。

いったいあいつはどうしてしまったのだろう？

29

一月、二月、三月、四月。この四ヵ月はひとまとめに駆けていった。学校は大丈夫。勉強はした。した甲斐《かい》があった。レッグズと一緒に走った。〈チャーコーラー〉の仕事も続けた。イリアナとのかくれんぼも続いていた。というか、彼女がぼくに仕掛けるかくれんぼも。ぼくが彼女をつかまえたことはなかった。

たまに金曜日の夜、仕事が終わるとトラックで砂漠へ行き、ピックアップの荷台で星を眺めた。

ある日、思いきってイリアナにデートを申し込んだ。うわべだけいちゃつく関係にうんざりしていたから。このままではなんの進展もなさそうだったし。「映画に行こう」とぼくは言った。「手をつないだりしてさ」

「できないわ」とイリアナは言った。

「できない？」

「ぜったいに」

「なら、あのときなぜキスしたんだよ？」

「あなたがハンサムだから」

「なら、なにが問題なんだ？」イリアナはぼくが嫌いなゲームをしているんだとわかりはじめていた。

「それに優しいし」

「理由はそれだけ？」


彼女は金曜日の夜、ぼくが店を閉めるころにやってきて、ピックアップに座って話をしていくことがあった。でも、ぼくたちは大事なことはなにひとつ話していなかった。イリアナはぼくよりもっと自分を見せなかった。

学年末のプロムが近づくと、ぼくはイリアナを誘おうかと思った。彼女にすでに断られていても関係ない。第一、ぼくに会うために〈チャーコーラー〉までやってくるのは彼女のほうなんだから。プロムの二週間まえ、店を閉めるまえにイリアナがまた〈チャーコーラー〉へやってきた。ぼくたちはトラックに乗った。「それで、プロムにはぼくと行きたいんだっけ？」自信ありげに聞こえるようにがんばったが、うまくいったとは思えない。


「行けないわ」と彼女は言った。

「オーケー」とぼくは言った。

「オーケー？」

「ああ、オーケーだ」

「なぜだか知りたくないの、アリ？」

「きみがそれを話したいなら話すだろ」

「いいわ。なぜ行けないか話すわよ」

「無理しなくていい」

「わたしにはボーイフレンドがいるのよ、アリ」

「へえ」とぼくは言った。どうってことないという口調で。「じゃあ、ぼくがそれっていうか、つまり、ぼくのことだよね、イリアナ?」

「あなたは、わたしが好きな男」

「オーケー」頭のなかにジーナの声が聞こえていた。〝彼女はあんたをからかってるだけだもの〟

「その人、ギャングの一員なの」

「きみのボーイフレンドが?」

「そう。だから、わたしがここにいるのが知られたら、あなたの身になにかあるかもしれない」

「ぼくは怖くないよ」

「怖いと思わなくちゃだめよ」

「なぜその男と別れないんだ?」

「そう簡単にはいかないのよ」

「どうして?」

「あなたはいい子よ、それは自分でわかってるでしょ、アリ?」

「ああ、なるほど、最悪だ、イリアナ。ぼくはいい子になりたくなんかないよ」

「だって、あなたはいい子だもの。わたしはあなたのそこが大好きなの」

「つまり、こういうことか。ぼくはいい子になる。そのギャングのやつは女の子をゲットする。この映画は好みじゃないね」

「怒ってるのね。怒らないでよ」

「怒るなとか言うな」

「お願いよ、アリ、怒らないで」

「なぜぼくにキスした？　なぜキスしたんだ、イリアナ？」

「するべきじゃなかったわ。ごめんなさい」イリアナはぼくを見た。ぼくがなにか言い返すより先に、彼女はトラックから降りた。

月曜日、学校でイリアナを探したが見つけられなかった。ジーナとスージーにも探させた。ふたりは優秀な探偵だった。さっそくジーナから報告があった。「イリアナ、学校を中退したって」

「なぜ？」

「とにかく中退したのよ、アリ」

「そんなことができるのかよ？　法律違反とかにならないのか？」

「彼女は四年生よ、アリ。十八歳よ。成人なの。自分が望めばなんだってできるの」

「自分がなにを望んでるか、彼女はわかってないんだ」

ぼくはイリアナの住所を探しあてた。父親の電話番号が電話帳に載っていた。その家まで行き、玄関ドアをノックした。彼女の兄が出てきた。「なに?」彼はぼくの顔を見た。

「イリアナを探してるんだけど」

「あいつになんの用?」

「友達だから。学校の」

「友達?」彼はしきりにうなずいた。「あのさ、おまえ《バト》、あいつは結婚したんだぜ」

「え?」

「腹に子ができて、あの男と結婚したわけ」

なにを言えばいいのかわからなかった。だから、なにも言わなかった。

その夜、ぼくはレッグズと一緒にトラックに座っていた。キスのことを深刻に受け止めすぎだと何度も自分に言い聞かせた。これからは世界一お気楽なキスができる男になろうと心に決めた。

キスすることにはなんの意味もないのだから。

30

アリへ

七対一。それがダンテの手紙とアリの手紙の割合さ。覚えておけよ。この夏、そっちへ帰ったら、きみをプールに連れ出して溺れさせてやる。溺れる寸前までいかせるからね。それから口移しの人工呼吸で生き返らせる。そういうのはどう？　なかなかいいと思うんだけど。これで少しは怖くなったかい？

ところで、キス案件だけど。ぼくが実験台にした女の子のこと。つまり、キスを実験した相手さ。彼女はキスの名人なんだ。その分野ではたくさんのことを教えてくれた。でも、彼女は最後に言ったんだ。「ダンテ、あたしにキスしながら、ほかの人のことを考えてるでしょ」って。

「ああ、そうみたいだ」って、ぼくは言った。

「ほかの女の子ともキスしてるの？　それとも相手は男の子？」

それはかなり興味深く過激な質問だと思った。

「男の子」とぼくは答えた。

「あたしの知ってる人？」と彼女は訊いた。

「いや、頭に描いてる男の子さ」とぼくは言った。

「だれでもいいの?」

「ああ、ハンサムなら」

「へえ、そうなの。あなたに負けないぐらい?」

ぼくは肩をすくめた。ぼくをハンサムだと思ってくれたのはよかった。彼女とはいまも友達だよ。もう自分が彼女をリードしてるような感じじゃないから、かえって気が楽なんだ。どっちにしても、彼女も告白したのさ。パーティのたびにぼくにキスをしたがるのは、ボーイフレンドを嫉妬させるためだけだって。それを聞いて笑っちゃったよ。ただし、たいして効果はないらしい。「もしかしたら、彼はあたしよりあなたとキスしたいのかも」って言うんだ。笑えるね、とぼくは言った。彼女の〝彼〟がどんなやつなのかは知らなかった。でも、正直に言うと、アリ、ビールでも、ほかのアルコールでも、ポットでも、好きなだけ手に入れられる特権的なシカゴの学生とつるんでリアルなトリップを体験したのはたしかだけど、そういう連中がすごくおもしろいわけじゃないのさ。少なくともぼくにとってはね。

早く帰りたいよ。

母さんと父さんにも言ったんだ。「もう帰れるの？　こっちでやることはもう終わったの？」って。もちろん、ぼくの父さんはひと筋縄ではいかない人だから、ぼくの目をまっすぐに見て、こう言うんだ。「おまえはエルパソが嫌いなんだとばかり思っていたが、ちがうのかい？　エルパソへ引っ越す話をしたときになんて言ったっけ？　たしか〝ぼくを撃ってよ、父さん〟と言ったよな」

父さんのもくろみはわかってる。ぼくがまちがってたと言わせようとしたんだ。だから、ぼくは父さんをまっすぐに見返して言った。「ぼくがまちがってたよ、父さん。これで満足？」

父さんはにやにや笑いを顔に広げた。「なにに満足するんだ、ダンテ？」

「ぼくがまちがってたことに満足？」

父さんはぼくの頬にキスをして、「ああ、満足だよ、ダンテ」と言った。

要するに、ぼくは父さんを愛してるんだ。母さんのこともね。ずっと頭を離れないのは、いつか男と結婚したいってぼくが言ったら、ふたりはなんて答えるだろうということさ。そのあとはどうなっていくんだろうね。ぼくは独り息子だから。孫のこととかどうなるんだろう？　ふたりを失望させるのがつらいよ、アリ。きみも失望させてしまったのはわかってるけど。

そっちへ帰ってからも、きみとまだ友達でいられるのか、ちょっとだけ心配してる。こういういろんな問題を解決しなくちゃいけないと思う。人に嘘をつくのはいやだからさ、アリ。だれよりも両親にはぜったいに嘘をつきたくない。きみはふたりに対するぼくの気持ちをわかってくれてるよね。

父さんにはちゃんと話すつもりだ。ちょっとしたスピーチをするぞ。始まりはたとえば、「父さん、言っておかなきゃならないことがある。ぼくは男の子が好きなんだ。ぼくを嫌いにならないでね。頼むから嫌わないで。だって、父さん、ぼくも男の子だから」とか。これはあまりしっくりこないな。手直しが必要だ。いかにも愛に飢えてるって感じがする。だめだ、いまのは。物欲しげなのは避けたい。ぼくが相手チームでプレーしてるというだけで、愛されるのをひたすら懇願するような痛ましい人間だってことにはならないだろ。それよりは自尊心があるつもりさ。

ああ、わかってる。だらだらと長い話をしてるよね。あと三週間したら帰る。うちへ。また夏が来たね、アリ。もう道路で遊ぶ歳じゃないかもな。たぶんそうだ。もうそんな歳じゃないんだろう。ただ、ぼくが帰っても、ぼくの友達でいることを義務のように思うことだけはしてほしくない。ぼくにはきみの親友になる素質がないんだから。そうだろ?

きみの友達
ダンテ

追伸。命の恩人と友達でいられないとしたら、それもすごく変だけど、そうは思わないかい? これってルール違反かな?

31

学年の終業日、なんとジーナがぼくを褒めた。「なにもかもうまくいって、たくましくなったわよね」

ぼくは彼女ににっこり笑ってみせた。「きみがこれまでぼくに言ったことのうち、いまのがいちばんいいね」

「それじゃ、夏の始まりをどうやってお祝いするつもり？」

「今夜は仕事がある」

彼女もにっこりした。「超まじめなんだ」

「きみとスージーはパーティに行くんだろ？」

「そう」

「パーティって退屈しないか？」

「なに言ってるの？　十七歳なのよ、ばっかじゃないの？　もちろん退屈なんかしないわよ。あのさ、あんたって十七歳の男の体に囚《とら》われた老人ね」

「八月までは十七歳じゃないよ」

「なら、もっとひどい」

ふたりでげらげら笑った。

「ひとつ頼み事をしていいかな？」とぼくは言った。

「なによ？」

「今夜、ぼくが砂漠へ行って酔っぱらったら、きみとスージーの運転でうちまで送ってくれる？」思いもよらないことを口にしていた。

ジーナはにっこりした。彼女の笑顔はすばらしかった。じつにすばらしい笑顔だ。

「いいわよ」

「パーティはどうする？」

「あんたがほぐれていくのを眺めることにするわ、アリ。それがパーティ。あんたのビールはあたしたちが持っていってあげる。学年終業のお祝いに」

仕事から帰ると、ジーナとスージーがうちの玄関ステップで待っていた。ふたりは母さんと父さんと話していた。彼女たちなら当然そうするだろう。うちのまえで会おうとふたりに言った自分を毒づいた。いったいなにを考えていたんだろう？　こうなったときの説明すら用意していなかった。〝ああ、母さん、三人で砂漠へ行って、ぼくは酔っぱらうつもりなんだ〟ってか。

だが、ジーナとスージーはクールだった。持ってくると言っていたビールは影も形もなく、うちの両親のまえではいい子を演じていた。これはふたりがいい子じゃないという意味にはならない。ふたりはまさにそういう子なんだ。不良ぶりたいけれど根がまともすぎるから、どうやっても不良にはなれない女の子なんだ。

ぼくがトラックを寄せると、母さんは有頂天になった。有頂天のふりではなかった。その表情には見覚えがあった。〝やっと友達ができたのね！　パーティに行くのね！〟ああ、そうとも、ぼくは母さんを心から愛している。母さんを。ジーナの両親を知っていて、スージーの母さんも知っていて、みんなのことを知っている母さんを。もちろん、母さんはみんなを知っているのだ。

自分の部屋で服を着替え、シャワーを浴びたことを思い出す。鏡に映る自分の姿を確かめたことも、「おまえは美しい少年だ」と囁きかけたことも思い出す。そんなことは信じちゃいなかったが——信じたかった。

というわけで、レッグズと母さんと父さん以外でぼくのトラックに乗った最初の人間は、ジーナ・ナヴァロとスージー・バードだった。「きみらはぼくのヴァージン・トラックの侵入者だな」と言うと、ふたりは目をぎょろつかせ——それから、きゃあきゃあと笑った。

ぼくたちはジーナのいとこの家へ寄り、ビールとコークが詰めこまれたアイスボックスを受け取った。運転はジーナにさせた。彼女がギアレバーの操作の仕方を心得ているかどうかを確認するために。ジーナの腕前はプロ級で、本人には言わなかったが、ぼくより運転がうまかった。ドライブには最適の夜。砂漠の風はまだひんやりとして、真夏の暑さはもう少し先だった。

ぼくとスージーとジーナはトラックの荷台に座った。ぼくはビールを飲み、空いっぱいにきらめく星を見上げながら、無意識につぶやいていた。「ぼくたちはいつか宇宙のすべての秘密を見つけられるのかな?」

ぼくのその問いに答えるスージーの声が聞こえたので、びっくりした。「見つけられたら、素敵よねえ、アリ?」

「ああ」と囁き返した。「ほんとうに素敵だろうね」

「愛は宇宙の秘密と関係があると思う、アリ?」

「さあね。あるかも」

スージーは微笑んだ。「イリアナを愛してた?」

「いや。ほんのちょっとは愛してたかもだけど」

「心が傷ついた?」

「いや。彼女のことをなにも知らなかったから」

「そもそもあんたは恋をしたことがあるわけ?」

「犬も数に入れていい?」

「一応、入れといたら?」三人で大笑いした。

ぼくが続けざまにビールを飲んでいる横で、スージーはコークをちびちびと飲んでいた。

「これまでにも酔っぱらったことがあるの?」

「まあね」

「じゃ、どうして酔っぱらいたいのよ?」

「なにかを感じるためさ」

「ばっかみたい」と彼女は言った。「あんたはいいやつよ、アリ。でも、大馬鹿なのはまちがいないわ」

ぼくたち三人はピックアップの荷台に仰向けになった。そうやってぼくとジーナとスージーは夜空をずっと見つめていた。ぼくはそれほど酔わなかった。ただ心と体がほぐれていくのにまかせ、ジーナとスージーの話す声に耳を傾けた。ふたりが自分の話し方や笑い方や、この世界に存在する方法を知っているのがうらやましかった。もっとも、女の子にとってはそのほうが容易なんだろう。

「ブランケットを持ってきたのは正解だ」とぼくは言った。「よく考えついたね」

ジーナが笑った。「女の子ならそうするわよ。ちゃんと考えてるの」

女の子を愛したら、女の子の考え方を知ったら、女の子の目を通して世界を見たら、どうなるのだろうと思った。たぶん彼女たちは男より多くのことを知っているのだろう。彼女たちは男にはけっして理解できないことがわかるのだろう。

「永遠にここにこうしていられないのが悔しいな」

「うん、悔しい」とスージーが言った。

「うん、悔しい」とジーナも言った。

悔しすぎた。

あの雨を忘れない

根気よくページをめくっていた
意味を探しあてるために

——W・S・マーウィン
（詩集『シリウスの影』収録の〈遺産〉より）

1

また夏が来た。夏、夏、夏。大好きで大嫌いな夏。夏には夏にしか通用しないロジックがあり、いつでも自分のなかにあるなにかを引き出した。夏といえば自由と若さ。学校は休み。そして、なくてはならないのが可能性と冒険と探検。夏は希望のつまった本だ。だからこそ、ぼくは夏が大好きで大嫌いだった。夏にはなにかを信じたくなるから。

頭のなかでアリス・クーパーの〈スクールズ・アウト〉が鳴り響いていた。

ぼくの夏もこうするのだと決意した。夏が一冊の本であるなら、そこに美しいなにかを書きこんでやろう。自分の手書きの文字で。ところが、なにを書けばいいのかがさっぱりわからず、しかも、その本はぼくのためにすでに書かれつつあった。早くも前途に影が差していて、早くも仕事と責任の割合が大きくなっていた。

ぼくは〈チャーコーラー〉のフルタイムのシフトで働いていた。週に四十時間も働くのははじめてのことだが、月曜日から木曜日、朝の十一時から夜の七時半までの勤務時間は気に入っていた。それだと朝は遅くまで寝ていられるし、どこかに出かけたければ、そうすることもできた。出かけたいところがあるかどうかはべつとして。金曜日は入りがもっと遅くて、上がりは夜の十時。悪くないスケジュールだし――週末は休めるから、まあいいだろう。だけど、これが夏か！　おまけに母さんがぼくをフードバンクに登録したので、土曜日の午後は埋まっている。ぼくは母さんには逆らわなかった。

ぼくの人生はあいかわらず自分以外のだれかの考えだった。

学校が終わった最初の土曜日、早起きをした。ジョギング・ショーツだけでキッチンへ行き、オレンジジュースをコップに一杯飲んでから、新聞を読んでいる母さんに目をやった。

「今夜は仕事に行かなくちゃならない」

「土曜日は休みじゃなかったの？」

「マイクのかわりで二時間働くんだ」

「マイクって友達？」

「ってほどでもないけど」

「穴埋めをしてあげるなんて寛大ね」

「ただでやるわけじゃなくて、そのぶんは支払われるんだから。それに、寛大な人になるように母さんが育ててくれたしね」

「あまり嬉しそうじゃないけど」

「寛大でいることのどこに嬉しがる要素があるの？　ほんとうのことを知りたいなら教えるけど、ぼくは不良になりたいよ」

「不良？」

「ほら、チェ・ゲバラとか、ジェームズ・ディーンとか」

「だれがそれを止めているのかしら？」

「いま、その人を見て言ってるんだよ」

「そうなの。なんでも母さんのせいにすればいいわ」母さんは笑った。

ぼくは自分がジョークを言っているのかそうではないのか、わからなくなっていた。

「いいこと、アリ、もし、ほんとうに不良になりたいなら、そうなさいよ。不良少年にいちばん必要ないのは母親の賛同よ」

「ぼくが母さんの賛同を必要としてるって、思ってるんだ？」

「それにはどう答えたらいいのかわからないわね」

ぼくたちは見つめあった。最後はいつも、望みもしない母さんとのこうした会話に行き着くのだ。「ぼくが仕事を辞めたらどうする？」

母さんはぼくを見た。「いいんじゃない？」

その言い方の意味するところはわかっていた。母さんの〝いいんじゃない？〟は、心にもないことを言うな、ということだ。その暗号は承知していた。ぼくたちはさらに五秒ほど見つめあった——永遠にも感じられる五秒だった。

「もう親に許可をもらうような年齢じゃないでしょ」と母さんは言った。

「芝刈りでもしようか」

「想像力がたくましいこと」

「母さんから見ると、ぼくはメキシコ人に寄りすぎなのかな？」

「いいえ。頼りなさすぎる」

「バーガーをひょいと裏返せるんだ。頼りなくはないよ。想像力はあまりたくましくないけど、頼りになる。そう考えたら、ぼくにはぴったりの仕事だな。頼りになって想像力に欠けるぼくには」

母さんは呆れたように首を振った。「自分をいじめる人生を送るつもりなの？」

「そのとおりさ。夏をなくそうとしてるのかもしれない」

「あなたはハイスクールの生徒なのよ、アリ。職業を探しているわけじゃなく、まとまったお金を稼ぐ方法を探しているだけ。いまは過渡期《かとき》なのよ」

「過渡期？　メキシコ人のくせにいったいどういう母親なんだよ？」

「わたしは教育を受けた女よ。だからって、メキシコ人らしくないということにはならないわ、アリ」

少し怒ったような口ぶりだった。ぼくはそういうふうに怒る母さんがとても好きで、もっと怒りをぶつけてほしかった。母さんの怒りはぼくの怒りとも父さんの怒りともちがっていた。母さんの怒りは母さんを無力にしない。「オーケー、言いたいことはわかったよ、母さん」

「そう？」

「ねえ、母さん、ぼくはいつも母さんの研究事例にされてる気がするんだけど」

「ごめんなさいね」母さんは謝った。悪いとは思っていないくせに。それから、ぼくを見た。

「ねえ、アリ、移行帯《いこうたい》ってなんだか知ってる？」

「ふたつの異なる生態系が出会う地帯。移行帯の景観にはふたつの異なる生態系の要素がふくまれる。それはまるで自然がつくった国境地帯のようである」

「すばらしい。さすが過渡期の少年ね。これ以上は言わなくてもいいでしょ？」

「ああ、いいよ、母さん。ぼくが移行帯に生きてるなら、雇われることとサボることが共存しなければならない。責任と無責任が共存しなければならない」

「まあ、そういうことかしら」

「ぼくは〝息子初級講座〟でAを取れる？」

「怒らないで、アリ」

「怒ってなんかいないよ」

「怒っているわよ」

「母さんはどこまでも学校の先生なんだね」

「あのね、アリ、あなたがもうすぐ十七歳になるのはわたしの過失じゃないの」

「ぼくが二十五歳になっても、母さんはまだ学校の先生なんだろうよ」

「でも、さっきのは意地悪だったわ」

「ごめん」

母さんは食い入るようにぼくを見た。

「ほんとにごめん、母さん。ごめん」

「わたしたちは毎年、口論で夏を始めるのよね？」

「伝統なのさ」とぼくは言った。「ちょっと走ってくる」

体の向きを変えようとしたところで、母さんに腕をつかまれた。「アリ、わたしも悪かったわ」

「いいよ、母さん」

「わたしにはあなたのことがわかるのよ、アリ」

ジーナ・ナヴァロに言いたかったことをそのまま母さんに言いたかった。だれにもぼくのこと、はわからないよ。

すると、母さんは予想どおりのことをした——ぼくの髪を指で梳《す》いた。「働きたくないなら働かなくてもいいのよ。お父さんとわたしが喜んでお金を渡すから」

母さんが本心から言っているのはわかった。

だが、ぼくが望むのはそういうことではなかった。自分がなにを望んでいるのかがわからない。「お金の問題じゃないんだよ、母さん」

母さんはそれに対してはなにも言わなかった。

「素敵な夏にしなさいね、アリ」

いつものようにそう言った。いつものようにぼくを見た。母さんの声にある愛の深さに、ときおりぼくは耐えられなくなった。

「オーケー、母さん、ひょっとしたら恋をするかもしれない」

「ぜひそうしたら?」と母さんは言った。

親たちは息子を愛するあまり、息子の人生を物語のように考えることがある。ぼくたちの若さがあらゆることを乗り越える手助けになると思っている、たぶん世の母親も父親もひとつの小さな事実を忘れている。もうすぐ十七歳とは、残酷さや苦痛や混乱と隣り合わせだということを。もうすぐ十七歳とは、最低最悪な事態かもしれないということを。

2

そのときレッグズとぼくがダンテの家のまえを走っていたのは、かならずしも偶然とはいえなかった。彼が帰ってくることは知っていた――ただ、正確な日時は知らなかった。ダンテはシカゴを発った日に葉書を投函《とうかん》していた。〝今日、車で出発してワシントンDC経由で帰る。父さんがアメリカ議会図書館で調べものをしたいらしい。もうすぐ会えるね。愛をこめて。ダンテ〟

メモリアルパークまで行くと、レッグズのリードをはずした。ほんとうは公園ではずしてはいけないのだが。ぼくはレッグズが走りまわるのを眺めるのが大好きだった。犬の無邪気さが、犬の感情の純粋さがたまらなく好きだった。犬には自分の感情を隠す狡猾《こうかつ》さがない。犬はありのままに存在している。犬は犬。犬が犬であることには、嫉妬を覚えるほどシンプルな優雅さがあった。ぼくはレッグズを呼び戻してリードをつけなおし、また走りだした。

「アリ」

足を止めて振り返ると、そこに彼がいた。ダンテ・キンタナが玄関ポーチに立ち、あの正直で誠実な笑みを顔に浮かべて、ぼくに手を振っていた。泳ぎを覚えたいかと訊いたときと同じ笑みを浮かべて。

ぼくは手を振り返し、彼の家へ向かって歩きだした。およそ一分間、ぼくたちは立ち尽くし、見つめあった。ふたりとも言葉が出てこないのが奇妙だった。それから、ダンテが玄関ポーチから飛び出して、ぼくをハグした。「アリ、なんだよ、それ！　長髪か！　口ひげのないチェ・ゲバラみたいじゃないか」

「いいね」とぼくは言った。

レッグズがダンテに吠《ほ》えた。「撫でてやってよ」とぼくは言った。「無視されるのがいやなのさ」

ダンテは両膝を地面について彼女を撫で、つぎにキスした。レッグズは彼の顔を舐《な》めた。より愛情がこもっていたのはどちらかを判定するのは難しかった。「レッグズ、レッグズ、きみに会えてすごく嬉しいよ」ダンテは見るからに幸せそうで、ぼくはふと彼の幸せの容量について考えた。彼のこの幸せはどこから生まれるんだろう？　ぼくのなかにもそんな種類の幸せがあるんだろうか？　ぼくはそれを恐れているのか？

「どこでそんなに筋肉をつけたの、アリ？」

ぼくは彼を見た。目のまえに立っているダンテを。彼と彼が発する無修正の疑問を見つめた。「地下室に父さんの古いバーベルがあるんだ」と言ってから、彼の背がぼくより高くなっていることに気がついた。「きみはずいぶん背が伸びたなあ」

「きっとシカゴの寒さがよかったんだ。五フィート十一インチ（一八〇・三四センチ）。父さんと同じになったよ」彼は観察するような目でぼくを見た。「きみのほうが小さいね——だけど、髪が長いから高く見える」

これには笑ってしまった。なぜ笑っているのかわからずに。ダンテはまたぼくをハグし、囁き声で言った。「きみに会えなくてすごく寂しかったよ、アリ・メンドゥーサ」

例によってぼくは、なんと言えばいいのかわからなかった。だから、なにも言わなかった。

「ぼくたち、友達になれるかな？」

「変なこと言うなよ、ダンテ。現に友達だろ」

「ずっと友達でいられる？」

「ずっとだ」

「どんなことでも、きみにはぜったい嘘をつかないからね」と彼は言った。

「ぼくはつくかもしれないぞ」ふたりで一緒に笑ってから、ぼくは心のなかでつぶやいた。これが今年の夏なのかもしれない。なにもないけど笑いだけはある。そんな夏になるのかもしれない。

「母さんと父さんに顔を見せてあげてよ」と彼は言った。「きみに会いたいだろうから」

「外に出てきてもらえるかい？　レッグズがいるからさ」

「レッグズもなかにはいればいい」

「きみの母さんがいやがるよ」

「きみの犬なら家にはいっても大丈夫。その点はぼくを信用して」彼は声を落として耳打ちした。「母さんは雨の日の事故のことを忘れようとしないんだ」

「あんなのとっくにすんだことじゃないか」

「母さんは記憶力では象に負けないのさ」

しかし、家のなかに犬を入れることについてテストするまでもなかった。ちょうどそのときミスター・キンタナが玄関に現れ、妻を呼んだから。「ソレダー、だれがここにいるかあててごらん！」

ふたりはぼくをあたたかく出迎えて、かわりばんこにハグしたり褒めたりした。なんだか泣きたくなった。ふたりが示す親愛の情に偽りがなさすぎて、なぜだか自分はそれに値しない気がしたのだ。というより、ふたりがハグしているのは息子の命を救った男なのではないかという気がしていた。ぼくはアリとして彼らにハグしてもらいたかった。ふたりにとってはこれからもずっと、ただのアリではないのだろうが。それでも、本心を隠す術《すべ》はすでに学んでいた。いや、そうではない。学んだのではなかった。ぼくは生まれたときから自分の本心を隠す術を知っていた。

ダンテの両親はぼくの顔を見て心から喜んでくれた。ぼくも彼らに会えて嬉しかったのもほんとうだ。

〈チャーコーラー〉で働いているとミスター・キンタナに話したのを覚えている。彼はダンテににやにや笑いを送った。「仕事《ワーク》というのはひとつの考えだぞ、ダンテ」

「仕事《ジョブ》はぼくも見つけるつもりだよ、父さん。ほんとうだって」

ミセス・キンタナの様子は以前とはどこかちがって見えた。なんとなくだけれど、自分のなかに太陽を抱いているというふうだった。こんなに美しい女の人を見たことがなかった。最後に会ったときより若く見えた。歳を取らずに若返ったかのようだ。そもそも彼女はそんなに歳ではなかったけれど。ミセス・キンタナは二十歳でダンテを産んだと聞いているから、いまは三十八歳ぐらいだろうか。でも、朝の光を浴びたその女《ひと》はもっと若く見えた。もしかしたら、それが朝の光の為《な》せる業《わざ》なのかもしれないが。

シカゴでの一年について話すふたりの声に耳を傾けていると、ダンテの声が聞こえた。「いつきみのトラックに乗せてくれるんだい？」

「仕事が終わったあとはどう？」とぼくは言った。「七時半で上がるから」

「ぼくにも運転を教えてくれよ、アリ」

ぼくは彼の母さんの顔を見た。

「そういうのは父親の役目なんじゃないの？」とぼくは言った。

「うちの父さんは宇宙一、下手くそなドライバーなんだ」と彼は言った。

「いまのは嘘だぞ」とミスター・キンタナは言った。「エルパソ一、下手くそなドライバーだ」

ぼくが出会った男で自分の運転が下手くそだと認めたのはこの人だけだ。そろそろ帰ろうとすると、ダンテの母さんがぼくを脇に引き寄せた。「遅かれ早かれ、あなたのトラックの運転をダンテにもさせるつもりなんでしょうけど」

「させませんよ」とぼくは言った。

「ダンテは人を説得するのがとっても上手なの。くれぐれも気をつけると約束してちょうだい」

「約束します」ぼくはミセス・キンタナに笑みを返した。彼女のまとう雰囲気が大きな自信と安心をぼくに与えた。そばにいてそんなふうに感じられる人はほとんどいなかった。「この夏は、母親ふたりに対応しなくちゃならないみたいだ」

「あなたはうちの家族の一員よ。抵抗しても無駄ですからね」

「ぼくはいつかきっとあなたを失望させますよ、ミセス・キンタナ」

「いいえ」きっぱりとした口調でありながらも、そのときの彼女の声はぼくの母さんと変わらぬぐらい優しかった。「あなたはずいぶん自分に厳しいのね、アリ」

ぼくは肩をすくめた。「そういうのが身についちゃってるのかもしれないな」

ミセス・キンタナはぼくに微笑んだ。「あなたに会えなくて寂しかったのはダンテだけじゃないのよ」

それは、母さんでも父さんでもないおとながぼくにかけてくれた、最高に美しい言葉だった。ミセス・キンタナはぼくのなかにあるなにかを見つけ、それを愛してくれているのだとわかった。そのことに感動すると同時に、重荷にも感じた。彼女が重荷だという意味ではない。ただ、ぼくにとって愛はつねに重いものだった。ぼくが運ばなければならないものだった。

3

レッグズとともに八時ごろ、ダンテを迎えにいった。太陽はまだ空にあったが、どんどん沈みかけていた。クラクションを鳴らすと、ダンテが玄関に姿を見せた。「それがきみのトラックか！　すごい！　美しいよ、アリ！」

そうとも、ぼくの顔には間抜けなにやにや笑いが浮かんでいたにちがいない。トラックを愛する男は自分が駆るマシーンをほかのやつに褒められなければならない。そうさ、欲求なのだ。それが真実だ。理由はともかく、トラック野郎とはそういうものだ。

ダンテは家のほうを振り返って叫んだ。「母さん！　父さん！　アリのトラックを見てごらんよ！」彼は子どものようにステップを駆け降りた。彼はいつもありのままだ。レッグズとぼくはトラックから飛び出し、ダンテがトラックのまわりを一周するのを眺めた。「疵《きず》ひとつないね」と彼は言った。

「これで学校へは行ってないからさ」

ダンテはにっこりした。

「正真正銘のクロームのリムだ」と彼は言った。「きみはやっぱり本物のメキシコ人だね、アリ」

それがぼくを笑わせた。「自分だってそうだろ、変なやつ」

「いいや、ぼくは本物のメキシコ人にはぜったいなれない」

どうして彼にはそのことが重要なんだろう？　とはいえ、ぼくにとっても重要だった。ダンテはなにかを言いかけたが、玄関ステップを降りてきた両親に気づいた。

「すばらしいトラックじゃないか、アリ！　ほう、クラシックか」ミスター・キンタナはダンテと同じく無修正の熱狂を示した。

ミセス・キンタナはただ微笑んでいた。ふたりもトラックのまわりを一周し、ためつすがめつし、旧友に遭遇したかのようにトラックににっこりと笑いかけた。「美しいトラックね、アリ」ミセス・キンタナの口からその言葉が出てくるとは思っていなかった。ダンテは早くもレッグズに関心を向けていて、レッグズは彼の顔をぺろぺろ舐めはじめた。なにが頭をよぎったのか、ぼくはミスター・キンタナにトラックの鍵を投げ、「よかったらガールフレンドを乗せて、ひとっ走りしてきては？」と言った。

彼の笑顔にはこれっぽっちも迷いがなかった。ミセス・キンタナは自分のなかにまだ残っている少女を懸命に抑えこもうとしているのがわかった。ただし、かりに夫の笑顔がそこになくても、彼女が内に抱いているものははるかに深い意味をもっているとぼくには思われた。まるで、自分はダンテの母さんのことを理解しかけているとでもいうように。それが大事なことなのはわかった。なぜだろうと思った。

彼らが、ダンテの一家三人が、ぼくのトラックを囲んでいる姿を見ているとと嬉しくなった。このまま時間が止まってくれればいいのに。そうすれば、なにもかもがうんとシンプルに思えるから。ダンテとレッグズは相思相愛で、ダンテの母さんと父さんはぼくのトラックを丹念に観察しながら若いころを思い出している。そしてぼくは、その自慢のトラックのオーナーなのだ。ぼくは価値あるものを所有していた――たとえそれが、人の心に残る甘い郷愁を引き出すトラックでしかないとしても。自分の目がカメラになり、いまこの瞬間を撮影しているかのようだった。その写真を永遠に取っておこうと思った。

ダンテとぼくは彼の家の玄関ステップに腰をおろし、彼の父さんがトラックにエンジンをかけるのを見ていた。彼の母さんは初デートの女の子のように彼の父さんにもたれかかっていた。「彼女にミルクシェイクをおごってあげてよ！」とダンテは叫んだ。「女の子はなにかをおごってもらうと喜ぶから！」

走りだしたトラックのなかでふたりが笑っているのがぼくたちにはわかった。

「きみの両親って、ときどき子どもみたいになるね」とぼくは言った。

「幸せなのさ」と彼は言った。「きみの両親は？　幸せ？」

「うちの母さんと父さんは、きみの母さんと父さんとはまるきりちがうからな。でも、母さんは父さんが大好きだよ。それはわかるんだ。父さんも母さんが大好きだと思う。そのことを実証しないだけで」

「実証。なんだかアリらしくない言葉だね」

「馬鹿にしてるだろ。ボキャブラリーを増やしたんだよ」ぼくは彼を小突《こづ》いた。「大学に進む予定だから」

「一日にいくつ新しい言葉を仕入れるんだい？」

「せいぜい二個か三個さ。古い言葉のほうが好きだ。旧友みたいで」

ダンテはぼくを小突き返した。「実証。その言葉も旧友になれそうなの？」

「ならないかも」

「きみは父さんに似てるんだろ？」

「ああ、そうらしい」

「ぼくの母さんも同じようなことで苦労してるんだよね。母さんはもともと自分の感情を表に出さない人で、だから父さんと結婚した。ぼくはそう思ってる。父さんは母さんから引き出すんだ、母さんがしまってる感情を全部」

「だったら、お似合いのカップルだよ」

「ああ、そうさ。おもしろいことに、ときどき思うんだ。母さんは、父さんが母さんを愛するよりもっと、父さんを愛してるんだろうなって。どういう意味かわかる？」

「ああ、わかる。たぶん。でも、愛は競うものか？」

「どういう意味？」

「愛し方は人それぞれかもしれないよ。もしかしたら、大事なのはそれだけかもしれない」

「いま語ってるっていう自覚はあるんだろうね？　つまり、きみはいま本心を話してるんだってことだけど」

「話してるさ、ダンテ。うるさいやつだな」

「きみはちゃんと話すこともあれば、なぜか話すのを避けることもある」

「自分にできることをしてるだけさ」

「わかってる。ぼくたちのためのルールはあるのかい、アリ？」

「ルール？」

「ぼくの言いたいことはわかるだろ？」

「ああ、たぶんね」

「じゃ、そのルールはなんだい？」

「ぼくは男とはキスしない」

「オーケー、だったら、第一のルールはこうだ。アリにキスしようとしないこと」

「ああ、それが第一のルールだ」

「ぼくにもきみのためのルールがあるよ」

「オーケー、そのほうがフェアだ」

「ダンテから逃げたりしない」

「どういう意味だよ？」

「どういう意味かはわかってると思うけど。いつかだれかがきみに近づいて、こう言う、〝おまえはなぜホモ野郎とつるんでるんだ？〟って。きみがこのままぼくと友達でいることができないなら、アリ、それができないというなら、いっそきみに——わかるだろ——ぼくは殺されるようなものなんだ。つまり、殺されたも同然なんだよ、もしもきみが——」

「となると、これは忠誠の問題だな」

「ああ」

ぼくは笑った。「ぼくのためのルールのほうが厳しいじゃないか」

彼も笑った。

ダンテはぼくの肩に触れて——微笑んでみせた。「ウソだろ、アリ。きみのためのルールのほうが厳しいだって？　たわごとだ、たわごと×たわごとだ。きみはこれまでに出会った最高に優秀なやつに忠誠を尽くせばいいだけだ——そんなの裸足で公園を歩くようなもんだ。一方のぼくは宇宙一偉大なやつにキスするのを我慢しなくちゃならない——これは熱い石炭の上を裸足で歩くようなもんだ」

「きみがあいかわらず裸足で歩いてるってことはわかったよ」

「ぼくはこれからもずっと靴が嫌いなままさ」

「ぼくたちはあのゲームを続けるわけだ」とぼくは言った。「きみがテニスシューズをぶん投げるためにこしらえたあのゲームを」

「おもしろかっただろ？」

そんなふうに彼は言った。あのゲームを二度とやらないことはわかっているというように。ぼくたちは靴投げゲームをするには歳を取りすぎた。ぼくたちはなにかを失い、そのことをふたりとも知っていた。

それからしばらく、どちらもなにも言わなかった。

ぼくたちは彼の家の玄関ポーチにただ座って、待っていた。ふと見ると、レッグズがダンテの片膝に頭をのせていた。

4

その夜、ダンテとぼくとレッグズは砂漠までドライブした。ぼくのお気に入りの場所に着いたのは、陽が沈んで少ししてからだった。星たちが昼間に隠れていたところから姿を見せはじめていた。

「こんど来るときは望遠鏡を持ってこよう」

「それがいい」とぼくは言った。

ふたりでトラックの荷台に仰向けになり、始まったばかりの夜空を見つめた。レッグズが砂漠を探索しだしたので、呼び戻さなければならなかった。彼女はトラックにぴょんと飛び乗り、ぼくとダンテとのあいだに自分用のスペースをつくった。

「レッグズ、大好きだよ」とダンテは言った。

「彼女もきみが大好きさ」

「いや」

ダンテは空を指さした。「おおぐま座、わかる?」

「ほら、あそこ」

ぼくは空に目を凝らした。「あ。あれだ。あれだな」

「すごいねえ」

「うん、ほんとにすごい」

ぼくたちは押し黙り、ただ寝転がっていた。

「アリ？」

「うん？」

「なにを考えてるかあててごらん」

「なんだよ？」

「母さんが妊娠したんだ」

「へ？」

「母さんが赤ん坊を産むのさ。そんなの信じられるか？」

「ウソだろ」

「シカゴは寒いから、うちの親はいつも暖まれる方法を考えついたんだ」これには爆笑した。

「親はもうセックスを卒業してると思うだろ？」

「わかんないよ。卒業とかするものじゃないと思うけどな。どうなんだろ。そうすると、ぼくは入学するのを待ってるところってことか」

「ぼくもだよ」

ぼくたちはふたたび押し黙った。

「ワォ、ダンテ」とぼくは囁いた。「きみは兄貴になるわけだ」

「ああ、文字どおりのビッグ・ブラザーさ」彼はぼくに目をやった。「そういえば——きみの兄さんの名前はなんだっけ？」

「バーナード」

「その名前を聞くと兄さんを思い出す？」

「なにを聞いても見ても兄さんを思い出すよ。このピックアップを運転してても、ときどき兄さんのことを思い出す。兄さんはトラックが好きだったかなとか、なにが好きだったんだろうとか。兄さんのことをもっと知りたいとか思う。それに——よくわからないけど——頭から追い出せなくなる。といっても、じつは兄さんを知ってるとか、そういうことじゃないんだ。だったら、なぜそのことがそんなに気になるんだろうね？」

「気になるとしたら、やっぱり気になることなんだよ」

ぼくはなにも言わなかった。

「きみ、目を剝いてる？」

「ああ、そうみたいだ」

「両親と対決するべきだとぼくは思うな。ふたりをちゃんと座らせて話をさせるべきだ。ふたりをおとなにしてやらなくちゃ」

「だれかをおとなにさせるなんてことはだれにもできないよ。相手がおとなならなおさら」これにダンテが吹きだして、ふたりで大笑いしてしまったため、レッグズがぼくたちに向かって吠えはじめた。

「あのさ」とダンテ。「ぼくは自分のアドバイスに従わなければならないんだ」彼はそこでひと呼吸おいた。「母さんには男の子を授けてくれって神に祈ってるのさ。生まれたその子は女の子を好きになってくれともね。もし、そうじゃなかったら、そいつを殺す」

ぼくたちはまた大きな声で笑い、レッグズはまたぼくたちに向かって吠えた。

最後にまたぼくたちは押し黙った。と、ダンテの声がした。砂漠の夜のなかで聞くその声はあまりに小さかった。「ぼくはふたりに告白しなくちゃね、アリ」

「なぜ?」

「そうする必要があるからだよ」

「でも、もし、きみが女の子に恋をしたら?」

「そんなことは起こらないよ、アリ」

「ふたりはこれからもずっときみを愛してくれるさ、ダンテ」

彼はなにも言わなかった。それから、彼の泣く声が聞こえたので泣かせておいた。ぼくにできることはなかった。彼の痛みに耳を澄ますことしか。それならできた。耐えがたいことだったけれど、それならできた。ただ彼の痛みに耳を澄ますだけなら。

「ダンテ」と小声で言った。「両親がどれだけきみを愛してるかわからないのか?」

「ぼくはふたりを失望させてしまう。きみを失望させたように」

「きみはぼくを失望させてなんかいないよ、ダンテ」

「ぼくが泣いてるからそう言ってるだけだ」

「ちがうよ、ダンテ」ぼくは荷台で起き上がり、トラックのテールゲートのへりに腰掛けた。ダンテも体を起こし、ぼくたちは見つめあった。「泣くな、ダンテ。ぼくは失望なんかしていない」

砂漠から戻る途中でドライブ・インのバーガー店に寄って、ルートビアを飲んだ。「ところで、この夏はなにをするつもりなの？」とダンテに訊いた。

「そうだな、カテドラルの水泳チームと一緒に練習して、絵を何作か描いて、仕事を見つけるかな」

「ほんとうに？　きみが仕事をするっていうのか？」

「なんだよ、父さんみたいな口ぶりだな」

「それより、なぜ仕事をしたいんだよ？」

「人生について学ぶためさ」

「人生」とぼくは言った。「仕事。くそっ。移行帯か」

「移行帯？」

5

ある夜、ダンテとぼくは彼の部屋でごろごろしていた。彼の絵はレベルが上がってキャンバスに向かうようになっていて、イーゼルに置いた大きなキャンバスに油絵を描いているところだった。いまはそのイーゼルにカバーが掛けてあった。

「見てもいい？」

「だめ」

「完成したら見せてくれる？」

「ああ。完成したら」

「オーケー」とぼくは言った。

彼は自分のベッドに横たわり、ぼくは彼の椅子に座っていた。

「最近、なにかいい詩集とか読んだ？」とぼくは訊いた。

「いや、あんまり」彼はうわの空というふうだった。

「どこにいるんだよ、ダンテ？」

「ここにいるよ」ダンテはベッドで体を起こした。「キスのことを考えてた」

「へえ」

「つまりさ、きみはどうして男とキスしたくないとわかるのかな？　したことがないのに」

「そんなのふつうわかるだろう、ダンテ」

「じゃあ、したことがあるんだ？」

「ないよ。知ってるだろ。きみはあるのか？」

「ないよ」

「なら、きみもほんとうは男にキスしたくないのかもしれないよ。したいと自分で思いこんでるだけかもしれない」

「ぼくたちで実験してみるべきじゃないかな」

「きみが言いそうなことも、その答えがノーなのもぼくにはわかってる」

「きみはぼくの親友だろ?」

「ああ。だけどいま、そのことを本気で後悔しはじめてる」

「ちょっとだけためしてみようよ」

「いやだ」

「だれにも言わないから。ねえ」

「いやだ」

「いいか、ただのキスだよ。そうだろ。してみれば、お互いにわかるし」

「もうわかってる」

「ほんとうのところは、実際にしてみるまではわからないさ」

「いやだ」

「アリ、頼むから」

「ダンテ」

「立って」

なぜそうしたのかわからないが、そうしたのだ。ぼくは腰を上げて立った。

すると、彼がぼくの目のまえに立った。

「目を閉じて」

で、ぼくは目を閉じた。

彼がぼくにキスして、ぼくも彼にキスを返した。

それから、彼がほんとうのキスを始めた。ぼくは体を引いた。

「どう?」と彼は言った。

「よくなかった」とぼくは言った。

「まったく?」

「ぜんぜん」

「オーケー。ぼくはすごくよかったよ」

「ああ。それはぼくにもわかったよ、ダンテ」

「じゃあ、これでおしまいってこと?」

「ああ」

「ぼくのことを怒ってる?」

「少しね」

彼はベッドに腰を戻した。悲しそうだった。そんな彼を見たくなかった。「きみよりも自分に対して腹が立つよ」とぼくは言った。「ぼくはいつもきみがぼくを説得するように仕向けてしまう。きみが悪いんじゃないんだ」

「ああ」彼は囁き声を返した。

「泣くなって。オーケー？」

「オーケー」

「泣いてるじゃないか」

「泣いてないよ」

「オーケー」

「オーケー」

6

ぼくは何日かダンテに電話しなかった。

彼も電話してこなかった。

でも、彼がすねていることはなんとなくわかった。後悔しているのだと。ぼくも後悔していた。だから、二日過ぎると彼に電話してみた。「朝のランニングに行かないか？」

「何時に？」と彼は訊いた。

「六時半」

「オーケー」

ふだん走っていないわりには、ダンテの走りっぷりは見事だった。ぼくのほうがダンテよりはるかに足が遅かった。でも、それでよかった。ぼくたちは少しだが話をして、笑った。走ったあとは公園でレッグズにフリスビーを投げて遊んだ。もう気まずくはなかった。ふたりのあいだの気まずさをなくすことがぼくには必要で、それは彼にも必要なことだった。ぼくたちはもう気まずくなかった。

「電話してくれてありがとう」と彼は言った。「きみはもう電話してくれないかと思ったよ」

つかのま人生が奇妙なぐらいふつうに思えた。この夏をふつうにしたくはなかったが、ふつうなのは安心だし、ぼくはふつうで手を打つことができた。毎朝ひとっ走りすると、なんとかうまくいって、仕事に行った。

ときどきダンテから電話があり、話をした。とくに決まった話題があるわけではなかった。彼は絵を描くかたわら、カーン・プレイス（テキサス大学エルパソ校に近い歴史的地区）のドラッグストアでの仕事も見つけた。その職場だとシフトのあとに大学の図書館へ行くことができて、そこでしばらく過ごせるのがいいんだと彼は言った。教授の息子にはそれなりの特権があるのだ。「だれがコンドームを買っていくかを知ったら、きっと驚くぞ」とも言った。

ぼくを笑わせるためにそう言ったのかどうかはわからないが、笑わされた。

「母さんが運転を教えてくれてる。ほとんどふたりで喧嘩してるようなもんだけど」

「ぼくのピックアップを運転させてあげるよ」

「それは母さんの最悪の悪夢だ」

ぼくたちはまたしても大笑いした。気持ちよかった。ダンテの笑い声がなければ夏じゃない。電話でたくさんの話をしたけれど、その夏の最初の数週間は彼とひんぱんには会っていなかった。

彼は忙しく、ぼくも忙しかった。

ふたりともお互いを避けるのに忙しかったのだと思う。キスの一件を大事《おおごと》にしたくなかったが、あれはやはり大事だった。あのキスの亡霊が消えるのにしばらくかかった。

ある朝、ランニングから戻ると母さんがいなかった。今日はフードバンクの再編成があるから留守にすると書き置きがあった。〝フードバンクの土曜日の午後シフトはいつから始まるの？そういう約束だったわよね〟

ぼくはなぜかダンテに電話してみることにした。「土曜日の午後はフードバンクで働くと申し出てるんだ。一緒にやらないか？」

「いいよ。なにをすればいいの？」

「母さんが訓練してくれるはずだよ」とぼくは言った。

誘ってよかった。彼に会えなくて寂しかった。彼がエルパソにいなかったときより戻ってきてからのほうがもっと寂しかった。

なぜだかわからなかったが。

シャワーを浴び、時計を見た。少し時間をつぶさなくてはならなかった。気がつくと予備寝室のあの抽斗《ひきだし》を開けていた。気がつくとBERNARDOと書かれた封筒を手にしていた。封を破って開けたかった。もし、それをやれば自分の人生も破って開けることになる。

だが、それはできなかった。ぼくは封筒を抽斗に戻した。一日じゅう兄さんのことを考えていた。兄さんの風貌《ふうぼう》を覚えてさえいないくせに。職場では注文をまちがえてばかりで、マネージャーに注意された。「きみがにやけているために給料を支払っているんじゃないんだからな」

悪態が頭に浮かんだが、口から出すことはしなかった。

仕事がすむとピックアップを駆ってダンテの家に寄った。「酔っぱらいたいか?」とぼくは言った。

彼はぼくの顔をまじまじと見た。「もちろん」慎み深いから、なにかあったのかとは訊かなかった。

家に帰るとシャワーを浴びて、皮膚についたポテトフライとオニオンリングのにおいを洗い流した。父さんは本を読んでいた。家のなかがやけにしんとしていた。「母さんはどこ?」

「母さんは姉さんたちと一緒にツーソンのオフィーリア伯母さんのところへ行っている」

「ああ、そうだった。忘れてた」

「今夜はおまえとわたしだけだ」

ぼくはうなずいた。「愉しくなりそうだね」皮肉を言ったつもりはなかった。父さんがじっと見ているのがわかった。「なにかあったのかい、アリ?」

「べつに。ちょっと出かけてくる。ダンテを乗せてそこらを走ってくるよ」

父さんはうなずいた。まだぼくを見ていた。「人が変わったようだな、アリ」

「どう変わったのさ?」

「怒っている」

ぼくに勇気があれば、こう言っていただろう。〝怒っている? ぼくには怒らなきゃならないことがあるの? なにかを知ってるんでしょ、父さん? 父さんがヴェトナムのことをぼくに話せないのはいいさ。父さんはあの戦争に取り憑《つ》かれてると思うけど、父さんが話したくないなら、それでいいんだ。だけど、兄さんのことを話してくれないのは納得できない。いいかげんにしてよ、父さん、もう耐えられないよ、父さんの沈黙には〟

父さんの返答を想像してみた。〝その沈黙だけがわたしを救ってきたんだ、アリ。それぐらいわかるだろう? どうしておまえはそんなに兄さんにこだわるんだ?〟

ぼくの返答も想像した。〝こだわりなのかい、父さん? ぼくが父さんと母さんからなにを学んだか知ってるだろ? ぼくが学んだのは話すなってことだ。ぼくが学んだのは胸の奥に全部しまっておけってことだ。それだから父さんたちが嫌いなんだよ〟

「アリ?」

自分がいまにも泣きそうなのがわかった。父さんに見抜かれているのもわかった。自分の悲しみをみんな父さんに見抜かれるのはたまらなかった。

父さんはぼくに手を差し伸べた。「アリ――」

「さわらないでよ、父さん。ぼくにさわるな」

ダンテの家まで運転した記憶がない。覚えているのは彼の家のまえに停めたトラックのなかに座っていたことだけだ。

彼の両親が玄関ステップに腰をおろしていた。ふたりはぼくに手を振った。ぼくも手を振り返した。つぎの瞬間、ふたりはそこに立っていた。ぼくのトラックのまえに。ミスター・キンタナの声が聞こえた。「アリ、泣いているのか」

「ええ、そういうこともたまにあるんです」

「なかにおはいりなさいよ」とミセス・キンタナが言った。

「いえ、いいです」

そこにダンテが出てきた。彼はぼくに笑いかけ、自分の両親にも笑みを送った。「行こう」

彼の両親はなにも訊かなかった。

ぼくはただ運転した。永遠に運転していられただろう。砂漠のいつもの場所をどうやって見つけられたのかはわからない。まるで、ぼくの内部のどこかにコンパスが隠されているかのようだった。宇宙の秘密のひとつは、人間の本能はときに精神より強くなるということだ。トラックを停めると、ドアをバンッと閉めて外に出た。「しまった！　ビールを忘れた」

「ビールはいらないさ」ダンテが小声で言った。

「ビールはいるよ！　ビールがなくちゃ始まらないよ、ダンテ！」なぜ叫んでいたのだろう。叫んでいるうちにすすり泣きに変わった。ぼくはダンテの腕のなかで泣き崩れた。

彼はぼくを抱いたまま、ひとことも言葉を発しなかった。

宇宙にはほかにも秘密がある。痛みはときおり嵐のようにどこからともなく襲ってくる。空気の澄みきった夏の朝が土砂降りの雨で終わることもあれば、稲光《いなびかり》と雷鳴で終わることもあるのだ。

7

母さんが家にいないのは変な感じだった。

ぼくはコーヒーを淹れることに慣れていなかった。

父さんのメモが残されていた。〝大丈夫か？〟

〝大丈夫だよ、父さん〟

レッグズが吠えはじめて家のなかの静けさを破ってくれたのでほっとした。これはランニングの時間だと知らせる吠え方だ。

その朝、レッグズとぼくはいつもより速く走った。走っているときはなにも考えないようにしたが、うまくいかなかった。父さんのことも、兄さんのことも、ダンテのことも頭に浮かんだ。ダンテのことはいつも考えていたし、いつも理解しようとしていた。なぜぼくたちは友達なのか、ぼくたちふたりにとって、なぜそのことがこんなにも重要だと思えるのか、つねに自問していた。ほかのいろんなことやいろんな人について考えるのはいやだった――それらが自分に解けない謎であればなおさら。ぼくは頭のなかの話題をツーソンのオフィーリア伯母さんに変えた。なぜぼくはオフィーリア伯母さんを訪ねたことが一度もないのだろう。まるで伯母さんを愛していないみたいだと言いたいわけではない。オフィーリア伯母さんはひとり暮らしだから、ぼくが努力すればよかったのに、ぼくはそうしなかった。ときどき電話はしていた。不思議なことに伯母さんと話すことはできて、自分は心から愛されているといつも感じさせてもらっていた。オフィーリア伯母さんはどうしてそんなことができるんだろう。

シャワーを浴びて体を拭くと、鏡に映った自分の裸を見つめた。じっくりと観察した。肉体をもつというのはなんて不思議なことだろう。そんなふうに不思議を感じることもあった。一度、伯母さんが「体は美しいものなのよ」とぼくに語ったことがあった。そんなことをぼくに言ったおとなはほかにひとりもいない。これから先、自分の体を美しいと感じることが一度でもあるだろうかと思った。オフィーリア伯母さんは宇宙のたくさんの謎のいくつかを解いていた。自分はまだなにひとつ謎を解いていないように思えた。

自分自身の体の謎すら、ぼくはまだ解いていなかった。

8

〈チャーコーラー〉のシフトにはいるまえに、ダンテが働いているドラッグストアに立ち寄った。実際に仕事をしているダンテをちょっと見てみたかったのだ。ドラッグストアにはいると、カウンターのうしろに彼がいて、棚に煙草を置いているところだった。

「靴を履いてるかい?」とぼくは言った。

ダンテはにっこりした。ぼくは彼の胸の名札をじっと見た。〝ダンテ・Q〟。

「いまきみのことを考えてたよ」と彼は言った。

「ええ？」

「少しまえに女の子たちが来たんだ」

「女の子たち？」

「きみの知り合いだった。それで話をする流れになった」

彼に教えられるまえにだれが来たのかわかった。「ジーナとスージーだろ」とぼくは言った。

「ああ。いい子たちだね。可愛いし。きみと同じ学校なんだね」

「ああ。いい子たちだよ。可愛いし。それに図々《ずうずう》しい」

「ふたりはぼくの名札を見て、顔を見合わせて、それから、きみを知ってるかと片方が訊いた。おもしろい質問だと思ったよ」

「なんと答えたんだ？」

「知ってると答えた。きみはぼくの親友だと教えてやった」

「ふたりにそう言ったんだ？」

「きみはぼくの親友だから」

「ほかにもなにか訊かれたのか？」

「ああ。事故ときみの脚の骨折について知ってることはあるかって」

「信じられない。信じられないよ！」

「なにが？」

「ふたりに話したのか？」

「もちろん話したよ」

「話したんだ？」

「なにをそんなに怒ってるのさ？」

「なにがあったかをあのふたりに教えたんだろ？」

「そりゃそうだよ」

「ルールがあるだろ、ダンテ」

「やっぱり怒ってるね？　ぼくに怒ってるんだね？」

「事故のことは話さないというルールがあっただろう」

「それはちがうよ。ぼくたちのあいだで事故の話はしないっていうルールだったはずだ。ほかの人間にそのルールは適用されない」

ぼくは追いつめられつつあった。

「仕事に戻らなくちゃ」とダンテが言った。

午後の遅い時間にぼくの職場にダンテから電話があった。「どうして怒ってるの？」

「ほかの人間には知られたくない」

「きみのことがわからないよ、アリ」ダンテは電話を切った。

予想どおりのことが起きた。ぼくの上がりの時刻にジーナとスージーが〈チャーコーラー〉

に現れたのだ。

「あんたが言ってたことはほんとうだったのね」とジーナが言った。

「だから、なんだよ?」とぼくは言った。

「だから、なんだよって、あんたはダンテの命を救ったんでしょ」

「ジーナ、その話はよそう」

「なんか怒ってるみたいね、アリ」

「その話はしたくない」

「なぜしたくないの、アリ? あんた、ヒーローなのに」スージー・バードがいつもの調子で言った。

「それに、どうして──」ジーナが言った。「あたしたちはあんたの親友のことをなにも知らないわけ?」

「そうよ、どうして?」

ぼくはふたりの顔を見た。

「彼、すっごくキュートじゃない。彼のためなら、あたしだって走ってる車のまえに身を投げ出しただろうな」

「黙れ、ジーナ」とぼくは言った。

「どうして彼のことをそんなに秘密にしたがるわけ?」

「彼は秘密じゃないよ。カテドラルの生徒だ」

スージーが例によってとぼけた表情を浮かべた。「カテドラルの子はすっごくキュートなのよね」

「カテドラルのやつはクソばっかりさ」とぼくは言った。

「それで、あたしたちはいつ彼に紹介してもらえるの？」

「するわけないだろ」

「へえ。ってことは、あんたは彼を独り占めしたいんだ」

「よせよ、ジーナ。ほんとにムカつくやつだな」

「あんたってすぐに怒るのよね。自分でわかってる、アリ？」

「くたばれ、ジーナ」

「どうしても彼のことをあたしたちに紹介したくない。そうなんだ、アリ」

「関係ないね。きみたちは彼の職場を知ってるんだから、ぐいぐい迫ればいいじゃないか。そうしてくれたら、ぼくはほっといてもらえるだろうし」

9

「きみがなぜそんなに怒ってるのか理解できないよ」

「なぜジーナとスージーに全部話したんだ？」

「いったいどうしたのさ、アリ？」

「あのことは話さないと合意したはずだ」

「ぼくにはきみがわからない」

「ぼくにもきみがわからない」

彼の家の玄関ポーチに座っていたぼくは腰を上げた。「もう行くよ」道路の向こうに目をやると、鳥を撃っていた少年たちを追って走るダンテの姿を思い出した。

トラックのドアを開けて乗りこみ、乱暴にドアを閉めた。ダンテがトラックのまえに立っていた。「ぼくの命を救わなければよかったと思ってる？　ぼくは死んだほうがよかった？」

「そんなわけないだろ」ぼくは押し殺した声で答えた。

彼はそこに立ったまま、ぼくを見つめていた。

ぼくは彼を見返すことなく、トラックをにらみつけた。

「きみは宇宙一不可思議なやつだね」

「そうさ」とぼくは言った。「自分でもそう思う」

夕食は父さんとふたりだった。父さんもぼくもほとんど口を利かなかった。ぼくたちはかわるがわる料理のクズをレッグズにやった。「母さんがいたら、やめなさいって言うだろうね」

「ああ、言うだろうな」

ぼくたちはおずおずと笑みを送りあった。

「ボウリングに行くんだ。おまえも行かないか？」

「ボウリング？」

「ああ。これからサムと行く」

「ダンテの父さんとボウリングに行くの？」

「ああ。彼に誘われたのさ。たまには出かけるのもいいかと思ってな。おまえもダンテと一緒に来たらどうだい？」

「どうかな」とぼくは言った。

「喧嘩でもしたのか？」

「いや」

ぼくはダンテに電話した。「父さんたちが今夜ボウリングに行くんだって」

「知ってるよ」

「ぼくたちも一緒に行かないかって、父さんが言うんだよ」

「行かないって伝えてくれ」とダンテは言った。

「わかった」

「ぼくにもっといい考えがある」

ミスター・キンタナが車で父さんを迎えにきた。現実味がまったくなかった。そもそも父さんがボウリングをする人だということすら知らなかった。「男どもの夜の外出さ」とミスター・キンタナは言った。

「お酒を飲んで運転しないでくださいよ」とぼくは言った。

「ダンテがきみのことで元気をなくしてるぞ」と彼は言った。「あの信用のおける若者になにが起こったのやら、だ」

「ダンテとはまだ続いてますよ」とぼくは言った。「ぼくはあなたをサムとは呼びませんけどね」

父さんはすばやい視線をぼくに投げた。

「いってらっしゃい」とぼくは言った。

遠ざかる車を見送ってから、ぼくはレッグズに目をやった。「さあ行こう」彼女は勢いよくトラックに乗りこみ、ぼくたちはダンテの家へ向かった。彼は玄関ポーチに座って、彼の母さんと話していた。ぼくは手を振り、レッグズとともにトラックから飛び降りた。ステップを昇り、ミセス・キンタナにキスした。最後に彼女と会ったとき、ぼくは〝どうも〟と挨拶してから、握手をした。われながら馬鹿みたいだと思いながら。すると彼女が〝頬にキスすればいいんじゃないかしら、アリ〟と言ったのだ。というわけで、それがぼくたちの新たな挨拶になった。

陽が沈みかけていた。ひどく暑い一日だったが、いまはかすかに風が吹いていて、雲も集まりはじめていた。嵐になるかもしれなかった。風になぶられるミセス・キンタナの髪を見ていると母さんのことを思い出した。「ダンテは生まれてくる弟の名前のリストをつくっているのよ」

ぼくはダンテを見やった。「女の子だったらどうするんだ?」

「男の子さ」彼の声音《こわね》にはみじんの疑いもなかった。「ディエゴがいいと思うんだ。ホアキンもいいな。ハビエルも。ラファエルも。マクシミリアンもいいかも」

「どれもいかにもメキシコ人っていう名前だね」とぼくは言った。

「ああ、まあね。昔からあるような名前はなるべく避けてはいるんだけど。それに、メキシコ人らしい名前をもってるほうが、自分はメキシコ人だと感じられるかもしれないし」

彼の母さんの顔に浮かんだ表情が、この議論は家族のなかで何回もされているということを告げていた。

「サムはどう言ってるの？」とぼくは言った。

「サムに異論はない」と彼は言った。

ミセス・キンタナは声をあげて笑った。「母親に発言権はあるの？」

「ない」とダンテは言った。「母親は母親の務めを果たすだけさ」

ミセス・キンタナは身を乗り出して、ダンテにキスした。彼女はそれからぼくを見た。「じゃ、あなたたちふたりは星を見にいくのね？」

「ええ、裸眼《らがん》で星を観察してきます。望遠鏡なしで」とぼくは言った。「ぼくたち三人でね。レッグズを忘れてますよ」

「いいえ」と彼女は言った。「レッグズはわたしと残るわ。話し相手が欲しいの」

「オーケー」とぼくは言った。「そのほうがいいなら」

「すばらしい犬ね」

「ええ、すばらしいです。じゃあ、犬が好きになったんですね？」

「わたしはレッグズが好きなのよ。彼女は可愛いもの」

「そうなんです、可愛いんです」

レッグズにはこの会話の中身がわかっているかのようだった。ダンテとぼくがトラックに飛び乗っても、彼女はミセス・キンタナの横から動かなかった。犬がときおり人間の欲求や行動を理解するのがぼくには不思議でならなかった。

トラックを出す寸前、ミセス・キンタナがぼくに呼びかけた。「くれぐれも注意すると約束してちょうだい」

「約束します」とぼくは言った。

「あの雨を忘れないで」と彼女は言った。

10

砂漠のぼくの定位置に向かってトラックを走らせた。もろもろ必要なものはダンテが確保してきた。彼はマリファナ煙草《ジョイント》二本を振ってみせた。

ふたりで笑みを交わして笑った。

「きみは不良だな」とぼくは言った。

「きみも不良だろ」

「まさしく、ぼくたちがいつもなりたがってるもの。もし親が知ったら」とぼくは言った。

「もし親が知ったら」と彼も言った。

またふたりして笑った。

「ぼくはこういうのを一度もやったことがないんだ」

「簡単に覚えられるよ」

「どこでこれを手に入れたんだい？」

「ダニエルだよ。同じ店で働いてるやつさ。ぼくのことを好きらしい」

「きみにキスをしたがるのか？」

「まあね」

「きみもキスを返したいと思うの？」

「そういうんじゃないよ」

「だけど、そいつを説き伏せてマリファナ《ポット》を分ける気にさせたんだろ？」

道路に目を据えていても、彼が微笑んでいるのがわかった。

「きみは人を説き伏せてなにかをするのが得意なんだよな？」

「その質問には答えない」

夜空に稲妻が光り、雷が鳴った。雨のにおいがした。

ダンテとぼくはトラックから降りた。言葉は交わさなかった。ダンテはジョイントに火をつけてくわえると、吸いこんだ煙をしばらく肺にとどめ、それからようやくその煙を吐き出した。その工程をもう一度やってから、ぼくにジョイントを手渡した。ぼくは彼がやったとおりにやった。煙のにおいはたしかによかったけれど、そのマリファナ煙草はぼくの肺にはきつすぎた。なんとか咳《せ》きこまないようにこらえた。ダンテが咳きこんでいないなら、ぼくも咳きこむわけにはいかないから。ぼくたちは同じところに座ったまま、一本のジョイントが燃え尽きるまで、まわしのみを続けた。

頭がくらくらして、そよ風が心地よく、ハッピーだった。わけのわからぬすばらしさ。あらゆるものが遠ざかりながら近づいているように思えた。トラックのテールゲートに腰掛けたダンテとぼくはお互いに相手を見つめていた。いったん笑いだすと、止めることができなかった。そのうち、そよ風が本格的な風になった。雷と稲光の間隔がだんだん狭まって、雨が降りはじめた。ぼくたちは走ってトラックのなかに戻った。笑うのはまだ止められなかった。止めたいとも思わなかった。「クレイジーだね」とぼくは言った。「めちゃくちゃクレイジーな気分だ」

「クレイジー」と彼も言った。「クレイジー、クレイジー、クレイジー」

「神さま、クレイジー」

永遠に笑っていたかった。ぼくたちは雨音に耳を澄ました。おお神よ、ほんとうに雨が降っている。あの夜みたいに。

「外に出よう」とダンテが言った。「雨のなかに出てみよう」ぼくが見ていると彼は服を脱ぎだした。シャツも短パンもショーツも全部脱いでしまった。テニスシューズ以外は。まったくもっておかしな光景だった。「行くぞ」彼はドアハンドルに手をかけた。「用意はいいか?」

「待て」ぼくはTシャツを脱いだ。ほかに身につけているものも全部。テニスシューズ以外は。

ぼくたちはお互いの姿を見て、げらげら笑った。「用意はいいか?」とぼくは言った。

「いいよ」と彼は言った。

ふたりで雨のなかに飛び出した。雨粒がびっくりするほど冷たかった。「くそーっ!」とぼくは叫んだ。

「くそーっ!」とダンテも叫んだ。

「ぼくらはどうしようもなくクレイジーだな」

「ああ、どうしようもなく!」ダンテは笑った。ふたりでトラックのまわりを駆け足で一周した。素っ裸で、笑いながら。雨が激しく体を打った。さらに何周もトラックのまわりを走った。ふたりとも疲れ果てて息も絶え絶えになるまで。

げらげら笑いながらトラックの座席に座り、呼吸を整えようとした。そうこうするうちに雨があがった。それが砂漠の流儀なのだ。雨が降りだしたかと思ったら、やんでいるのが。あっというまに。ぼくはトラックのドアを開けて、湿った風の吹く夜気《やき》のなかに出た。

空に向けて両腕を伸ばし、目をつぶった。

ダンテが隣に立った、彼の息づかいが感じられた。

もし、そのとき彼がぼくに触れていたら、ぼくはどうしただろう。

だが、彼は触れなかった。

「お腹《なか》がすいた」とダンテは言った。

「同じく」

すぐに服を着て、市街地へ戻った。

「なにを食べようか？」とぼくは言った。

「メヌード」と彼は言った。

「メヌードが好きだなあ」

「ああ」

「きみはあれを食べると本物のメキシコ人になれる気がするんだろうな」

「本物のメキシコ人は男とキスをするのが好きかな？」

「男を好きになるのはアメリカ人の発明じゃないと思うけど」

「それはそうかも」

「ああ、きっとそうさ」ぼくは彼をちらっと見た、ぼくの言うとおりだとダンテは悔しがるのだ。「〈チコズ・タコス〉へ行くのはどう？」

「あそこにはメヌードがない」

「アラメダ・アヴェニューの〈グッドラック・カフェ〉は？」

「うちの父さんの大好きな店だ」

「うちの父さんも大好きだよ」

「ふたりはボウリングをしてる」とぼくは言った。

「ふたりはボウリングをしてる」それでふたりとも笑い転げてしまったため、トラックを路肩に寄せなければならなかった。

やっと〈グッドラック・カフェ〉に着いたときにはダンテもぼくも腹ぺこで、エンチラーダをひと皿とメヌードを二杯たいらげた。

「目が充血してる?」

「いや」とぼくは言った。

「よかった。なら、うちへ帰って大丈夫そうだね」

「ああ」とぼくは言った。

「あんなことをやったなんて信じられないよ」

「ぼくもさ」

「でも、愉しかったな」と彼は言った。

「そりゃもう、愉しいなんてもんじゃなかったさ」とぼくは言った。

11

父さんが朝早く、ぼくを起こした。「ツーソンへ行くぞ」と言った。

ぼくはベッドで起き上がり、父さんを見つめた。

「コーヒーを淹れてある」

部屋から出る父さんをレッグズが追った。

父さんはぼくに腹を立てているのかと思った。それに、どうしてツーソンへ行かなければならないのだろう？　夢の真っただなかで目を覚ましてしまったみたいに頭がぼんやりとしていた。急いでジーンズを穿《は》いてキッチンへ行った。父さんはコーヒーカップをぼくに手渡した。

「子どものくせにコーヒーを飲むやつはおまえしか知らないな」

ぼくは努めて雑談につきあった。父さんとの空想の会話などしたことがないというふりをした。父さんはぼくが空想の会話のなかで口にしたことを知らない。でも、父さんにはわかっていた。そして、ぼくにもわかっていた。そうしたことを言うつもりだったということが。実際には言わなくても。「いつか、世界じゅうの子がコーヒーを飲むようになるよ、父さん」

「煙草を喫《す》いたい」と父さんは言った。

レッグズとぼくは父さんのあとから裏庭に出た。

父さんが煙草に火をつけるのをぼくは眺めた。「ボウリングはどうだったの？」

父さんは口をゆがめて微笑んだ。「なかなか愉しかったよ。わたしはへっぽこボウラーだが、幸いにもサムもへっぽこなんだ」

「父さんはもっと出かけたほうがいいよ」とぼくは言った。

「おまえもな」父さんは煙草を喫い終えた。「昨日の夜遅くに母さんから電話があった。伯母さんが脳卒中の大きな発作を起こしたそうだ。症状が重くて乗り切れそうにないらしい」

オフィーリア伯母さんと暮らしたひと夏の記憶がよみがえってきた。ぼくはまだ幼く、伯母さんは優しい女《ひと》だった。結婚していなかったが、それは重要なことではなかった。伯母さんは小さな男の子のことをよくわかっていて、笑い方も、自分は宇宙の中心にいるのだと男の子に思わせる方法も心得ていた。伯母さんが一族のほかの人たちとは縁を切って暮らしている理由をあえてぼくに教えてくれる人はいなかったし、ぼくも気にしたことがなかった。

「アリ？　聞いているかい？」

ぼくはうなずいた。

「おまえはときどき心ここにあらずという状態になるな」

「そんなことないよ。ちょっと考え事をしてただけさ。小さいころに伯母さんと夏を過ごしたのを思い出して」

「ああ、そうだった。おまえは家に帰りたがらなかった」

「そうなの？　覚えてないや」

「伯母さんにぞっこんだったのさ」父さんは微笑んだ。

「そうだったかもしれない。オフィーリア伯母さんを大好きじゃなかった記憶が見つからないよ。なんだか変だけど」

「なぜそれが変なんだ？」

「ほかの伯父さんや伯母さんのことはそんなふうに思わないから」

父さんはうなずいた。「伯母さんみたいな人がこの世界にもっといてくれたらいいんだがね。伯母さんと母さんは毎週手紙を出しあって、一週間に一度の手紙が何年も続いたのさ。知っていたか？」

「知らないよ。それじゃすごい数の手紙になるね」

「その手紙が全部取ってあるんだ」

ぼくはコーヒーをひとくち飲んだ。

「仕事の調整はできるか、アリ?」

軍隊にいたときの父さんが想像できた。軍務に就いている姿が。父さんの口調は冷静沈着だった。

「ああ。バーガーを裏返すだけの仕事だからね。ぼくが休んだら店はどうする? クビにするのかな?」レッグズがぼくに吠えたてた。毎朝のランニングが習慣になっているからだ。ぼくは父さんを見た。「レッグズはどうするの?」

「ダンテに頼め」と父さんは言った。

ダンテの母さんが電話に出た。「もしもし、アリですけど」

「ええ、そうね」と彼女は言った。「ずいぶん早起きなのね」

「そうなんです」とぼくは言った。「ダンテは起きてます?」

「冗談でしょ、アリ? あの子が起きるのはシフトにはいる三十分まえよ。それより一分でも早くは起きようとしないわ」

ふたりで笑ってしまった。

「あの、ちょっと頼みたいことがあって」

「そうだったの」とダンテの母さんは言った。

「あの、伯母さんが脳卒中を起こしたんです。母さんはもう伯母さんのところに行ってて、父さんとぼくもできるだけ早く行かなくちゃならないんだけど、そうするとレッグズが――もし――」ぼくの言葉が終わらないうちに答えが返された。

「レッグズはうちであずかるわよ、もちろん。彼女はすばらしい話し相手ですもの。ゆうべはわたしの膝でぐっすり眠っていたし」

「でも、仕事があるでしょう。ダンテにも」

「それなら大丈夫よ、アリ。サムは一日じゅううちにいるから。あと少しで本を書きあげるところまでいっているらしいし」

「ありがとうございます」とぼくは言った。

「お礼なんて言わないで、アリ」ぼくがこの女性にはじめて会ったときの何倍も幸せそうな明るい声だった。これから子どもを産もうとしているからかもしれない。きっとそういうことなんだろう。だからって、ダンテを叱るのをやめるわけではないけれど。

電話を切り、簡単な旅支度をしていると、電話が鳴った。ダンテだった。「伯母さんのこと聞いたよ。たいへんだね。でも、やった！　レッグズをゲットした！」ダンテはそんなふうに少年になれるのだ。彼はいつまでも少年のままでいるのかもしれない。彼の父さんみたいに。

「ああ、ゲットしたな、レッグズを。彼女は朝のランニングが好きなんだ。うんと早い時間の」

「どれぐらい？」

「ぼくたちは毎朝、五時四十五分に起きてる」

「五時四十五分！　頭がいかれてるんじゃないか？　いつ寝るんだ？」

こいつはいつもこうしてぼくを笑わせることができた。「代わりを務めてくれて感謝するよ」とぼくは言った。

「きみは大丈夫なの？」と彼は訊いた。

「ああ」

「ゆうべはあんなに遅くなって、父さんにこっぴどく叱られただろ？」

「いや。父さんはぐっすり寝てたよ」

「うちの母さんはぼくらがなにをたくらんでたのか探りを入れてきたぞ」

「なんて答えたんだい？」

「嵐で星を見るどころじゃなかった、って言っておいたよ。すごい勢いで雨が降りだして、嵐に襲われたから、トラックのなかでずっと話してたって。雨がやんだら腹ぺこだったからメヌードを食べにいったって。母さんは妙な目でぼくを見て、〝どうしてあなたの言うことを信じられないのかしら？〟って言うんだ。だからぼくはこう言った。〝それは母さんが疑《うたぐ》り深い性質だからさ〟って。そうしたら母さんが話を終わらせた」

「きみの母さんは異様に勘が鋭いね」

「そうなんだ。ただし、なにも証明できない」

「ぜったいに気づいてるな」

「どうして気づくのさ？」

「さあね。だけど、まちがいなく気づいてる」

「きみと話してると被害妄想になりそうだ」

「いいね」

ぼくたちははじけたように笑った。

その朝、もう一度ダンテの家へ行き、レッグズを降ろした。父さんがミスター・キンタナに我が家の鍵を渡した。母さんの育てている植物の水やりはダンテの係だった。「ぼくのトラックを盗むなよ」とぼくは言った。

「ぼくはメキシコ人だから」と彼は言った。「キーがなくてもエンジンかけるのはお手のものだよ」ぼくはまたも吹きだした。「いいかい、メヌードを食べるのとトラックのエンジンをかけるのとは、まったく異なるふたつのアート形式だ」

ぼくたちはにやにや笑いを浮かべながら顔を見合わせた。

ミセス・キンタナがぼくたちをちらりと見た。

ぼくと父さんはダンテの母さんと父さんと一緒にコーヒーを飲んだ。ダンテはレッグズを連れて家のまわりを一周した。「賭けてもいいですけど、ダンテはレッグズをけしかけて靴を全部食いちぎらせますよ」父さん以外の三人が笑った。父さんはダンテと靴の戦いを知らなかった。レッグズとダンテがキッチンに戻ってくると、笑いがいっそう盛りあがった。レッグズはダンテの靴の片方を口にくわえていた。「彼女が見つけたものを見てよ、母さん」

12

ツーソンへ向かう車のなかで父さんとぼくはあまり話さなかった。「母さんが悲しんでいる」と父さんが言った。昔のことを思い返しているのだとわかった。

「運転を代わろうか?」

「いや」と父さんは言った。でも、すぐに気が変わったようだ。「そうしよう」つぎの出口で降りてガソリンを入れ、コーヒーを飲んだ。父さんはぼくの手にキーホルダーを渡した。父さんの車はぼくのトラックよりずっと運転しやすかった。自然に笑みが浮かんだ。「そういえば自分のトラックしか運転したことがなかった」

「あのトラックを乗りこなせるなら、どんな車でも運転できるさ」

「ゆうべはごめん」とぼくは言った。「ときどき頭のなかでいろんなことが走りだすんだ。いろんな感情が。それをどうしていいかわからないときもある。なんて言っても、たぶん意味不明だよね」

「それがふつうに思えるけどな、アリ」

「自分じゃあまりふつうには思えない」

「いろんな感情があるのはふつうのことさ」

「怒り以外はね。ああいう怒りがどこから生まれるのか、ぼくにはよくわからない」

「わたしたちがもっと話せばいいんだろうな」

「うん、言葉の扱いがうまいのはぼくたちのどっちなんだろうね、父さん？」

「おまえは言葉の扱いがうまいさ、アリ。わたしといるときにうまくなくなるだけだ」

ぼくはなにも言わなかった。少ししてからこう言った。「父さん、ぼくだって言葉の扱いはうまくないよ」

「母さんとはいつも話してるじゃないか」

「ああ。だけど、それは必要とされてるから話してるんだよ」

父さんは笑った。「母さんがわたしたちに話をさせてくれるのはよかった」

「母さんがいないとぼくたちは黙ったまま死ぬんだろうね」

「だが、いまは話しているだろう？」

ぼくは横目で父さんを見て、笑顔なのを確かめた。「ああ、話してる」

父さんは車の窓を開けた。「母さんは車のなかでは煙草を喫わせてくれない。喫ってもいいか？」

「ああ、ぼくはかまわないよ」

そのにおい——煙草のにおい——はいつでも父さんを思い出させた。父さんは煙草を喫い、ぼくは運転した。沈黙も、まわりの砂漠も、雲ひとつない空も気にならなくなった。

言葉と砂漠とどんな関係があるんだ？

頭がさまよいはじめ、レッグズとダンテのことを考えた。ぼくを見ながら、ダンテにはなにが見えていたんだろう？　彼がくれたスケッチを見なかったのはなぜなんだろう？　けっしてひとりでは見ようとしなかったのだ。ジーナとスージーのことも考えた。なぜふたりに電話しないんだろう？　あのふたりはぼくを苛《いら》つかせるけれど、あれはぼくに対する彼女たちなりの気づかいなのに。ふたりがぼくを好きなのはわかっていたし、ぼくだってふたりが好きだ。どうして男は女の子と友達になれないんだ？　それのどこが変なんだ？　兄さんについても考えた。兄さんはオフィーリア伯母さんと親しかったのだろうか？　あんなに優しい女の人がなぜ家族と縁を切ることになったんだろう？　なぜぼくは四歳の夏を伯母さんと過ごしていたんだろう？

「なにを考えている？」父さんの声が聞こえた。そんな質問はいままでに一度もされたことがなかった。

「オフィーリア伯母さんのことを考えてたのさ」

「なにを考えていたんだ？」

「なぜ父さんたちはぼくを伯母さんのところへやって、ひと夏を過ごさせたの？」

父さんは答えなかった。窓をおろして全開にした。砂漠の熱がエアコンの利いた車内に流れこんだ。また煙草を喫うつもりなのだとわかった。

「教えてよ」とぼくは言った。

「ちょうどあのころにおまえの兄さんの裁判があったんだよ」なんであれ兄さんに関することを父さんが口にしたのはそのときがはじめてだ。ぼくはなにも言わなかった。父さんに話しつづけてもらいたかったから。

「母さんとわたしにとってはいちばんつらい時期だった。みんながつらかった。姉さんたちもな。わたしたちはおまえをそういう目に――」父さんは言葉を切った。「わたしがなにを言いたいかはわかるだろう」ひどく真剣な表情が父さんの顔に浮かんだ。ふだんは見せたことのない真剣な表情が。「兄さんはおまえを可愛がっていたよ、アリ。おまえを愛していた。だから、おまえまで巻きこみたくなかったんだ。自分のことをつらい気持ちで思い出してほしくなかったんだ」

「だから、父さんたちはぼくを遠くへやったの？」

「そうだ。そうした」

「それはなんの解決にもならなかったよ、父さん。ぼくはいつだって兄さんのことを考えてる」

「すまない、アリ。わたしはただ――ほんとうにすまない」

「どうして、ぼくたちは――」

「アリ、おまえが考えているよりもっと複雑なんだ」

「どう複雑なの？」

「母さんが神経をやられてしまったのさ」父さんが煙草を喫う音が聞こえた。

「え？」

「おまえがオフィーリア伯母さんのところにいたのはひと夏じゃない。もっと長く――九ヵ月間――伯母さんと暮らしていたんだ」

「母さんが？　どういうこと――母さんが――どうして？　母さんはそんなにひどいことに――」父さんに煙草を一本もらいたかった。

「ほんとうに強い人さ――おまえの母さんは。だが、やはり人生は理屈じゃないんだよ、アリ。おまえの兄さんは死んだも同然だった。それで、母さんは別人になってしまった。わたしにはあのときの母さんが以前と同じ人間とは思えなかった。兄さんに判決がくだされた瞬間、彼女の心は崩壊した。慰めようもなかった。母さんがどれほど兄さんを愛していたか、おまえには想像がつかないだろう。わたしにはなす術《すべ》もなかった。いまでも母さんを見て尋ねたい衝動に駆られることがある。〝もう終わったのか？　終わったんだな？〟と。病院から戻ってきても、まだかなり不安定な精神状態だった。それから長い月日が流れて、母さんはもとの自分に戻った。以前の強さを取り戻してくれた――」

ぼくは父さんが泣く声に聞き入り、車を路肩に寄せた。「ごめん。なにも知らなくて。知らなかったんだ、父さん」

父さんはうなずくと、車から降りて外の熱い空気のなかに立った。頭を整理しようとしているのだとわかった。散らかった部屋を片づけようとするみたいに。ぼくはしばらく父さんをひとりにしておいた。それから、意を決して父さんの横に立つことにした。ぼくたちはお互いに干渉しないでいることが多すぎたのかもしれない。相手をそっとしておくことで自分を殺していたのだ。

「父さん、ときどきぼくは、兄さんが死んでしまったみたいにふるまう父さんと母さんを憎んだよ」

「わかっている。すまなかった、アリ。ほんとうにすまなかった。すまなかった」

13

ぼくたちがツーソンに着いたときには、オフィーリア伯母さんは息を引き取っていた。伯母さんの葬儀のミサには教会いっぱいに会葬者が訪れ、伯母さんが人々から敬愛されていたことがあきらかになった。伯母さんは一族以外の人からは深く愛されていたのだ。親戚で参列したのはうちの家族だけ。母さんと、姉さんふたりと、ぼくと、父さんだけだった。

ぼくの知らない人たちがそばに来ては、「あなたがアリ?」と尋ねた。

「はい、ぼくがアリです」

「伯母さんはあなたを心から愛していたのよ」

ぼくは心の底から恥じ入った。長いこと伯母さんを記憶の隅に追いやっていたことを。恥ずかしくてならなかった。

14

葬儀がすむと姉さんたちは自分の家に帰った。

母さんと父さんとぼくはそのあとも残り、住む人のいなくなった家の整理に取りかかった。母さんにはなにをどうするべきかが正確にわかっていた。そんな母さんが正気を失いかけていたなんて信じがたかった。

「さっきからずっとわたしを見ているわね」ある夜、母さんがそう言った。夏の嵐が西のほうから近づく気配をうかがっていたときだ。

「そう？」

「黙ってばかりだし」

「黙ってるのはぼくのふつうの状態だよ」

そこでぼくは母さんに訊いた。「どうして来なかったの、伯父さんたちや伯母さんたちは？なぜみんな来なかったの？」

「みんなオフィーリア伯母さんを認めていなかったからよ」

「どうして？」

「伯母さんは女の人と暮らしていたから。何年も長いこと」

「フラニーだ」とぼくは言った。「伯母さんはフラニーと暮らしてた」

「覚えているの？」

「ああ、少しだけ。たくさんは覚えてないけど。フラニーは優しかったよ。緑の目をしてた。歌うのが好きだった」

「ふたりは愛しあっていたのよ、アリ」

ぼくはうなずいた。「オーケー」

「引っかかる？」

「いや」

ぼくは皿の料理をもてあそんでいた。目を上げて父さんを見た。父さんはぼくが尋ねるのを待たなかった。

「わたしはオフィーリアが大好きだったよ」と父さんは言った。「彼女は優しくて慎みのある人だった」

「父さんにとっては伯母さんがフラニーと暮らしてることは問題じゃなかったんだ？」

「問題だと考える人もいた」と父さんは言った。「おまえの伯父さんたちや伯母さんたちがそうだったのさ、アリ。許せなかったんだ」

「でも、父さんには問題じゃなかったんでしょ？」

父さんは奇妙な表情を浮かべた。怒りを抑えようとしているようだった。怒りの矛先が母さんの一族に向けられているのはぼくにもわかったし、ここで怒っても無意味であることは父さんにもわかっていたと思う。「そのことがわたしたちにとって問題だったら、おまえをここに来させて、彼女と一緒に生活させたと思うか？」父さんは母さんを見た。

母さんは父さんにうなずいた。「うちへ帰ったら」とぼくに言った。「あなたに兄さんの写真を見せたいの。それでいい？」

母さんは手を伸ばして、ぼくの涙をぬぐった。ぼくはなにも言えなかった。

「人はいつも正しい判断ができるわけじゃないのよ、アリ。できるだけのことをするしかないの」

母さんにうなずいてみせたが、言葉はひとつも出てこなかった。静かな涙が止めどなく、まるでぼくの内にある川のように頬を伝うだけだった。

「わたしたちはあなたを傷つけてしまったのね」

ぼくは目を閉じて、涙を強制終了させた。それから言った。「ぼくがいま泣いてるのは幸せだからだと思うよ」

15

ダンテに電話して、あと二日で帰ると伝えた。伯母さんに関することはなにも話さなかった。伯母さんが家をぼくに遺《のこ》してくれたということ以外は。

「なんだって？」と彼は言った。

「そうなんだ」

「ワォ」

「ワォなのさ、まさに」

「大きい家なの？」

「ああ。ものすごく大きい家さ」

「どうするつもりなんだい、その家を？」

「どうやら、伯母さんの友達でその家を買いたい人がいるらしい」

「家を売ったお金はどうするの？」

「わからないよ。そんなこと考えてもいなかった」

「なぜ伯母さんは家をきみに遺してくれたんだろうね？」

「ぜんぜんわからない」

「とりあえず〈チャーコーラー〉の仕事は辞められるね」

ダンテときたら。彼はどんなときでもぼくを笑わせることができた。

「で、きみはどうしてた？」

「ドラッグストアで働いてたよ。暇なときは例の男とぶらついたりして」と彼は言った。

「そうなんだ？」とぼくは言った。

「そうだよ」

男の名前を訊きたかった。でも、訊かなかった。

彼は話題を変えた。ダンテが話題を変えようとする瞬間がぼくにはわかった。「母さんと父さんはレッグズにぞっこんさ」

16

七月四日もぼくたちはまだツーソンにいた。

三人で独立記念日の花火を見にいった。

父さんはぼくにビールを飲ませてくれた。母さんは賛成できないというふりをしてみせたが、母さんが本気でそう思ったなら止めていただろう。

「ビールを飲むのはこれがはじめてじゃないんでしょ、アリ？」

母さんに嘘をつくつもりはなかった。

「まえに言ったよね、母さん、ルールを破るときは母さんに見つからないようにやるって」

「そうね」と母さんは言った。「たしかそんなことを言っていたわね。まさか運転はしていなかったでしょうね？」

「してないよ」

「誓って言える？」

「ああ」

ぼくはゆっくりとビールを飲みながら、花火を眺めた。幼いころに戻ったような気分だった。花火は大好きだ。空で起こる爆発も、ときおり群衆があげる、あーっとか、うわーっとか、おおーっとかいう歓声も。

「フラニーは七月四日なんだとオフィーリアがいつも言っていたっけ」

「それはすごい言葉だね」とぼくは言った。「で、フラニーはどうしたの？」

「癌《がん》で亡くなったのよ」

「いつ？」

「六年ほどまえだったかしら」

「母さんはお葬式に行ったの？」

「ええ」

「ぼくを連れていかなかったんだね」

「ええ」

「いつもぼくにクリスマス・プレゼントを送ってくれてたのに」

「やっぱりあなたに話すべきだった」

17

この世界には秘密が多すぎるということを母さんと父さんは認めたんだと思う。伯母さんの家をあとにするまえ、母さんは車のトランクに大きな箱をふたつ積んだ。「なんなの、それ？」とぼくは訊いた。

「わたしが出した手紙」

「持って帰ってどうする気？」

「全部あなたにあげようと思って」

「ほんとうに？」

ぼくは母さんに負けないぐらい満面に笑みを広げているのではないかと思った。きっと負けていなかっただろう。けれど、笑みの美しさでは母さんに敵《かな》わなかった。

18

ツーソンからエルパソへの帰路は後部座席に座った。母さんと父さんが手をつないでいるのがわかった。ふたりはときどき視線を送りあっていた。ぼくは窓の外の砂漠を眺めていた。ダンテとマリファナ《ポット》をやって、雨のなかを駆けまわった夜が思い出された。

「夏の残りはどうするつもりなんだ？」

「どうしようかな。〈チャーコーラー〉で働いたり、ダンテとぶらぶらしたり、トレーニングで汗を流したり、本を読んだり。そんな感じだね」

「無理して働かなくてもいいぞ」と父さんは言った。「それをするために人生の残りの時間があるんだから」

「働くのはべつにいいのさ。どのみちやることがないんだし。テレビも見たくないし。同世代の若者とは価値観がちがうから。そのへんは父さんと母さんのおかげだ」

「まあ、これからは見たい番組は全部見ていいさ」

「もう手遅れだよ」

父さんもぼくも笑った。

「ちっともおかしくないね。ぼくは宇宙一ダサい、もうすぐ十七歳さ。でもって、それはみんな父さんたちのせいなんだ」

「なにもかもわたしたちのせいか」

「ああ、なにもかも父さんたちのせいさ」

母さんがくるっと振り返り、ぼくがにこにこしているのを確かめた。

「ダンテとふたりで小旅行でもしたらどうかしら。キャンプに行くとか」

「どうかな」とぼくは言った。

「考えてごらんなさいよ。いまは夏よ」

いまは夏か。ぼくは心のなかでつぶやいた。ミセス・キンタナの言ったことが頭から離れなかった。〝あの雨を忘れないで〟

「この先は嵐だな」と父さんが言った。「車で嵐に突っこんでいくようなもんだ」

ぼくは窓の外を見やった。車の前方に黒い雲が群がっていた。リアウィンドウを開けると雨のにおいがした。砂漠では雨粒が落ちてくるまえに雨のにおいがする。目をつぶって片手を窓から出すと、最初の雨粒が掌《てのひら》に落ちるのを感じた。なんだかキスみたいだ。空がぼくにキスしようとしている。なかなかいい思いつき。ダンテが思いつきそうなことだった。雨粒がもうひとつ、それからもうひとつ手に落ちるのを感じた。キス。キス。そしてまたキス。ぼくは自分が見た数々の夢を思い浮かべた――キスする夢ばかりを。でも、キスの相手がだれなのかはけっしてわからなかった。見分けがつかないのだ。すると突然、ぼくたちは豪雨のど真んなかにいた。慌てて車の窓を閉めた。急に寒気がした。片腕が雨で濡れ、Tシャツの肩もびしょびしょだった。

父さんが車を路肩に寄せた。「これじゃ運転は無理だな」

そこには真っ暗な空と猛烈な雨と、ぼくたちの沈黙にこめられた畏怖《いふ》しかなかった。

母さんは父さんと手をつないだままだった。

嵐はいつもぼくに肩身の狭い思いをさせた。

夏はほとんど太陽と熱でできているにもかかわらず、ぼくにとって夏とは嵐だった。嵐は不意にやってきては去っていく。ぼくに孤独を味わわせて置き去りにする。

少年はみんな孤独を感じているのだろうか?

夏の太陽はぼくのような少年のためにあるのではなかった。ぼくのような少年に似合うのは雨だった。

宇宙にある すべての秘密

若いころきみをずっと探していた
なにを探しているのか知らぬままに

——W・S・マーウィン
（詩集『シリウスの影』収録の〈若さ〉より）

1

雨はエルパソに着くまでずっと断続的に降っていた。ぼくはうつらうつらして、雨が激しく車体を打つたびに目を覚ました。

この帰りの旅にはひどく静かななにかがあった。

車の外はすさまじい嵐で、車のなかは暖かだった。ぼくは怒り狂った予測不能な天候に脅威を感じなかった。そこにはなぜか安心感があり、守られていると感じられた。

眠りに落ちた何度めかで夢を見はじめた。命令をくだしたら夢を見ることができたようだ。父さんと兄さんとぼくが一緒に煙草を喫《す》っている夢だった。ぼくたちがいるのは裏庭で、母さんとダンテがドアのところにいた。ふたりはぼくたちを見つめていた。

いい夢なのか悪い夢なのかは判断がつかなかった。たぶんいい夢だったのだろう。目覚めたときに悲しくなかったから。いい夢か悪い夢かを決める基準はそれなのかもしれない。夢がどんな感情を引き起こすかが決め手なのだ。

「あの事故のことを考えているの？」母さんの穏やかな声が聞こえた。

「どうして？」

「雨が降るとあの事故を思い出すんじゃない？」

「たまにね」

「ダンテとそのことを話したりする？」

「話さないよ」

「どうして？」

「ただ話さないってだけさ」

「あら」と母さんは言った。「あなたたちふたりはどんなことも話すのかと思っていたわ」

「そうじゃないさ」とぼくは言った。「ぼくたちはこの世界のほかのみんなと同じだよ」それは真実ではないとわかっていた。ぼくたちはこの世界のほかのみんなとはちがっていた。

車が家に近づくとまた雨が降りだした。雷も稲妻も風も、この夏で最悪の嵐だ。父さんとぼくはずぶ濡れになってスーツケースを家のなかに運び入れた。母さんが部屋の明かりをつけて、お茶を淹れているあいだ、父さんとぼくは乾いた服に着替えた。

「レッグズは雷が嫌いなんだ」とぼくは言った。「耳が痛むから」

「きっとダンテの隣で寝ているよ」

「ああ、きっとそうだね」とぼくは言った。

「レッグズに会いたいか？」

「そりゃあね」ダンテのベッドの足もとに身を横たえたレッグズが雷の音に怯《おび》えてクンクン鼻を鳴らしている姿が瞼《まぶた》に浮かんだ。彼女にキスして、大丈夫、心配いらないと言っているダンテの姿も。犬にキスするのが大好きなダンテ。両親にキスするのも、男の子にキスするのも大好きで、女の子にキスするのさえ大好きなダンテ。ひょっとしたらキスすることは人間の条件のひとつなのかもしれない。ひょっとしたらぼくは人間じゃないのかもしれない。ぼくは自然界の秩序にふくまれていないのかもしれない。だけど、ダンテはキスを愉しんでいる。彼はマスターベーションも好きなんだろうか。ぼくはマスターベーションをきまりが悪いものと思っていた。なぜそう思うのかさえわからずに。とにかくきまりが悪い。自分とセックスしているようなものだから。自分とセックスするなんて気味が悪い。自慰《じい》。その言葉を図書館にある本で調べた。ああ、こういうことを考えること自体が馬鹿げていると思いながら。四六時中セックスの話をしている連中もいた。学校へ行くと彼らの話が聞こえた。どうしてあんなに嬉しそうにセックスの話をするんだろう？　セックスの話はぼくを惨めな気持ちにさせた。不適格。またその言葉が思い浮かぶ。なぜこんなことを考えているんだろう？　吹き荒れる嵐の真っただなかで。母さんと父さんと一緒にキッチン・テーブルについているときに。ぼくはそうした雑念を我が家のキッチンに持ちこもうとしている。自分がいる場所に。自分が暮らしているところに。ぼくは自分の頭のなかにいる生き物を憎んだ。

父さんと母さんが話していた。ふたりの会話に耳を傾けようとしたが、実際にはなにも耳にはいっておらず、物思いにふけっていただけだ。頭があちこちさまよって、やがて、兄さんに行きあたった。いつもそこに落ち着く。砂漠のなかのぼくのお気に入りの駐車スポットとどこか似ていた。なんとなくいつもそのあたりを走っているのだ。もしも、兄さんがいてくれたらどうだっただろうと思った。男でいることの面倒や、男はなにを感じるべきだとか、なにをするべきだとか、どういうふうに行動するべきだとかいうことを教えてくれたかもしれない。そうしてくれたら嬉しいだろうに。だけど、ぼくの人生はやっぱり変わらないかもしれない。もっと悪くなる可能性だってある。いまひどい人生を送っているということではないけれど。それはわかっているのだ。ぼくには母さんも父さんもいて、ふたりはぼくを大事にしてくれている。そのうえ犬もいてダンテという名前の親友もいる。なのに、自分のなかでなにかが泳ぎまわっていて、それが絶えずぼくを不安に陥《おとしい》れる。

少年はみな心に闇をかかえているのだろうか。きっとそうだ。ダンテですらそうかもしれない。

母さんの視線がそそがれているのを感じた。ぼくを観察している。またしても。

ぼくは母さんに微笑んでみせた。

「なにを考えているのか教えてって言っても、教えてくれないんでしょうね」

ぼくは肩をすくめ、父さんを指さした。「父さんに似すぎてるからね」

これを聞いて父さんは笑った。疲れが顔に出ていたが、三人でキッチン・テーブルを囲んだそのときは、どことなく若返って見えた。もしかしたら父さんはべつの人間に変わりかけているのかもしれないと思った。

だれもがみな変化して、それまでとはちがう人間になっていく。

歳を取れば取るほど若返る人もいる。ぼくはといえば老けた気がした。これから十七歳になろうとしている男がどうして自分は老けたなんて思うのか？

寝る時刻になっても、まだ雨が降っていた。遠くのほうで雷が鳴っていた。そのやわらかな音は雷鳴というより遠くで囁く人の声のようだった。

ぼくは眠りに落ちた。夢を見た。またあの夢、だれかとキスしているあの夢だ。目が覚めると自分の体に触れたくなった。〝きみの親友と握手する〟。これはダンテ流の婉《えん》曲《きょく》表現。それを言うときの彼はいつも微笑んでいた。

ぼくは握手するかわりに冷たいシャワーを浴びた。

2

なぜだかみぞおちが妙な感じだった。夢のこともキスのことも体のことも、冷たいシャワーを浴びたことも関係なく、ただそこにその感じがあったというだけだ。なにかがいつもとちがうという感じが。

レッグズを引き取りに徒歩でダンテの家へ行った。少し肌寒い朝のランニングをするための服装で。雨があがったあとの湿った砂漠がぼくは大好きだった。

玄関ドアをノックした。

時間は早かったが、早すぎるというほどではなかった。ダンテはたぶんまだ寝ているにちがいない。でも、彼の両親が起こしてくれるだろうと思った。それに早くレッグズに会いたかった。

ミスター・キンタナが玄関に現れた。レッグズが突進してきて、ぼくに飛びついた。ぼくは彼女が顔を舐《な》めるままにさせた。ふだんはそういうことをあまりさせないのだけれど。「レッグズ、レッグズ、レッグズ！　会いたかったよ」思うぞんぶんレッグズを撫でた。だが、顔を上げると、ミスター・キンタナの視線に気づいた――よくわからないけれど、彼が見つめていた――なにか言いたげな表情をして。

どこかおかしいとわかった。ぼくは見つめ返した。問いかけることすらしないで。

「ダンテのことだが」と彼は言った。

「えっ？」

「病院にいる」

「なんですって？　なにがあったんです？　ダンテは大丈夫なんですか？」

「殴られて大怪我をしたんだ。母親が付き添って一夜を明かした」

「なにがあったんですか？」

「コーヒーを飲むかい、アリ？」

レッグズとぼくは彼についてキッチンにはいった。ミスター・キンタナがコーヒーをカップにつぐ動きを目で追った。カップを手渡され、ぼくたちは向かい合わせに座った。レッグズが膝に頭をのせると、ミスター・キンタナは彼女の頭をしきりに撫でた。ぼくたちは黙って座っていた。ぼくはなおも彼から目を離さず、彼が話してくれるのを待っていた。ようやくミスター・キンタナは口を開いた。「きみとダンテはどれぐらい親しいのかな？」

「なにを訊かれてるのかわかりません」とぼくは言った。

ミスター・キンタナは唇を噛んだ。「きみはわたしの息子のことをどこまで知っている?」

「彼はぼくの親友です」

「それはわかっているよ、アリ。だが、きみはあの子をどれだけ知っている?」

口調に苛立《いらだ》ちがにじんでいた。ぼくがとぼけていたからだ。なにを訊かれているか、ぼくにはちゃんとわかっていた。心臓が胸を打つのが感じられた。「彼はあなたに話したんですか?」

ミスター・キンタナはかぶりを振った。

「つまり、あなたはわかってるんですね」

彼はなにも言わなかった。

自分がなにかを言わなければならないと思った。ミスター・キンタナは途方に暮れているようにも、不安を覚えているようにも、悲しんでいるようにも、疲れているようにも見えた。ぼくにはそれが耐えられなかった。彼があまりにも優しくて善良な人だから。彼に対してなにか言わなければいけないとわかっていた。でも、なにを言えばいいのかわからない。「オーケー」とぼくは言った。

「オーケー? なにがオーケーなんだ、アリ?」

「あなたたちがシカゴへ発ったとき、ダンテはぼくに打ち明けたんです、いつか男と結婚したいとか」ぼくはキッチンを見まわした。「せめて男の子とキスをしたいとか。いや、それは手紙に書いてきたんだったかな。あるいは、こっちへ帰ってきてから、そんなようなことを言ったのかもしれない」

彼はうなずき、自分のコーヒーカップを見つめた。

「わたしはおそらくわかっていたんだろう」と彼は言った。

「どうして?」

「あの子がときおりきみを見るときのまなざしで」

「ああ」ぼくは床に目を落とした。

「でも、なぜあの子はわたしには言わなかったんだろうね、アリ?」

「あなたを失望させたくなかったんですよ。彼が言ってました――」ぼくは言葉につまり、目をそらした。それでもやはり、期待のこもったその黒い目を見つめ返すことを自分に強いた。ダンテを裏切っているような気分を味わいながらも、きちんとこの人に話さなければならないと思った。自分が話さなくてはいけないのだと。「ミスター・キンタナ――」

「サムと呼んでくれ」

ぼくは彼を見た。「サム」

彼はうなずいた。

「ダンテはあなたに夢中なんですよ。それは知ってるでしょうけど」

「あの子がわたしに夢中なら、なぜ話してくれなかったんだろう?」

「父親と話すのって、そんなに簡単じゃないんです。たとえ父親があなたでもね、サム」

彼は苛立たしげにコーヒーをすすった。

「ダンテは赤ちゃんが生まれることをほんとうに喜んでました。兄になるのが嬉しいというだけじゃなくて。〝生まれてくる子は男の子であってほしい、そして、女の子を好きになってほしい〟と言ったんです。そうすれば、あなたたちに孫ができるからって。あなたたちは幸せになれるって」

「孫のことなどどうでもいいさ。わたしが心配なのはダンテだ」

涙がサムの顔を伝うのを見たくなかった。

「わたしはダンテを愛している」彼はつぶやいた。「わたしはあの子を愛しているんだ」

「彼はラッキーだな」

ミスター・キンタナはにっこりした。「彼らはあの子を殴った」と押し殺した声で言った。「ダンテをめった打ちにしたんだ。肋骨《ろっこつ》を何本も骨折させ、顔をめちゃくちゃに殴った。ダンテは全身傷だらけになった。やつらはわたしの息子をそういう目に遭わせたんだ」

おとなの男性を自分の腕で抱いてやりたいと思うなんて不思議だった。だけど、ぼくはそうしたいと思った。

ぼくたちはコーヒーを飲み終えた。

ぼくはそれ以上なにも尋ねなかった。

3

父さんと母さんになんと言えばいいのかわからなかった。そもそもぼくは詳しいことを知っているわけではなかった。何者かが、たぶん複数の人間が、ダンテに暴行をくわえて大怪我をさせ、彼はいま入院しているということはわかっていた。もうひとりべつの男が絡んでいることも。ダンテが入院しているのがプロヴィデンス・メモリアル病院であることも。ぼくが知っているのはそれだけだった。

レッグズを連れて家に戻った。我が家に帰ってきたレッグズは興奮して暴れまくった。犬は自分の気持ちを修正しない。もしかしたら動物は人間より頭がいいのではないだろうか。レッグズは思いきり喜びをあらわにした。母さんと父さんもそうした。ふたりがレッグズを愛していて、だから喜びを隠さないのだとわかると嬉しかった。なんだかレッグズはぼくたちがもっといい家族になる手伝いをしてくれているように思えた。

犬も宇宙の秘密のひとつなのかもしれない。

「ダンテは病院にいる」とぼくは言った。

母さんはぼくの顔をじっと見た。父さんも。ふたりの顔にクエスチョンマークが浮かんでいた。

「だれかが彼を襲った。彼は大怪我をして、入院した」

「そんな」と母さんは言った。「わたしたちのダンテが?」なぜ母さんは〝わたしたちのダンテ〟と言ったんだろうと思った。

「相手はギャングか?」父さんが声をひそめて訊いた。

「そんな」

「どこかの路地でやられたらしい」とぼくは言った。

「この近所の？」

「ああ。だと思う」

ふたりはぼくがその先を説明するのを待っていたが、説明できなかった。「とにかく行ってくるよ」とぼくは言った。

家を出たときのことは覚えていなかった。

トラックを運転して病院まで行ったことも覚えていなかった。

気がつくとダンテのまえに立っていた。ぼこぼこに殴られて腫《は》れあがった彼の顔を見ていた。ダンテとは見分けられないほどで、目の色さえわからなかった。彼の手を取り、彼の名前をつぶやいたことは覚えている。ダンテはほとんど喋れなかった。腫れた瞼にふさがれているので、目もほとんど見えていなかった。

「ダンテ」

「アリ？」

「ああ、ここにいるよ」とぼくは言った。

「アリ？」彼は小声で訊いた。

「ここにはぼくがいるべきだった。やったやつらが憎い。やつらが憎い」ぼくはそいつらを腹の底から憎んだ。やつらがダンテの顔にやったことを思うと、やつらが彼の両親にやったことを思うと、憎いではすまなかった。ここにはぼくがいるべきだった。ここにはぼくがいるべきだった。

ダンテの母さんの手が肩に置かれるのを感じた。

ぼくは彼の両親とともに座った。ただ座っていた。「ダンテは治りますよね？」

ミセス・キンタナがうなずいた。「ええ。でも――」彼女はぼくを見た。「これからもずっと友達でいてくれる？」

「ええ、ずっと」

「なにがあっても？」

「なにがあっても」

「あの子には友達が必要なの。だれでも友達が必要なのよ」

「ぼくにも友達が必要です」とぼくは言った。そんなことはそれまで一度も言ったことがなかった。

病院ではやることがなかった。ただそこに座って、お互いを見るだけ。だれも話をする気分ではないようだった。

ぼくが帰るときには彼の両親が見送りをしてくれた。ぼくたちは病院の外に立ち尽くした。

ミセス・キンタナがぼくを見た。「なにがあったのか、あなたは知っておくべきよね」

「無理に話してくれなくてもいいですよ」

「話さなくちゃいけないと思うの」と彼女は言った。「その場に年配の女性がひとりいたのよ。彼女は一部始終を見ていて、警察にそれを話した」ミセス・キンタナがいまにも泣きだしそうなのがわかった。「ダンテともうひとりの男の子が路地でキスしていたんですって。そこを通りかかった何人かの少年がふたりを見つけ、そして――」彼女は笑みを浮かべようとした。「彼らがダンテになにをしたかは、あなたの見たとおりよ」

「やつらが憎い」とぼくは言った。

「あなたはダンテのことをわかっているとサムが言っていたわ」

「この世界には男にキスしたい男よりもひどいことがいっぱいあります」

「ええ、そうね。はるかにひどいことがね。言っておきたいことがあるんだけど、いいかしら?」

ぼくは笑みを返して、肩をすくめた。

「わたしが思うに、ダンテはあなたに恋をしているのよ」

ダンテがこの人に関して言ったことは正しかった。彼女はたしかになんでも知っていた。

「ええ」とぼくは言った。「でも、そうじゃないかもしれませんよ。彼が好きなのはそのもうひとりの男なんじゃないかな」

サムはまっすぐな視線をぼくに向けた。「その男は代理にすぎないかもしれない」

「ぼくの、という意味ですか?」

ミスター・キンタナは気まずそうに微笑んだ。「いや、すまない。そんなことは言うべきじゃなかった」

「いいですけど」

「難しいね」と彼は言った。「情けないことに――頭がちょっと混乱してしまっているのさ」

ぼくは彼に笑いかけた。「おとなの最悪なところはなんだか知ってるでしょう?」

「いや」

「おとながかならずおとなだとはかぎらないってことです。でも、ぼくはおとなのそういうところが好きなんです」

彼はぼくに腕をまわして抱擁《ほうよう》した。それから、ぼくの体を離した。

ミセス・キンタナはそんなぼくたちを眺めていた。「あなたは彼がだれだか知っているの?」

「彼って?」

「その相手の男の子のこと」

「目星《めぼし》はつきます」

「気にならない?」

「ぼくにどうしろっていうんですか?」声がかすれるのがわかったが、ぼくは泣くまいとした。なにを泣くことがある? 「どうすればいいのかわかりません」ぼくはミセス・キンタナを見た。サムを見た。「ダンテはぼくの友達なんです」自分にはこれまで友達がいなかったとは言いたくなかった。ほんとうの友達は、ただのひとりもいなかったとは。ダンテと出会うまでは。ふたりに言いたかった。ダンテのような人間がこの世界に存在するなんて思いもしなかったと。それは星を見る人、川の流れの神秘を知る人、鳥は天に属するものであって、優雅に飛んでいる最中に下劣で愚かな少年たちに撃たれたりしてはならないということまで知っている人なんだと。ふたりに言いたかった。彼はぼくの人生を一変させたと。ぼくはもう二度と以前と同じ人間には戻らないだろうと。そして、ぼくがダンテに命を救われたのであって、その逆ではないと。ふたりに言いたかった。自分を怯えさせるものについて話したいと思わせてくれた人間は、母さんを除けばダンテがはじめてなんだと。ふたりに言いたいことはたくさんあるのに、ぼくには言葉がなかった。だから、ただ馬鹿みたいに「ダンテはぼくの友達です」と繰り返した。

ミセス・キンタナはぼくを見た。もう少しで微笑みそうなのに、悲しみが大きすぎて微笑むことができずにいるのだ。「サムとわたしの思ったとおりね。あなたはやっぱり世界でいちばん優しい少年だわ」

「ダンテのつぎに」とぼくは言った。

「ダンテのつぎに」と彼女は言った。

トラックを停めたところまで、ふたりと一緒に歩いているとき、そのことがぱっと頭に浮かんだ。「相手の男はどうなったんですか？」

「逃げたよ」とサムが言った。

「ダンテは逃げなかった」

「ああ」

ミセス・キンタナがそこで泣き崩れた。「なぜあの子は逃げなかったの、アリ？　なぜ逃げなかったの？」

「ダンテはダンテだからです」とぼくは言った。

4

まさか自分がそんなことをしようとは思わなかった。プランがあったわけじゃない。本気で考えてそうしたわけでもない。人はときに突発的になにかをする。考えがあって行動するのではなくて、感情のおもむくままに行動してしまう。あふれる感情がそうさせるのだ。感情があふれると行動をコントロールできなくなることもある。少年とおとなの男のちがいは、少年はときおり湧き起こる過激な感情をコントロールできず、おとなの男はそれができるという点なのかもしれない。その日の午後、ぼくは少年でしかなく、おとなの男にはほど遠かった。

ぼくは少年だった。頭がいかれた少年だった。正気をなくしていた。クレイジーだった。

ぼくはトラックに乗りこみ、ダンテが働いているドラッグストアへ直行した。ダンテと交わした会話を思い返すうちに、そいつの名前を思い出した。ダニエルだ。ドラッグストアにはいると、その男がいた。ダニエルが。名札を見て確かめた。〝ダニエル・G〟。ダンテがキスしたいと言った男。そいつがカウンターにいた。「アリだけど」とぼくは言った。

彼はぼくの顔を見た。ぎょっとしたような表情で。

「ダンテの友達さ」とぼくは言った。

「知ってる」と彼は言った。

「ちょっと仕事を抜けてくれよ」

「そんなこと急に——」

見え透いた弁解を聞く気はなかった。「外で待ってるからさ。きっかり五分だけ待つ。出てこなかったら、もう一度店にはいって、なかにいる全員のまえでぶっ飛ばすからな。口だけだと思うなら、この目を覗きこんで、ようく確かめな」

ぼくは店のドアから外に出て、待った。五分も経たないうちにダニエルが現れた。

「少し歩こう」とぼくは言った。

「長くは抜けられない」とダニエルは言った。

それでもついてきた。

ぼくたちは歩いた。

「ダンテは入院してるよ」

「へえ」

「へえ？　まだ見舞いにいってないんだろ？」

彼は答えなかった。この場でぶん殴ってやりたい衝動に駆られた。「なんか言うことはないのかよ、ゲス野郎？」

「なにを言わせたいんだい？」

「ふざけんな。おまえはなにも感じてないのか？」震えているのがわかった。知ったことか。

「やったのはどこのやつらだ？」

「なんの話さ?」

「とぼけるなよ、クソが」

「だれにも言わないでくれよ」

ぼくは思わず相手の襟首をつかみ、それから放した。「ダンテは病院のベッドにいるってのに、おまえの心配は自分の言ったことがだれに伝わるかってことだけかい。だれに言ってやろうかなあ、ええ? やったやつらの名前をさっさと言え」

「知らないんだ」

「ぬけぬけとほざくな。いいいいいまここで教えろ。そうすればそのケツを蹴っ飛ばして南極まで送るのはやめといてやる」

「全員を知ってたわけじゃないんだ」

「何人いた?」

「四人」

「ひとり名前がわかればいい。ひとりだけでいい」

「ジュリアン。四人のうちのひとりはジュリアンだった」

「ジュリアン・エンリケスか?」

「そうだ」

「ほかに知ってるやつは?」

「ジョー・モンカーダ」

「ほかは？」

「あとのふたりは知らないやつだった」

「で、おまえはダンテを置き去りにしたんだな？」

「彼が逃げようとしなかったんだよ」

「ダンテと一緒にいてやらなかったんだな？」

「そうさ。だって、一緒にいていいことがあったかよ？」

「要するに心配じゃなかったんだ？」

「心配してるよ」

「だけど、戻ってこなかっただろ？　おまえはダンテが無事かどうかを確かめに戻ろうとはしなかっただろ？」

「ああ」彼は怯えた顔をした。

ぼくはダニエルの体を建物の壁に突き飛ばし、立ち去った。

5

ジュリアン・エンリケスの家なら知っていた。小学校のころ、彼と彼の兄弟とは野球仲間だったから。ただ、お互いにあまり虫が好かなかった。敵視していたというほどではないにしろ。しばらくトラックを走らせ、気がつくと彼の家のまえに停めていた。玄関ステップを昇ってドアをノックした。ジュリアンの妹がドアを開けて出てきた。「ああ、アリ」と彼女は言った。

ぼくはにっこり笑った。可愛い子だ。「やあ、ルル」とぼくは言った。穏やかで親しげといってもいい口ぶりで。「ジュリアンはどこにいる?」

「いまは仕事中よ」

「どこで働いてるんだっけ?」

「〈ベニーのボディショップ〉」

「仕事は何時に終わる?」

「だいたいいつも五時ごろ帰ってくるけど」

「ありがと」

彼女は笑顔を返した。「あなたが来たことを伝えたほうがいい?」

「ああ」

〈ベニーのボディショップ〉。父さんの友達のミスター・ロドリゲスが経営している自動車修理工場だ。ふたりは学校時代の友人で、その工場がある場所もぼくはちゃんと知っていた。午後いっぱいそこらを走って時間をつぶし、五時になるのを待った。五時少しまえ、その工場がある通りの角をまわったところにトラックを停めた。ミスター・ロドリゲスに姿を見られたくなかった。いろいろ訊いてきて、父さんに報告するのは予測がついたから。質問されるのはごめんだった。

トラックから降りると道路を渡った。真向かいが工場だ。ジュリアンがガレージから歩いて出てくるところを確認したかった。彼を見つけると、ぼくは手招きをした。

ジュリアンはこっちへ渡ってきた。

「なんだよ、アリ？」

「べつに」ぼくはトラックを指さした。「ちょっとここらを走ってただけさ」

「あれ、おまえのトラック？」

「そうさ」

「いいクルマじゃんか、なあ《バト》」

「とっくり見たいか？」

ぼくたちはトラックを停めたところまで歩いた。ジュリアンはクロームのフェンダーを片手で撫で、ひざまずいてクロームのリムをためつすがめつした。彼がダンテを蹴って、ダンテが地面に倒れこむ光景が目に浮かんだ。この場でジュリアンをぶん殴る自分も思い浮かべた。

「乗ってみるかい？」

「いまちょっと忙しいからさ。また寄ってくれよ。そしたら、ひとっ走りしてやってもいいぜ」

ぼくは彼の襟首をひっつかみ、ぐいと引き上げた。「乗れよ」

「この野郎、なんの真似《まね》だ、アリ？」

「乗れ」彼をトラックに叩きつけた。

「くそっ《チンガオ》、てめえ《エセ》。なにしやがる！」

ジュリアンはぼくを一発殴った。それで充分。あとは突き進むだけ。彼は鼻血を出した。そんなものではぼくを止められない。彼を地べたに押さえこむのに長くはかからなかった。いろんな言葉で彼を罵《ののし》った。視界にあるものがみなぼやけても、ただひたすらに彼への攻撃を続けた。

やがて人の声が聞こえ、二本の腕にむんずとつかまれ、体を引き戻された。その声はぼくに向かってわめいていた。腕の力が強いので、振り払うことはもはやできなかった。

ぼくはもがくのをやめた。

すると、あらゆるものが動きを止めた。すべてが静止したままになった。

ミスター・ロドリゲスがぼくをにらみつけていた。「いったいどうしたというんだ、アリ？　どうしたんだ《ケ・テ・パサ》？」

なにも言えなかった。目を伏せて地面を見た。

「なにが始まっているんだ、アリ？　さて《アバー》、聞かせてもらおうか《ディメ》」

ぼくは話すことができなかった。

ミスター・ロドリゲスがひざまずいて、倒れているジュリアンに手を貸して起こすのを眺めていた。彼の鼻血はまだ止まっていなかった。

「おまえを殺すからな、アリ」彼は口のなかで言った。

「おまえと仲間をな」とぼくは言った。

ミスター・ロドリゲスがぎろりとぼくをにらみ、ジュリアンのほうを向いた。「大丈夫か？」

ジュリアンはうなずいた。

「体を洗って着替えよう」

ぼくは動かなかった。少ししてからトラックに乗りこもうとした。

ミスター・ロドリゲスが鋭い視線をぼくに投げた。「わたしが通報しないのは運がいいぞ」

「どうぞ、通報してくださいよ。ぜんぜんかまわないから。だけど、警察を呼ぶまえにジュリアンに訊いたほうがいいですよ、おまえはなにをやったのかって」

そしてトラックに乗りこみ、その場から走り去った。

6

家に着くまで指の関節とシャツに血がついていることに気づいていなかった。

ぼくはしばらくトラックから降りなかった。

なんの考えも頭に浮かばなかった。だから、ただそこに座っていた。永遠に座っていよう――それが唯一考えついたプランだった。

どれぐらいその状態でいただろうか。体がぶるぶる震えはじめた。正気をなくしてしまったという自覚はあったが、自分自身に対してさえ説明がつかなかった。正気をなくすとそういうことが起こるのだろう。正気をなくすことの最悪な部分は、正気に戻ったときに自分のことをどう考えればいいのかわからなくなるところだ。

父さんが家から出てきて玄関ポーチに立った。父さんはぼくを見つめた。父さんの表情を見るのがつらかった。「おまえに話さなければならないことがある」と父さんは言った。そんなことをぼくに言ったことは一度もない。ただの一度も。父さんがそんな言い方をしたことは。父さんの声音がぼくを不安にさせた。

トラックから降りて、玄関ポーチのステップに腰をおろした。

父さんも隣に腰をおろした。「ミスター・ロドリゲスから電話があった」

ぼくはなにも言わなかった。

「なにがあったんだ、アリ?」

「わからない。なんにもわからない」

「なんにも?」父さんの声に怒りが聞き取れた。

ぼくは血のついたシャツをにらんだ。「シャワーを浴びてくるよ」

父さんもぼくのあとから家のなかに戻った。「アリ!」

母さんは廊下にいた。ぼくを見る母さんの目に耐えられなかった。足を止め、床を見おろした。体の震えが止まらない。全身ががたがた震えていた。

自分の両手を見据えた。なにをしても震えを止めることはできなかった。

父さんがぼくの片腕をつかんだ。そのつかみ方は強くはなく乱暴でもなかったが、優しくもなかった。父さんは腕力のある男だ。ぼくを居間のほうに押し出してカウチに座らせた。母さんはぼくの隣に座った。父さんは自分の椅子に座った。ぼくは麻痺《まひ》したように黙りこくった。

「話しなさい」と父さんが言った。

「あいつを傷つけたかったんだ」

「アリ？」母さんの目がぼくに向けられた。信じられないといわんばかりのその日つきに耐えられない。どうして母さんは、だれかを傷つけたいという気持ちをぼくが抱くとは思えないのだろう？

ぼくは母さんを見返した。「ほんとうにあいつを傷つけたかったんだ」

「あなたの兄さんも一度、人を傷つけたわ」母さんは囁くようにそう言うと、すすり泣きを始めた。それにも耐えられない。こんなに自分を憎んだことはなかった。母さんが泣くのを見ているとしかできず、やっとのことで言った。「泣かないでよ、母さん。頼むから泣かないで」

「なぜなの、アリ？　なぜなの？」

「おまえはあの少年の鼻の骨を折ったんだぞ、アリ。おまえが逮捕されていない唯一の理由は、エルフィゴ・ロドリゲスがおまえの父親の旧友だからだ。診療代は当然ながらうちがもつ。おまえが支払うんだ、アリ」

ぼくはなにも言わなかった。両親の考えていることがわかった。〝最初は兄で、こんどはおまえか〟

「ごめんなさい」とぼくは言った。自分の耳にも情けない声に聞こえた。でも、心の隅では悪いと思っていなかった。ジュリアンの鼻をへし折ってやったことを喜んでいる自分もいた。後悔があるとすれば、母さんの心を傷つけてしまったことだけだ。

「すまないと思っているのか、アリ?」父さんの顔にまたあの表情が浮かんだ。鋼《はがね》のように硬い表情が。

ぼくだって鋼のようになれた。鋼のように。「ぼくは兄さんじゃないよ。そういうふうに思われてるのがいやなんだ。自分が兄さんのやらかしたクソ——」母さんのまえでその言葉をつかうのはやめておいた。「兄さんの影のなかで生きるのはいやだ。いやなんだ。父さんたちを喜ばせるだけのいい子でいなくちゃならないのはいやなんだ」

ふたりともなにも言わなかった。

「すまないとは思ってないよ」とぼくは言った。

父さんはぼくをにらみ返した。「あのトラックを売るんだな」

ぼくはうなずいた。「いいよ、それで。売ってよ」

母さんはもう泣いていなかった。奇妙な表情を浮かべていた。優しくも激しくもなく、奇妙としかいいようがない表情を。「なぜなのか話してちょうだい」

ぼくは息を吸いこんだ。「わかった」と言った。「じゃ、聞いてくれるんだ?」

「聞くに決まっているだろう」父さんは一歩も引かないというふうだ。

ぼくは父さんを見た。

つぎに母さんを見た。

それから床に目を落とした。「やつらはダンテに大怪我をさせた」ぼくは低い声で言った。「彼のいまのありさまはとても口では説明できない。父さんたちは彼の顔を見るべきだ。やつらはダンテの肋骨を何本も骨折させて、路地に放置したんだ。彼はクズだというように。道端のゴミみたいに。糞《くそ》みたいに。彼にはなんの価値もないというように。そのまま彼が死んでたとしても、やつらは気にもかけなかっただろうよ」ぼくは泣きだした。「ぼくに話させたいんだろ？　だから話すよ。語らせたいんだろ？　語ってあげるよ。ダンテは男とキスしてたんだ」なぜだかわからず、ぼくは泣くのを止められなかった。やっと泣きやむと、こんどは怒りが胸の奥からこみ上げるのがわかった。生まれてこのかたこれほど激しい怒りを覚えたことはなかった。「やつらは四人組だった。キスの相手は逃げたけど、ダンテは逃げなかった。ダンテはそういうやつだから。彼は逃げない」

ぼくは父さんを見た。

父さんはひとことも発しなかった。

いつのまにか母さんはぼくに体を寄り添わせていて、こらえきれないように指でぼくの髪を梳《す》いた。

「どうしようもなく自分が恥ずかしくなったんだ。やつらに仕返ししてやりたかった」

「アリ？」父さんの声は優しかった。「アリ、ああ、アリ。今回のおまえの戦い方は最悪の部類にはいるだろうな」

「こういうときの戦い方なんて知らないよ、父さん」

「おまえは助けを求めるべきなのさ」と父さんは言った。

「そのやり方もぼくは知らない」

7

シャワーを浴びて出てくると父さんの姿がなかった。

母さんはキッチンにいた。テーブルの上に兄さんの名前が書かれた大判の茶封筒があった。母さんはワインを飲んでいた。

ぼくは母さんと向かい合わせに座った。「ぼくもときどきビールを飲むんだ」

母さんはうなずいた。

「ぼくは天使《エンジェル》じゃないよ、母さん。聖人でもない。大失敗作のアリだ」

「そういうことを言わないで」

「ほんとうのことさ」

「いいえ、ちがうわ」母さんは確信に満ちた強い口調で言った。「あなたは大失敗作なんかじゃないわ。あなたは心の優しい品行方正ないい子よ」母さんはグラスのワインをひとくち飲んだ。

「ぼくはジュリアンに怪我をさせた」

「それはあまり賢明ではなかったけど」

「行儀もよくなかったし」

母さんはいまにも声をあげて笑いそうだった。「そうね、まったくお行儀がよくなかったわね」両手で封筒を撫でると、「ごめんね」と言った。封筒を開け、写真を一枚取り出した。「これはあなた。あなたとバーナードよ」母さんはその写真をぼくに手渡した。幼いぼくが兄さんの腕に抱かれている。兄さんは笑顔だ。ハンサムな兄さんが微笑んでいる。ぼくは笑っている。「バーナードはほんとうにあなたを可愛がっていたのよ」と母さんは言った。「悪いのはわたし。それはね、アリ、わたしたちはいつも正しいことをするわけじゃないということなの。わかるでしょ？　わたしたちはいつも正しいことを言うわけじゃない。苦しくて苦しくて、なにかを見られないときもある。だから、見ない。見ないでおくの。だけど、それが消えてなくなるわけじゃないのよ、アリ」母さんは封筒をぼくに手渡した。「そのなかに全部はいっているわ」母さんは泣いてはいなかった。「あの子は人を殺したのよ、アリ。素手で殴り殺してしまったの」母さんはほとんど微笑んでいた。でも、そんな悲しい微笑みを見たことがなかった。

「いままで黙っていたけれど」母さんは消え入るような声で言った。

「苦しくてたまらない？」

「たまらないわ、アリ。これだけ時が経っても」

「これからもずっと苦しいのかな？」

「そうよ、ずっと」

「どうやって耐えるつもり？」

「わからない。だれもがみんないろんなことに耐えなければならないのよ、アリ。みんながね。あなたのお父さんは戦争と戦争が彼にしたことに耐えなければならないし、あなたはおとなの男になるために自分自身のつらい旅に耐えなければならない。あなたにとってそれは苦痛でしょ、アリ?」

「ああ」とぼくは言った。

「そして、わたしはあなたの兄さんに耐えなければならない。彼のしたことにも、その恥ずべき罪にも、彼の不在にも」

「母さんに罪はないさ」

「どうかしら。母親は自分を責めるものよ。父親もきっとそう」

「母さん?」

手を伸ばして母さんに触れたかった。だが、そうはしなかった。ぼくはただ母さんを見て、微笑もうとした。「こんなに母さんを愛せるなんて思わなかった」

母さんの微笑みはもう悲しそうではなかった。

「最愛の息子《イホ・デ・ミ・コラソン》に秘密をひとつ教えてあげましょうか。あなたはわたしが耐えるのを助けてくれているの。母さんがいろんな悲しみに耐えるのを助けてくれるのはあなたなの。あなたなのよ、アリ」

「そんなこと言わないでよ、母さん。ぼくは母さんをがっかりさせるだけだ」

「いいえ、愛しい子《アモール》。がっかりなんかしないわ」

「今日したよ。ぼくは母さんを傷つけた」

「いいえ」と母さんは言った。「わたしは理解しているはずよ」

だが、その言い方が気になった。ぼくのなかにあるなにかを、これまでけっして理解できずにいたことを理解したといわんばかりだ。母さんがぼくを見るといつも、ああ、ぼくを見つけようとしているんだなと、ぼくの正体を見極めようとしているんだなと感じていたが、そのときの母さんにはぼくのことが見えているようだった。ぼくが何者かをわかっているようだった。それがかえってぼくを混乱させた。

「なにを理解してるんだよ、母さん？」

母さんは封筒をぼくのほうに押しやった。「封筒のなかを見ないの？」

ぼくはうなずいた。「見るけど、いまじゃなくてもいい」

「怖いの？」

「いや。ああ、怖いよ。わからないんだ」ぼくは兄さんの名前を指でなぞった。ぼくたちは――母さんとぼくは――ずいぶん長い時間、テーブルを挟んで座っているように思えた。

母さんはまたグラスに口をつけてワインを飲み、ぼくは何枚もの兄さんの写真を見た。

まだ赤ん坊の兄さん。父さんに抱かれた兄さん。姉さんたちと一緒に写った兄さん。

うちの玄関ステップに座っている兄さん。

制服姿の父さんに向かって敬礼している幼い少年の兄さん。

ぼくの兄さん、ぼくの兄さん。

母さんはじっとぼくを見ていた。さっき言ったことはほんとうだ。こんなに母さんを愛したことはなかった。

8

「父さんはどこへ行ったの？」

「サムに会いにいったわ」

「どうして？」

「ただ話がしたかったのよ」

「どんな話をするんだろう？」

「なにが起こったかを話すんでしょ。友達だから。お父さんとサムは」

「おもしろいね」とぼくは言った。「父さんのほうが歳が上なのに」

母さんはにっこりした。「だからなに？」

「ああ、だからなに、だね」

9

「これ、額に入れてぼくの部屋に飾ってもいい？」それは兄さんが父さんに敬礼している写真だった。

「いいわよ」と母さんは言った。「わたしもその写真、大好き」

「兄さんは泣いた？　父さんがヴェトナムへ行ってしまったとき」

「何日も泣いていたわ。慰めようもないほど」

「母さんは父さんが帰ってこないんじゃないかと心配だった？」

「そのことはあえて考えまいとしていたわね」母さんは笑った。「そういうのは上手なのよ」

「ぼくもだ」とぼくは言った。「父さん譲りなんだとずっと思ってたよ」

ぼくたちはげらげら笑った。「その写真、居間に飾ったらどうかしら？　それでもいい、アリ？」

その日は我が家に兄さんが戻ってきた日になった。説明のつかない不思議な形で兄さんは帰ってきた。

ぼくがどうしても答えを知りたい疑問に答えてくれたのは、母さんではなく父さんだった。父さんとぼくがバーナードの話をしていると母さんがじっと耳を傾けていることはあったが、口を挟もうとはしなかった。

そうやって沈黙する母さんをぼくは愛した。

あるいは、理解できたということかもしれない。

そして、慎重に語る父さんも愛した。父さんは慎重な男なのだと理解できるようになった。人に対しても言葉に対しても慎重でいられるのは珍しいうえに美しいことだった。

10

ぼくは毎日、ダンテを見舞った。彼は四日間ほど入院した。脳震盪《しんとう》を起こしたので病院としては大事を取る必要があった。

肋骨を負傷していた。

ひびのはいった肋骨が治癒するにはしばらくかかると医師は言ったが、折れていないのが救いだった。折れていたらもっとたいへんだっただろう。傷は自然に治る。少なくとも表面的な傷であれば。

水泳は禁止だ。実際のところ彼にはやれることがほとんどなかった。うちでごろごろするぐらいしか。もっとも、ダンテはごろごろするのが好きだから、むしろそれはよかった。

彼は変わった。悲しみが増えたように見えた。

退院した日には泣いた。ぼくは彼を抱きしめた。彼が泣きやむことはないだろうと思いながら。

彼の一部は二度ともとに戻らないことがぼくにはわかっていた。

やつらがひびを入れたのはダンテの肋骨だけではなかった。

11

「大丈夫、アリ？」ミセス・キンタナが母さんと同じような目でぼくを観察していた。ぼくはダンテの家のキッチン・テーブルでダンテの両親と向かいあっていた。ダンテは眠っている。ひびのはいった肋骨がときおり痛むと薬を飲み、薬の作用で眠くなってしまうのだ。

「はい、ぼくは元気ですよ」

「ほんとうに？」

「セラピストが必要だと思ってます？」

「セラピストと話すのは悪いことじゃないのよ、アリ」

「まるでセラピストみたいな喋り方だ」とぼくは言った。

ミセス・キンタナはやれやれというように首を振った。「うちの息子とつきあうようになるまでは、そんな生意気な口を利く子じゃなかったのにね」

思わず笑ってしまった。「ぼくは元気ですよ。元気に決まってるじゃないですか」

キンタナ夫妻はちらちらと視線を交わした。

「それって親の仕種なんですか？」

「なんだって？」

「母親と父親はそんなふうに視線を送りあうのが好きですよね」

サムが声をあげて笑った。「ああ、わたしもそう思うよ」

父さんと彼がいろいろ話をしているのはわかっていた。ぼくのしたことをサムが知っているのもわかっていた。ふたりとも知っているのがわかっていた。

「その少年たちがだれだか知っているんでしょ、アリ?」ミセス・キンタナはいつもの厳しい自分に戻っていた。ぼくはそれでも平気だった。

「四人のうちふたりは知ってます」

「あとのふたりは?」

ちょっとジョークを言ってみようと思った。「かならずやつらを吐かせてみせますよ」

ミセス・キンタナは吹きだした。それがぼくを驚かせた。

「アリ、あなたはクレイジーな子ね」

「ええ、自分でもそう思います」

「これは忠誠心の問題ですものね」

「ええ、そう思います」

「だけど、アリ、あなた自身がとんでもない状況に陥っていた可能性もあるのよ」

「あれはまちがってました。まちがったことをしたといまは思います。ついやってしまったんです。説明できないけど。ああいうやつらはまったく野放しの状態でしょう?」

「そうかもしれないわね」

「ただ、こんどのことは警察がきちんと調べるみたいです」

「その連中のことはどうでもいいんだよ、アリ」サムはぼくの目をまっすぐに覗きこんだ。

「わたしはダンテのことが心配なんだ。きみのことが心配なんだ」

「ぼくは大丈夫ですよ」とぼくは言った。

「ほんとうか？」

「ええ」

「もうその連中を追いかけたりしないだろうね？」

「その考えが頭をよぎりました」

ミセス・キンタナはそのときは笑わなかった。

「約束します」

「あなたはもっとましなことができる子よ」と彼女は言った。

その言葉をなんとか信じたかった。

「でも、ぼくがへし折ったジュリアンの鼻の弁償をするつもりはありませんけどね」

「お父さんにそう言ったの？」

「それはまだだけど、言いますよ、もし、あのゲス――」ぼくはそこで口をつぐみ、言いかけた言葉を飲みこんだ。「あいつらがダンテの入院費を支払わなくていいんだとしたら、ぼくもジュリアンが救急科《ER》にちょこっと滞在した費用を支払う必要はないはずです。父さんがトラックを売っぱらいたいなら、ぜんぜんかまわないけれど」

ミセス・キンタナは口もとにつくり笑いを浮かべたが、笑みが広がることはなかった。「お父さんの意見も聞かせてちょうだいね」

「それともうひとつ。ジュリアンが警察を呼びたいなら呼べばいいんですよ」ぼくもつくり笑いをしてみせた。「そういうこともあるだろうと思ってるでしょ?」

「なかなか抜け目のないやつだな、アリ」サムの顔に浮かんだ表情が気に入った。

「そのあたりのことは詳しいんです」

12

ジュリアンの診療費を支払わないことについて、父さんは反対しなかった。ぼくの顔を見て、こう言った。「示談《じだん》で解決することにしたわけだな」父さんは沈んだ面持ちで何度もうなずいた。「サムも奥さんと話しあったそうだ。彼女はあの少年たちをぜったいに許さないだろう。百万年経っても」

ジュリアンの父親がうちへ来て、父さんと話しあった。彼は浮かない顔で帰っていった。

父さんはぼくのトラックを売り払わなかった。

13

ダンテとは話すことがあまりないように思えた。

ぼくはダンテの父さんから詩集を何冊か借りて、彼に読んで聞かせた。ときどきダンテが「それ、もう一回読んで」と言うと、それを読むのだった。夏の終わりのあの数日間、ぼくたちのあいだのどこがおかしかったのかいまもわからない。あのときほど彼を近くに感じたことはなかった気もするし、あのときほど彼を遠くに感じたことはなかった気もする。

彼もぼくも仕事はもうしなかった。たぶん、あのことが起きてからは、なにもやる気が起きなくなってしまったのだと思う。

ある日、ぼくが出来の悪いジョークを口にした。「どうして夏はいつも、ぼくたちのどっちかを地獄に突き落として終わらないと気がすまないんだろうな?」

そのジョークに彼もぼくも笑えなかった。

ダンテと会うときにレッグズを連れていかなかったのは、ダンテに飛びついて怪我をさせたらたいへんだからだ。ダンテはレッグズに会いたがったが、連れていかないぼくの判断は正しいと自信があった。

ある朝、ダンテの家へ行ったときに兄さんの写真を全部見せ、新聞の切り抜きや、ぼくの質問に対する父さんの答えから理解した兄さん像を彼に語った。

「全部聞きたいかい?」とぼくは言った。

「聞かせてよ」と彼は言った。

ふたりとも詩に飽きていたし、話さずにいることにも飽きていた。

「オーケー。兄さんは十五歳だった。怒りをかかえてた。兄さんに関するどの情報からも、そう解釈できる。兄さんは怒ってたんだと。そのことはとくに姉さんたちの態度からもわかってた。意地が悪かったのかもしれないし、生まれつき怒りっぽい性格だったというだけかもしれない。よくわからない。で、ある夜、ダウンタウンの通りをぶらつきながらトラブルを探してた。父さんはそう言うんだ。〝バーナードはいつもトラブルを探していた〟って。兄さんはその夜、娼婦《しょうふ》を買った」

「そんなお金がどこにあったの？」

「さあ。それはどういう質問なんだい？」

「きみは十五歳のとき、娼婦を買えるようなお金なんか持ってたか？」

「ぼくが十五歳のとき？　ずいぶん遠い昔みたいな言い方だな。まさか。せいぜいキャンディバーをひとつ買えるぐらいしか持ってなかったよ」

「そこさ、問題は」

ぼくはダンテを見た。「最後まで話していい？」

「ごめん」

「その娼婦がじつは男だったんだ」

「え？」

「その娼婦はトランスヴェスタイト（異性装をする人）だったのさ」

「ワォ」

「そうなんだ。それで兄さんは逆上した」

「具体的には？」

「その男を拳骨で殴り殺した」

ダンテは言葉を失い、「ひどい」としか言えなかった。

「ああ。ひどい」

それから長いこと彼もぼくも無言だった。

ようやくぼくはダンテを見た。「きみはトランスヴェスタイトの意味を知ってたのか？」

「ああ。もちろん知ってた」

「もちろん知ってたか」

「きみはトランスヴェスタイトを知らなかったんだ？」

「どうしてそんなことをぼくが知ってるんだよ？」

「きみは無邪気すぎるよ、アリ。それがわかってる？」

「そんなに無邪気じゃないさ」とぼくは言った。「この物語はもっと悲しくなるぞ」

「これ以上どう悲しくなるのさ？」

「兄さんはほかにも人を殺したんだ」

ダンテはなにも言わなかった。ぼくが話し終えるのを待っていた。「兄さんは少年拘置所に入れられた。それで、ある日また暴力をふるったんだと思う。母さんの言うとおりさ。物事が消え去らないのは、ぼくらがそう望んでるからなんだよ」

「悲しいよ、アリ」

「ああ、悲しいけど、ぼくら家族にできることはなにもない。そうだろ？　でも、いいんだ、ダンテ。いや、兄さんにとってはよくないけど。この先、兄さんの状況が少しでもよくなるかどうかはわからない。だけど、全部が表に出たのはいいことさ。オープンになったのは」ぼくは彼を見た。「いつかぼくにも兄さんのことがわかる日が来るかもしれない。いつかね」

ダンテはぼくをじっと見ていた。「いまにも泣きだしそうな顔をしてる」

「泣いたりしないよ、悲しすぎて、ダンテ。それに、きみになにがわかる？　ぼくは兄さんに似てるんじゃないかと思うのさ」

「なぜ？　ジュリアン・エンリケスの鼻をへし折ったから？」

「知ってるのか？」

「ああ」

「知ってるってことをなぜぼくに言わなかったんだ？」

「きみこそなぜぼくに言わなかったんだい、アリ？」

「自分に誇りがもてないのさ、ダンテ」

「なぜもつ必要がある？」

「さあね。あいつはきみに大怪我を負わせた。やつに仕返ししてやりたかった。借りを返してやるって間抜けにも考えた」ぼくはダンテを見た。「目のまわりの痣《あざ》はほとんど消えたね」

「ああ、ほとんど」と彼は言った。

「肋骨はどう？」

「だいぶよくなってきた。痛くて眠れない夜もあるけどね。だから痛み止めの薬を飲んでるんだ。いやいやだけど」

「重症の薬物常習者になりそうだな」

「ならないかもしれないよ。マリファナ《ポット》は好みだったけど。ポットはじつによかった」

「きみの母さんは執筆中の本のためのインタビューをきみにするべきだな」

「というか、母さんにはとっくに見抜かれてるよ」

「どうしてわかったんだろう?」

「いつも言ってるだろ。うちの母さんは神さまみたいだって。なんでもお見通しなのさ」

笑うまいとしたが、吹きだしてしまった。ダンテも笑った。だが、笑うと痛みが走るようだった。ひびのはいった肋骨に。

「似てないよ」と彼は言った。「きみは兄さんにまったく似てない」

「どうかな、ダンテ。ぼくは一生自分を理解できないんだろうと思うことがある。ぼくはきみとはちがう。きみは自分のことがちゃんとわかってる」

「そうでもないさ」と彼は言った。「ひとつ訊いてもいいかい?」

「ああ」

「ぼくがダニエルとキスしたことが気にさわった?」

「ダニエルはクズ野郎だと思ってるからな」

「そんなことないよ。彼はいいやつだ。見た目もいいし」

「見た目がいいってか？　なんだ、その薄っぺらさは？　あいつはクズだぞ、ダンテ。きみを見捨てて逃げたんだ」

「ぼくよりもきみのほうがそのことを気にしてるみたいだね」

「だから、もっと気にしろよ」

「ぼくが気にしたら、きみはああいうことをやらなかったか？」

「そうさ」

「ぼくはきみがジュリアンの鼻をへし折ってくれて嬉しいよ」

ぼくたちは大笑いした。

「ダニエルはきみのことを気にかけてない」

「怖かったんだよ」

「だからなんだ？　だれだってみんな怖いよ」

「きみはちがうだろ、アリ。きみはなにも恐れない」

「それはちがう。でも、ぼくならやつらがきみにあんなことをするのを許さなかった」

「ひょっとしたら、きみは戦いたいだけなのかも」

ダンテはぼくを見た。ぼくから目をそらそうとしなかった。

「ずっと見てるね」とぼくは言った。

「秘密を打ち明けてもいいかい、アリ？」

「ぼくにそれを止められるのか？」

「きみはぼくの秘密を知りたくないんだ」

「きみの秘密には怖いものもあるからな」

ダンテは笑った。「ほんとうはダニエルとキスしたんじゃないのさ。頭のなかではきみとキスしてるつもりだった」

ぼくは肩をすくめた。「新しい頭に取り替えたほうがいいぞ、ダンテ」

彼はちょっぴり悲しそうな顔をした。「ああ。そうかもな」

14

朝早く目が覚めた。太陽はまだ顔を出していなかった。八月の第二週。夏が終わろうとしていた。少なくとも、学校のない夏のおおかたは終わろうとしていた。

第四学年。そのあとが人生の幕開け。だからいいのかもしれなかった。ハイスクールはリアルな小説のプロローグにすぎない。だれもが自分のことを書くようになる——だが、卒業すると真の自分を書くようになる。卒業すると教師のペンと親のペンを回収し、自分自身のペンを手に入れる。そうすると、なんでも書くことができてしまう。そうなのだ。そんな快適なことってあるだろうか？

ぼくはベッドで起き上がり、両脚に残っている傷痕《きずあと》を指でなぞった。傷痕。かつて傷ついたことがあるという標識。それが癒《い》えたことを知らせる標識。

ぼくは傷ついたのだろうか？

その傷は癒えたのだろうか？

人は傷つくことと癒えることのあいだで生きているのかもしれない。父さんのように。そこが父さんの生きている場所なんだろう。その中間のスペースが。その移行帯が。母さんもそうかもしれない。母さんは胸の奥深くにずっと兄さんを閉じこめていて、ようやく外に出してやろうとしている。

ぼくは指で脚の傷痕を何回もなぞった。

横にはレッグズがいた。レッグズはぼくを眺めていた。おまえにはなにが見える、レッグズ？　なにが見えるんだ？　うちに来るまえはどこで生きてたんだ？　おまえもだれかに傷つけられたのか？

また夏が終わろうとしていた。

卒業したあと、ぼくはどうするんだろう？　大学へ行くのか？　もっと学ぶために。エルパソ以外の都市で、べつの土地で暮らすことになるかもしれない。べつの土地で迎える夏はたぶんちがうのだろう。

15

「きみはなにを愛してるの、アリ？　きみがほんとうに愛してるものはなんなの？」

「ぼくが愛してるのは砂漠だ。神よ、ぼくは砂漠を愛します」

「それじゃ寂しすぎる」

「そうかな？」

ダンテには伝わらなかった。やっぱりぼくはだれも知ることのできない存在なのだ。

16

泳ぎにいくことにした。混雑するまえに何コースかゆったりと泳げるように、プールが開かれる時刻きっかりに着いた。ライフガードたちがもう来ていて、女の子と話していた。ぼくは無視した。向こうもぼくを無視した。

脚と肺が痛くなるまで泳ぎまくった。ひと休みしてからまた同じように泳いだ。水を皮膚で感じていた。ダンテと出会った日のことを思い出していた。〝泳ぎなら教えられるよ。もし、きみがよければ〟。あの日のダンテのきしり声を、彼がアレルギーを克服したことを、声変わりして低い声になったことを思い出した。ぼくも声変わりした。〝男の人が話しているみたいね〟と母さんが言ったことも思い出した。男の人になるより男の人のように話すほうが易《やさ》しかった。

プールから出ると女の子の視線を感じた。その子が微笑んだ。ぼくも微笑み返した。「やあ」と言って、手を振った。

「はぁい」彼女も手を振り返した。「あなた、オースティン・ハイスクール？」

「そうだけど」

彼女は話を続けたかったのだろう。でも、ぼくはつぎになんと言えばいいのかわからなかった。

「何年？」

「四年」

「わたしは二年」

「もっと上に見えるな」とぼくは言った。

彼女は微笑んだ。「成熟してるの」

「ぼくはしてないんだ」これが彼女を笑わせた。「じゃあね」とぼくは言った。

「じゃあね」と彼女も言った。

成熟。おとなの男。そういう言葉はいったいなにを意味しているんだろう？

ダンテの家まで行って、玄関ドアをノックした、サムが出てきた。

「どうも」とぼくは言った。

サムはくつろいだ様子で嬉しそうだった。「やあ、アリ。レッグズは？」

「うちで待ってます」ぼくは肩に掛けていた濡れタオルを引っぱってみせた。「泳ぎにいってたんです」

「ダンテがうらやましがるだろうな」

「彼の調子はどうですか？」

「いいよ。よくなってきている。しばらく顔を見せなかったじゃないか。わたしたちもきみに会いたかったよ」サムはぼくを家に招き入れた。「ダンテは自分の部屋にいる」一瞬ためらうような間が生まれた。「先客がいるんだ」

「だったら、ぼくは帰りましょうか」

「気をつかわなくていいさ。行ってやってくれ」

「邪魔をしたくありません」

「おかしなことを言うなよ」

「ぼくは帰ってもいいんです。べつにたいしたことじゃないし。ただプールの帰りに寄ってみただけで――」

「ダニエルが来ているのさ」とサムは言った。

「ダニエル？」

表情の変化を気づかれたと思う。「きみはダニエルのことがあまり好きじゃないんだろう？」

「彼はダンテを置き去りにしたわけだから」とぼくは言った。

「人に厳しすぎるのはよくないよ、アリ」

その言葉が怒りに火をつけた。サムにそれを言われたということが。「ぼくが寄ったと伝えてください」とぼくは言った。

17

「きみが怒ったって父さんが言ってたけど？」

「怒ったりしてないよ」玄関ドアが開いていて、うちのまえを通りかかった犬にレッグズが吠えていた。「ちょっと待って」とぼくは言った。「レッグズ！　黙れ」

受話器を持ってキッチンへ移動し、テーブルのまえに座った。「オーケー、言っとくけど、ぼくは怒ったりしてないって」

「なら、そうだってことを父さんも知りたいだろうな」

「オーケー」とぼくは言った。「それでなにが変わる？」

「ほら。やっぱり怒ってる」

「きみの友達のダニエルに会いたい気分じゃなかっただけさ」

「彼がきみになにをしたっていうんだよ？」

「べつになにも。嫌いなだけさ」

「なぜ一緒に友達になれないんだ？」

「ダニエルって野郎はきみを置いて逃げたんだぞ、ダンテ」

「そのことは彼と話した。もういいんだ」

「なら、もういいさ。よかったな」

「きみの態度はクレイジーだけどね」

「あのな、ダンテ、きみはときどき超いけ好かないやつになるんだよ。自分でわかってるのか?」

「あのさ」と彼は言った。「今夜うちでささやかなパーティを開くんだ。きみも来てくれたら嬉しいんだけど」

「行けたら行くよ」とぼくは答え、電話を切った。

地下室へ降りて二時間ほどバーベル上げをやった。何度も何度も、体のあちこちに痛みが走るまで。

痛みがあるのはさほど悪くなかった。

シャワーを浴び、ベッドに寝転がった。ただそこに横たわっていただけだ。そのまま眠ってしまったらしい。目が覚めるとレッグズがぼくの腹の上に頭をのせていた。ぼくはレッグズの頭を撫でた。部屋のなかで母さんの声がした。「お腹がすいた?」

「すいてない」とぼくは言った。「あんまり」

「そうなの?」

「ああ。いま何時?」

「六時半よ」

「うへっ。疲れてたんだろうな」

母さんはにっこり笑った。「エクササイズのせいかしら?」

「そうだな、きっと」

「どこか調子が悪いの？」

「いや」

「ほんとうに？」

「疲れただけだよ」

「無理してバーベルを上げすぎたせいじゃないの？」

「いや」

「あなたは気持ちが動揺するとバーベル上げをするわね」

「それは母さん理論の新説なの、母さん？」

「単なる理論じゃないわよ、アリ」

18

「ダンテから電話があったわ」

ぼくは答えなかった。

「折り返しかけてあげるんでしょ？」

「ああ」

「あなた、この四、五日、ずっとふさぎこんでいるわよね。うちに籠もってバーベルを上げてばかりで」

ふさぎこんでいる。ジーナがぼくについていつも口にする〝メランコリー・ボーイ〟という言葉を思い出した。

「べつにふさぎこんでなんかいないよ。それに、バーベルを上げてるだけじゃない。本を読んだり、バーナードのことを考えたりもしてる」

「そうなの？」

「ああ」

「どんなことを考えてるの？」

「兄さんに手紙を書こうかと思ってる」

「わたしの手紙は全部送り返してきたわよ」

「ほんとうに？　ぼくの手紙は送り返さないかもしれないよ」

「そうかもしれないわね」と母さんは言った。「ためしに書いてみたら？」

「母さんは書くのをやめたの？」

「ええ、やめたわ。つらすぎて」

「それはしかたないね」とぼくは言った。

「落ちこんじゃだめよ、アリ、いいこと？　期待しすぎてもだめ。父さんは一度、面会にいったことがあるの」

「で、どうなった？」

「あなたの兄さんは会うことを拒否した」

「兄さんは母さんと父さんを憎んでるの？」

「いいえ。そうは思わない。あの子は自分に怒りを覚えているんだと思うの。恥じてもいるでしょう」

「兄さんはそこを乗り越えないといけないんだ」なぜだかわからないが、ぼくは壁に拳《こぶし》を打ちつけた。

母さんは目を大きく見開いて、ぼくを見た。

「ごめん。なぜ壁を殴ったのかわからない」

「アリ？」

「え？」

母さんの顔がなにかを訴えていた。ぼくを心配するときのあの真剣な表情。母さんは怒ってはいなかった。母親の役を演じている母さんがときおり浮かべる容赦のない表情もそこにはなかった。「どうしたの、アリ？」

「また、ぼくに関する新説がありそうな言い方だね」

「そりゃあるわよ」と母さんは言った。でも、その口調にはこれ以上ないぐらい優しさがあふれていた。母さんはキッチン・テーブルから立ち、自分のワインをグラスについだ。それからビールをふた瓶、冷蔵庫から出して、ひとつをぼくのまえに、もうひとつをテーブルの真んなかに置いた。「お父さんはいま読書中だけど、ここに連れてこようと思うの」

「なにを始めるつもり、母さん？」

「家族会議よ」

「家族会議？　なにそれ？」

「新しい決まりよ」と母さんは言った。「これからはたくさん会議を開くのよ」

「怖いんだけど、母さん」

「よかった」母さんはキッチンから出ていった。ぼくは目のまえのビールを凝視した。その冷えた瓶に手を触れてみた。ぼくはそれを飲むことになっているのか、それともただ見つめていなくてはいけないのか、わからなかった。ひょっとしたら、すべてが仕組まれた罠《わな》なのかもしれない。母さんと父さんがキッチンへはいってきた。ふたりはぼくと向かい合わせに座った。父さんは自分のビールの栓を抜いた。つぎにぼくのビールの栓を抜いた。父さんはビールをひと飲みした。

「ふたりでぼくをいじめようっていうの？」

「まあ、落ち着け」父さんはまたビールを飲んだ。母さんもワインをちびちび飲んでいた。

「母さんと父さんがいるところではビールを飲みたくないか？」

「あんまりね」とぼくは言った。「ルール違反だし」

「新しいルールをつくったわ」と母さんが言った。

「親父《おやじ》とビールを飲んでも死にはしないよ。いままで一度もビールを飲んだことがないというわけじゃないんだから、べつにどうってことないだろ？」

「こういうのは不気味だな」ぼくはビールに口をつけた。「これで満足？」

父さんはひどく深刻な顔になった。「わたしがヴェトナムで体験した戦闘について、おまえに話したことがあったかな？」

「ああ、ぼくはね、あの戦争について、父さんがいつかきっと話してくれるはずだと考えてたよ」

父さんは片手を伸ばして、ぼくの手を取った。「わたしは当然の報いを受けたんだ」父さんはぼくの手をきつく握っていたが、少ししてから放した。

「われわれの部隊は北のほうにいた。ダナン（ヴェトナム戦争時、南北ヴェトナムの軍事境界線上に位置し、米軍最大の基地があった港湾都市）の北部に」

「そこが父さんのいたところなの？　ダナンが？」

「そこが故郷を離れたわたしのホームだったのさ」父さんはゆがんだ笑みをぼくによこした。

「われわれは偵察任務についていた。最初の数日は平穏に進んだ。モンスーンの季節で、いつやむとも知れないあの雨にはまいったけれども、護送船団《コンヴォイ》より先に上陸した。その地域から敵は一掃されていて、沿岸地帯に敵がいないことを確かめるために上陸したんだ。そこで地獄の蓋《ふた》が開いた。いたるところから銃弾と手榴弾《しゅりゅうだん》が飛んできた。奇襲だった。そうしたことははじめてではなかったが、そのときは様相がちがった。

四方八方から弾丸《たま》が飛んできた。最善の対策は退却だ。ベケットが部隊の退却のためにヘリを要請した。で、部隊にひとりの男がいた。これがじつにいいやつなんだ。まだうんと若くて。十九歳さ。そう、少年といってもいいぐらいだ」父さんはかぶりを振った。「名前はルイといった。ラファイエット出身のケイジャン（フランス人の血を引くルイジアナ州民）だった」涙が父さんの顔を伝った。父さんはビールをすすった。「部隊のひとりも置き去りにしてはならなかった。それがルールだった。だれも置き去りにしない、だれも見殺しにはしない、というのが」母さんの表情が変わるのがわかった。けっして泣くまいとしているのだ。「そのヘリに向かって走ったことを覚えている。ルイはわたしのうしろにいた。そこらじゅうに弾丸《たま》が飛びかっていた。自分はもう死んでいるのではないかと思ったよ。そのとき、ルイが倒れた。彼はわたしの名を叫んだ。引き返したかった。正確には思い出せないが、この体がベケットによってヘリのなかに引き上げられているところが最後の記憶だ。自分が撃たれていたことには気づかなかった。わたしたちは彼を置き去りにした。ルイを。彼を見殺しにしたんだ」ぼくは父さんが自分の腕に顔をうずめてむせび泣くのを見ていた。苦痛にむせぶ男の声は傷ついた動物があげる声に似ていた。胸が張り裂けそうだった。戦争でなにがあったかを父さんに話してもらいたいとずっと思ってきたのに、父さんのその痛みの生々しさを見せられると耐えられなかった。こんなに長い年月が過ぎてもその傷はまだ新しくて、その傷の下で痛みが力強く生きているのだった。

「自分があの戦争の正義を信じていたのかどうか、わたしにはわからないんだよ、アリ。信じていたとは思えないんだ。そのことをいつも考えている。だが、わたしは志願して海兵隊にはいった。自分がこの国のことをどう感じていたのかわからない。たしかにわかっているのは、わたしにとって唯一の国とは、あのときともに戦った男たちだったということだけだ。彼らこそがわたしの国だったんだ、アリ。彼らこそが。ルイやベケットやガルシアやアルやジオは

――彼らはわたしの祖国だった。自分があの戦争でしたことのすべてを誇ってはいない。わたしはかならずしも優秀な兵士ではなかったし、善良な人間でもなかった。戦争がわれわれを奮い立たせたんだ。わたしを。部隊のみんなを。だが、われわれが見捨てた男たちもいる、そうした男たちが夢に現れるのさ」

ぼくはビールを飲んだ。父さんも自分のビールを飲んだ。母さんは自分のワインを飲んだ。ぼくたちは沈黙した。その時間がひどく長く思えた。

「ときどき彼の声が聞こえる」と父さんは言った。「ルイの声が。わたしの名前を呼ぶ声が。わたしは彼のところへ戻らなかった」

「父さんだって殺されてたかもしれないんだよ」ぼくは押し殺した声で言った。

「そうかもしれないが、わたしは自分の仕事をしなかった」

「父さん、やめてよ。お願いだから――」母さんがテーブルの反対側から手を伸ばし、ぼくの髪を梳《す》き、涙をぬぐうのを感じた。「そんなことを話さなくていいよ、父さん。話さなくていいってば」

「話さなくてはいけないだろう。そろそろ悪夢を見るのをやめる潮時なのかもしれない」父さんは母さんによりかかった。「潮時だと思わないか、リリー?」

母さんはなにも言わなかった。

父さんはぼくに微笑みかけた。「ちょっとまえに母さんが居間へやってきて、わたしが読んでいた本をわたしの手から取りあげた。そして、こう言った。〝あの子と話してちょうだい。

話してちょうだいね、ハイメ〃と。例によってファシストの口調で」

母さんは穏やかに笑った。

「アリ、おまえもそろそろ逃げるのをやめる潮時だ」

ぼくは父さんを見た。「逃げるって、なにから？」

「わからないのか？」

「なにが？」

「逃げてばかりいると、もたないぞ」

「なんのことだよ、父さん？」

「おまえとダンテのことさ」

「ぼくとダンテ？」ぼくは母さんを見た。それから父さんに目を戻した。

「ダンテはおまえを愛している」と父さんは言った。「だれが見てもわかる。彼はそれを自分に隠さない」

「彼がそう思ってるなら、ぼくにはどうしようもないよ、父さん」

「ああ、そうだ。おまえにはどうしようもない」

「それに、父さん、彼はとっくにそのことを乗り越えたと思うよ。あの男に、ダニエルに興味をもったんだから」

父さんはうなずいた。「アリ、問題はダンテがおまえを愛しているということじゃない。ほんとうの問題は——とにかく、おまえにとっての問題は——おまえがダンテを愛しているということだ」

ぼくはなにも言わず、母さんの顔を見つめていた。それから父さんの顔を見た。言葉が見つからなかった。「わからないよ。だって、そんなのちがうし。だって、ぼくはそんなこと思ってないし。だって――」

「アリ、わたしにははっきりとわかる。おまえは彼の命を救った。なぜそうしたと思ってるんだ？　あのときとっさに、考えるより先に、道路に飛び出し、向かってくる車に轢《ひ》かれそうになったダンテを突き飛ばしたのはなぜだと思う？　あれはたまたま起きたことだと思うか？　彼を失うという思いに耐えられなかったんだろう。ただ耐えられなかったんだ。ダンテを愛していないなら、なぜ自分の命をかけて彼を救おうとした？」

「ダンテは友達だからさ」

「それに、なぜ彼に大怪我をさせた男をぶん殴りにいった？　なぜそんなことをする？　おまえが衝動的にやったことのどれもが教えてくれるんだ。おまえはあの子を愛しているということを」

ぼくは目を伏せてテーブルをにらんでいた。

「おまえは自分で我慢できないほど彼を愛しているとわたしは思うぞ」

「父さん？　ちがうよ、父さん。ちがうって、ありえない。ありえないよ。どうしてそんなことを言うんだよ？」

「おまえの胸にある大きな孤独を見ていることに耐えられないからさ。おまえを愛しているからだ、アリ」ぼくが声をあげて泣くのを母さんと父さんはじっと見ていた。永遠に泣いていようかとふと思った。でも、そうはしなかった。泣き終わると、ぼくは自分のビールをぐいと飲んだ。「あのね、父さん、話をしない父さんのほうがよかった気がするよ」

母さんがけらけら笑った。母さんが笑うのは大好きだ。すると父さんも笑いだし、最後はぼくも笑いだした。

「どうすればいいんだろう。すごく恥ずかしいんだけど」

「なにが恥ずかしいの？」と母さんは言った。「ダンテを愛していることが？」

「ぼくは男で、彼も男だよ。ふつうはこうだという形とはちがってる。母さんは――」

「わかるわよ。オフィーリアが少しは教えてくれたもの。あのたくさんの手紙のおかげで、わたしもそれなりに学んだの。お父さんの言うとおりよ。あなたは逃げてはいけないのよ。ダンテから」

「自分がいやなんだ」

「それはだめ、可愛い《アモール》子。愛している《テ・アドロ》わ。わたしはすでに息子をひとり失ったの。もうひとりも失うつもりはないわ。あなたはひとりぼっちじゃないのよ、アリ。そんなふうに思っているでしょうけど、そうじゃないのよ」

「どうして母さんはそんなにいっぱいぼくを愛せるの？」

「愛せないわけがないでしょう？　あなたはこの世界でいちばん美しい少年なんだから」

「まさか」

「そうよ。そうなのよ」

「これからどうしよう?」

父さんが優しい声で言った。「ダンテは逃げなかった。目に浮かぶんだ、袋叩きにされているダンテの姿が。それでも彼は逃げなかった」

「わかったよ」とぼくは言った。生まれてはじめて、父さんを完璧に理解した。

父さんもぼくを理解していた。

19

「ダンテ?」

「この五日間、毎日電話してたんだよ」

「インフルエンザにやられてね」

「悪い冗談だな。くたばれ、アリ」

「なんでそんなに怒るんだ?」

「きみこそ、なんでそんなに怒るのさ?」

「ぼくはもう怒ってないけど」

「だったら、こんどはぼくが怒る番なんだろう」

「オーケー、それならフェアだ。ダニエルは元気かい?」

「きみはクソだな、アリ」

「いや。クソはダニエルだ」

「彼はきみのことが好きじゃない」

「ぼくだってあいつが好きじゃないさ。つまり、きみの新しい親友はあいつってわけか？」

「彼は親しい友人でさえない」

「キスした仲なのに？」

「それがきみと関係ある？」

「ちょっと訊いただけだ」

「彼とキスなんかしたくない。つまんないやつさ」

「へえ、なにがあったんだ？」

「自分のことしか考えない、思いあがったクズ野郎だ。おまけに頭もよくない。母さんも彼のことが好きじゃない」

「サムはどう思ってるの？」

「父さんの評価は重要じゃない。だれでも好きなんだから」

それがぼくを笑わせた。

「笑うな。さっきはなんで怒ってたんだよ？」

「そのことについてふたりで話すことはできる」とぼくは言った。

「ああ、きみはそういうのが上手らしい」

「いいかげんにしろ、ダンテ」

「オーケー」

「オーケー。で、今夜の予定は？」

「両親はボウリングへ行く」

「そうなんだ？」

「ふたりでその話ばっかりしてる」

「そうなんだ」

「きみはなにもわかってないのか？」

「ぼくは少々そっけない態度を取ることがあるらしい」

「少々？」

「だから、こうして努力してるじゃないか、ダンテ」

「悪かったって言えよ。謝り方を知らない人間は好きじゃない」

「オーケー、悪かったよ」

「オーケー」彼が笑顔になっているのがわかった。「親はぼくたちも連れていきたがってるのさ」

「ボウリングに？」

20

ダンテは玄関ポーチに腰をおろして待っていた。ぼくに気づくと弾む足取りでステップを降りてきて、トラックに飛び乗った。「ボウリングなんて思いきり退屈そうだな」

「きみは行ったことがあるの?」

「もちろんあるけど、下手くそだ」

「なんでも上手にできなくちゃ気がすまないわけか?」

「そうだね」

「そんなこだわりは吹っ切れ。そうしたらみんなで愉しめる」

「きみはいつのまに親と出かけたいなんて思うようになったのかな?」

「きみの親ならいいんだよ」とぼくは言った。「ふたりはいい感じだよ。いつかきみが言っただろ」

「なんて?」

「自分は両親に夢中だから、ぜったいに家出はしないだろうって。ずいぶん変わったことを言うやつだと思った。つまり、ふつうじゃないってさ。ぼくは親なんてエイリアンだと思ってたからね、たぶん」

「そんなことはないよ。親だってただの人間さ」

「ああ。だから、ぼくもうちの母さんと父さんに対する見方が変わったんだと思う」

「きみも両親に夢中だってこと？」

「ああ。そうらしい」ぼくはトラックのエンジンをかけた。「ぼくもボウリングは超がつくほど下手くそだぞ。すぐにわかるだろうけど」

「賭けてもいいけど、母さんたちよりはましだよ」

「まちがいない。それよりはましだ」

ぼくたちは笑った。げらげら笑った。笑いつづけた。

ボウリング場に着くと、ダンテはぼくを見た。「母さんと父さんに言ったのさ、これからはもう死ぬまで、男とキスしたいなんて思わないって」

「そんなことを言ったのか？」

「ああ」

「ふたりはどうした？」

「父さんはぎろっと目を剝いた」

「きみの母さんはなんて言ったんだい？」

「ほとんどなにも。ただ、優秀なセラピストを知ってるとは言ってたな。〝彼なら、あなたが立ちなおるのを助けてくれるわ〟って。こうも言った。〝セラピストじゃなく、わたしと話したいとあなたが思うならべつだけど〟」ダンテはちらっとぼくを見て、ふたりで吹きだした。

「きみの母さんらしいや。ぼくは好きだな」

「とんでもなくタフなのさ」と彼は言った。「それでいて優しい」

「ああ」とぼくは言った。「それもわかってた」

「うちの両親は本格的な変人なんだ」

「ぼくたちを愛してるからだろ？　そんなに変なことじゃない」

「彼らの愛し方が変なんだよ」

「美しい愛し方だ」

ダンテはぼくを見た。「きみ、変わったね」

「どんなふうに？」

「わからないけど、なんとなく言うことが変わった」

「変かい？」

「ああ、変だ。でも、いい感じに変だ」

「よかった」とぼくは言った。「いい感じに変でいたいって、いつも思ってた」

ぼくたちがボウリング場にやってきたのを見て、彼の両親もうちの両親もびっくり仰天《ぎょうてん》したと思う。父さんたちはビールを、母さんたちはセブンアップを飲んでいた。スコアは惨憺《さんたん》たるものだった。サムがぼくたちに笑いかけた。「まさかふたりがここに現れるとは思わなかったな」

「退屈だったんです」とぼくは言った。

「そういう減らず口を叩かないきみのほうが好きだったぞ」

「すみません」とぼくは言った。

愉しかった。ぼくたちは愉しんだ。いちばんボウリングの腕がいいのはぼくだということが判明した。スコアは120を超えた。第三ゲームでは135を叩き出した。いま思い出してもたいしたものだと思う。でも、ほかのメンバーはひどかった。母さんとミセス・キンタナはとくに。ふたりはお喋りに熱中し、笑ってばかりいた。ダンテとぼくはそのたびに顔を見合わせて笑った。

21

ふたりでボウリング場をあとにして、トラックで砂漠のほうへ向かった。

「どこへ行く?」

「ぼくのお気に入りの場所」

ダンテは無口になった。「もう遅い」

「疲れたのか?」

「ちょっとね」

「まだ十時だよ。早起きしてるのかい?」

「感じ悪いな」

「きみが家に帰りたがるからさ」

「帰りたいわけじゃない」

「ならいい」

ダンテは音楽をかけなかった。彼はグローブボックスいっぱいのカセットテープを親指で探りながらも、どれかひとつに決められなかった。彼が無口なのは気にならなかった。

ぼくたちはそのままトラックを走らせて砂漠にはいった。ぼくとダンテ。ひとことも口を利かなかった。

ぼくはいつもの場所にトラックを停めた。

「やっぱりここがいちばん好きだ」とぼくは言った。心臓が胸を打つ音が聞き取れた。

ダンテはなにも言わなかった。

ぼくはバックミラーにぶら下げてあるテニスシューズにさわった。ダンテがシカゴから送ってくれたものだ。「こういうの大好きだ」とぼくは言った。

「きみは大好きなものがたくさんあるんだね？」

「怒ってるみたいな言い方だな。もう怒らないと思ってたのに」

「やっぱり怒ってるらしい」

「悪かったよ。悪かったって言っただろ」

「ぼくはこういうことはできないよ、アリ」と彼は言った。

「なにができないんだ？」

「こういう友達ごっこ。ぼくにはできない」

「なぜできないんだ？」

「それをきみに説明しなきゃいけないのか？」

ぼくは答えなかった。

彼はトラックから降りて、乱暴にドアを閉めた。ぼくは彼のあとを追いかけた。「なあ」と言って、彼の肩に触れた。

彼はぼくを押しやった。「きみにさわられたくない」

ぼくたちは長いこと突っ立っていた。彼もぼくもなにも言わずに。ぼくは自分がちっぽけで取るに足りない無力なやつに感じられた。そんなふうに感じてしまうのがいやだった。そんなふうに感じるのはやめようと思った。そうだ、やめよう。「ダンテ？」

「なに？」彼の声にこめられた怒りが聞き取れた。

「怒らないでくれ」

「どうすればいいのかわからないのさ、アリ」

「ぼくにキスしたときのことを覚えてるだろ？」

「ああ」

「ぼくはよくなかったと言ったのも覚えてるだろ？」

「なぜその話をここで蒸し返すんだ？　覚えてるよ。覚えてるとも。ああ、ちくしょう、アリ。ぼくが忘れたとでも思ったのか？」

「こんなに怒ったきみを見たことがない」

「その話はしたくないんだって、アリ。ますます気分が悪くなる」

「きみがぼくにキスしたとき、ぼくはなんて言った？」

「よくなかった、って」

「あれは嘘だ」

彼はぼくを見た。

「からかうのはよせ、アリ」

「からかってやしない」

ぼくは彼の肩をつかんで、彼を見た。彼もぼくを見た。「ぼくはなにも恐れないって、きみは言ったよね。それもちがう。きみさ。ぼくはきみが怖い。ぼくはきみが怖いんだよ、ダンテ」深呼吸をした。「もう一度ためしてみてくれ。ぼくにキスしろ」

「いやだ」と彼は言った。

「ぼくにキスしろ」

「いやだ」ダンテはそれから、にっこりした。「きみがぼくにキスしろよ」

ぼくはダンテの首のうしろに片手をあてがって彼の顔を自分のほうに引き寄せ、キスした。彼にキスした。もう一回キスした。もう一回キスした。彼はぼくにキスを返しつづけた。

ぼくたちは一緒に笑い、語りあい、星を見上げた。

「ここで雨が降ってくれたらなあ」と彼が言った。

「ぼくには雨はいらない」とぼくは言った。「ぼくに必要なのはきみだ」

彼は指でぼくの背中に自分の名前を書いた。ぼくは彼の背中に自分の名前を書いた。

ずっとこうだった。

ぼくがまちがっていたのはここなのだ。ぼくはいままでずっと宇宙の秘密を見つけようとしていた。自分のこの体の、この心の秘密を。最初から答えは全部すぐそばにあったのに、それを知ろうとさえせずに戦っていた。ダンテと出会ったその瞬間から、ぼくは彼に恋をしていた。そのことを自分に知らせなかっただけだ。考えさせなかっただけだ。感じさせなかっただけだ。父さんの言うとおりだ。母さんの言ったことも真実だ。ぼくたちはみな自分ひとりの戦いをしている。

ダンテと一緒にピックアップの荷台で仰向けになり、夏の星を見つめているぼくは自由だった。想像してみた。自由な男、アリストートル・メンドゥーサを。もう怖くはなかった。恥ずかしいとぼくが言ったとき、母さんの顔に浮かんだ表情を思い出した。ぼくを見ている母さんの愛と慈悲のまなざしを思い出した。〝恥ずかしいの？　ダンテを愛していることが？〟

ぼくはダンテの手を取り、握りしめた。

ダンテ・キンタナを愛することが恥ずかしいわけがないだろう？

訳者あとがき

Aristotle and Dante Discover the Secrets of the Universe――この不思議なタイトルの本の美しい表紙は、二〇一二年の刊行後まもなく見かけていた。本国アメリカでベストセラーになっていたので、ネット上で目にする機会が多かったのだろう。白いタイトル文字と、夜の砂漠にぽつんと佇《たたず》んでいる風情のチェリーレッドのピックアップ・トラックの取り合わせが絶妙で、目も心も奪われた。だが、なぜかそのとき〝ジャケ買い〟はしなかった。それから七年ほど過ぎた二〇一九年のはじめ、*Aristotle and Dante Discover the Secrets of the Universe*が邦訳されていないことを知って、ちょっと驚いた。ラムダ賞やストーンウォール賞のYA部門など、二〇一三年度の数々の賞に輝いていて、アメリカやイギリスだけでなく日本にもアリとダンテのファンがたくさんいるようなのに、どうして？　それならばと、遅まきながら原書を手に入れて読みはじめたら、アリとダンテの宇宙に惹《ひ》きこまれて文字どおりの一気読み。ジャケットの美しさに負けない、いや、それをしのぐ内容の美しさに圧倒された。最後の一行を読み終えたあとには、この本は翻訳されなければいけないとおこがましくも義務感めいたものが芽生え、出版社に持ちこむためのレジュメを書いた。

小学館の編集者Mさんがすぐに気に入ってくださり、トントン拍子に版権取得の方向へ進みだした。ところが……そこからが長い道のりだった。待てど暮らせど先方から返事が来ない。

また二年あまりの月日が流れ、もう無理なのかなと諦めかけていた二〇二一年の晩秋、ＯＫの返事をもらったとの連絡をいただいた。Ｍさんも興奮されていた。その時点でちょうど映画化が決まり、続編も刊行されて早くも話題になっているとの追加情報もあった。あとがきを書きはじめる少しまえには、完成した映画がこの九月に全米で公開されるという嬉《うれ》しい情報まではいってきた。出遅れて、待たされて、原書刊行から十年以上が経《た》った二〇二三年の夏の終わりに本書『アリとダンテ、宇宙の秘密を発見する』が日本で出版されることになったのは、ひょっとしたら宇宙が定めたルールだったのかもしれない、などといまは思っている。

　そんなふうに感じるのは、本書の刊行と映画の公開のタイミングがたまたま重なったから、というだけではない。二〇一九年に日本での翻訳出版を推した理由のひとつに、ＬＧＢＴＱの要素をふくんだドラマや映画や舞台作品の制作が加速度的に増え、コミックにいたっては隆盛を迎えているという状況があった。十五歳の少年が自分のセクシュアリティに違和感を覚え、戸惑い、葛藤し、肯定する過程を真正面から丁寧に描いた本書のようなＹＡの翻訳小説が受け入れられる下地はもうじゅうぶんに整っていた。その四年後のいま、差別的な考えが社会から消えたわけではなく、日本の制度や政治が世界に後れを取っているという事実はあっても、人々の意識、とくに若い人たちの意識はそのときからさらに先へ進んだように思えるのだ。十年まえとはおそらく比べものにならないだろう。愛にあふれたこの小説は、いまこそ日本の読者に、とりわけ若い読者に自分ごととして自然に読まれるにちがいない。

　夏、空、星、鳥、雨、雷。全編にちりばめられた「宇宙」に通じるキーワードと、そこから生まれる場面の美しさはもとより、アリとダンテを愛する四人のおとなのありようもまた、本書の美しさを生みだしている。YAという言葉が流通しはじめたころ、YA小説とは、YA、つまり、おとなの入り口にはいりかけたヤング・アダルトが成長していく過程を描いた小説という意味なのだとある人から教えられた。本書では、YAのふたりだけでなく、おとなである両親たちが成長する姿も、アリのまっすぐな視線と、ダンテの詩情豊かな言葉を通して描き出されている。古代ギリシアの博物学者と中世イタリアの放浪詩人の名前をもつふたりの少年が交わすウィットに富んだ会話は、さながら哲学問答のようで、おとなが気づいていない真理をつき、たびたびはっとさせられる。

著者のベンジャミン・アリーレ・サエンスはニューメキシコ州出身の詩人・小説家で、一九九二年に初の詩集*Calendar of Dust*でアメリカン ブック アワードを受賞し、二〇一二年のEverything Begins & Ends at the Kentucky Clubではラテンアメリカ系作家ではじめてペン／フォークナー賞を受賞した。一九五四年生まれ、誕生月はアリと同じ八月なので、この物語の幕が開く一九八七年の夏は三十三歳になろうとしているところだった。アリとダンテの両親よりほんの少し若いが、アメリカのヴェトナム戦争をもろに体験している世代だ。自身もゲイであると公表しているサエンスが、アリと同じ歳《とし》ごろに同じ気持ちを味わっただろうことも想像に難くない。冒頭の〝さまざまなルールに従うことを学ばなければならなかったすべての少年に捧ぐ〟という献辞に続く「著者から読者へ」の数行にはそうした著者の思いが凝縮されている。

映画*Aristotle and Dante Discover the Secrets of the Universe*の脚本・監督を務めたエイチ・アルベル

トは、ラテンアメリカ系のトランス女性で、本作が監督デビュー作となる。主役のふたりを演じるのはマックス・ペラーヨ（アリ）とリーズ・ゴンザレス（ダンテ）。ふたりとも映画化決定の記事で見たときよりだいぶおとなびた顔つきになった。なんだか成長していく息子をまぶしく見つめる母親の気分である。プールでの出会いのシーンや監督とのラフな鼎談《ていだん》がすでに動画に上がっているので、ごらんいただければと思う。

本書の最後の場面の翌朝から始まる、続編の *Aristotle and Dante Dive into the Waters of the World* には、ふたりがハイスクールを卒業するまでの約一年が描かれていて、性の社会的側面、ジェンダーにきりこみ、アリのカミングアウトや、八〇年代のエイズ危機と根強い同性愛差別のなかでふたりがどうやって自分たちの居場所をつくっていくかが大きなテーマとなっている。ワンシーンだがアリの兄も登場する。続編でさらに成長したアリとダンテの姿も日本の読者に紹介できるよう祈りたい。本書が二〇二一年、《タイム》誌の選ぶＹＡ作品百冊に選出されたことも、最後につけ加えておく。

二〇二三年五月

川副智子

ベンジャミン・アリーレ・サエンス　Benjamin Alire Sáenz

アメリカの詩人、小説家、児童文学作家。1954年、ニューメキシコ州生まれ。コロラド州の神学校で哲学を、ベルギーのルーヴェン・カトリック大学で神学を学び司祭を務めた後、テキサス大学エルパソ校、アイオワ大学で米文学や創作を学び、スタンフォード大学在学中、最初の詩集『Calendar of Dust』を上梓、1992年にアメリカンブック アワードを受賞。以後、詩集、児童文学、小説など多数の著書を発表している。本作『アリとダンテ、宇宙の秘密を発見する』はラムダ賞他多くの賞を受賞し、ベストセラーになり映像化も進行している。2021年には続編『Aristotle and Dante Dive into the Waters of the World』を発表、NYTベストセラー YA部門で1位を獲得。

訳　川副智子　Tomoko Kawazoe

早稲田大学文学部卒業。翻訳家。主な訳書にJ・ボールドウィン『ビール・ストリートの恋人たち』、A・クリスティー『名探偵ポアロ　ポアロのクリスマス』（以上早川書房）、J・ピコー『SMALL GREAT THINGS 小さくても偉大なこと』（ポプラ社）、M・マシューズ『ナポレオンを咬んだパグ、死を嘆く猫』（原書房）、K・シュラー『ホワイト・フェミニズムを解体する』（明石書店）など。

編集 皆川裕子

アリとダンテ、宇宙《うちゅう》の秘密《ひみつ》を発見《はっけん》する

二〇二三年八月二八日　初版第一刷発行

著　者　ベンジャミン・アリーレ・サエンス
訳　者　川副智子
発行者　石川和男
発行所　株式会社小学館
〒一〇一-八〇〇一 東京都千代田区一ツ橋二-三-一
編集 〇三-三二三〇-五七二〇　販売 〇三-五二八一-三五五五
DTP　株式会社昭和ブライト
印刷所　萩原印刷株式会社
製本所　株式会社若林製本工場

造本には十分注意しておりますが、印刷、製本など製造上の不備がございましたら「制作局コールセンター」（フリーダイヤル〇一二〇-三三六-三四〇）にご連絡ください。
（電話受付は、土・日・祝休日を除く 九時三十分～十七時三十分）

ISBN 978-4-09-356744-2